COLLECTION ILLUSTRÉE

FERD. SARTORIUS, ÉDITEUR

ANGELO DE SORR

LE DRAME

DES

CARRIÈRES D'AMÉRIQUE

ROMAN INÉDIT

AVEC UNE GRAVURE PAR DELANNOY, D'APRÈS BELIN

PARIS

FERD. SARTORIUS, ÉDITEUR

27, RUE DE SEINE, 27

1868

LE DRAME

DES

CARRIÈRES D'AMÉRIQUE

Y²

PARIS. — IMP. SIMON RAÇON ET COMP., RUE D'ERFURTH, 1.

OTTO ET ELVA

LE DRAME

DES

CARRIÈRES D'AMÉRIQUE

PAR

ANGELO DE SORR

PARIS

FERD. SARTORIUS, LIBRAIRE-ÉDITEUR

27, RUE DE SEINE, 27

1868

1868

LE DRAME

DES

CARRIÈRES D'AMÉRIQUE

I

LE REFUGE MYSTÉRIEUX

La rue La Fayette est certainement aujourd'hui la voie la plus longue que nous offre le Paris moderne. Bientôt elle traversera toute la partie nord de la ville, et pourrait, au besoin, se continuer, sans déviation, par la route de Meaux, bien au delà de la forêt de Bondy.

Mais il serait naïf d'aller chercher si loin ces sites de l'ancien mélodrame, puisqu'à l'extrémité de cette interminable rue, sans sortir de Paris, on côtoie les terrains abrupts des fours à plâtre et des *Carrières d'Amérique*.

C'est, en effet, dans cet espace restreint, compris entre les rues Puebla, d'Allemagne et le boulevard Sérurier, que s'est réfugié aujourd'hui le misérable personnel de l'ancienne forêt du crime. Car, il est sûr que, depuis la disparition des chaises de poste et des diligences, il n'y a plus que de l'eau à boire sur les grands chemins et dans les bois.

C'était une soirée de novembre. Il était près de minuit, heure de lumières et de mouvement sur le boulevard Montmartre, — de silence et de ténèbres dans ces zones excentriques de la capitale.

La rue d'Allemagne, en ce moment, se présentait déserte et sombre. Pas un roulement de voiture ; et, dans la profonde perspective, pas une de ces lueurs rougeâtres, si connues du fumeur attardé, et qui s'éteignent les dernières.

Un homme marchait dans cette longue rue d'Allemagne. Il allait dans la direction de la barrière, et s'éloignait par conséquent peu à peu des parties habitées de la ville. Son pas n'était pas précipité ; il n'avait sans doute point hâte d'arriver. Il portait la blouse de l'ouvrier, mais rien de misérable ne ressortait de sa mise. C'était un jeune homme. Trente ans au plus. Chevelure et barbe blondes ; et, sur sa physionomie, l'expression sérieuse, le masque d'un caractère énergique et fort.

Les maisons devenaient plus rares. La rue, à cet

endroit, offrait l'aspect d'un grand chemin au milieu des terres. Le silence n'était troublé que par l'essoufflement ou le sifflement aigu d'une locomotive manœuvrant sur la ligne de l'Est.

Lorsque notre personnage eut atteint la grille de la barrière, au lieu de la franchir, il prit à droite, et s'engagea dans le boulevard Sérurier.

Je ne sais quelle physionomie l'édilité parisienne réserve dans l'avenir au boulevard Sérurier, mais, aujourd'hui, c'est bien l'endroit le plus abandonné, le plus désolatif, et le moins rassurant qui puisse se trouver dans l'intérieur de Paris. C'est presque une gorge profonde. A gauche, les remblais des fortifications, à droite, des monceaux de terrains incultes; une butte informe dans laquelle on a taillé, coupé, creusé. Pas de végétation. De l'argile, de la pierre, et partout de la boue. Figurez-vous une dune, dans laquelle on s'enfoncerait en marchant; seulement en place de sable, de l'eau, de la fange; au lieu de soleil, du brouillard, de la fumée.

Ce sont les Carrières d'Amérique.

C'est dans ce repaire de toutes les léprosités sociales que nous allons placer quelques scènes de ce récit. Mais surtout qu'on ne croie pas que ce soit de gaieté de cœur que nous nous disposons à descendre dans ces spirales infectes; car ce n'est pas nous qui y venons les premiers. Et puisque le public curieux a pris ses places, ne le faisons pas attendre.

Lorsqu'il eut marché dix minutes dans le boulevard,

notre homme s'arrêta près de la palissade qui
sépare le champ des carrières de la chaussée, et regarda avec attention s'il n'était pas suivi. A cet
endroit de la clôture, une planche avait été enlevée ;
l'ouverture qui en résultait pouvait donner passage à
un homme de corpulence ordinaire.

D'ailleurs, il est juste de remarquer que, rarement
dans la vie, les gens gras ont besoin de passer par des
huis semblables.

L'homme s'étant assuré que personne ne pouvait
le voir, ni des talus des fortifications, ni de la barrière,
franchit le passage et se trouva de l'autre côté du
boulevard. Il se dirigea péniblement dans cette plaine
de terre glaise vers un des monticules de pierres
crayeuses qui dominent ces steppes parisiennes.

On descendait dans une de ces carrières abandonnées
par une pente presque insensible qui se continuait
dans des méandres nombreux jusqu'à des profondeurs
de plusieurs sous-sols superposés. C'est dans ces excavations que pénètrent, à la nuit, les misérables et les
malheureux à la recherche d'un abri contre la pluie
et le froid.

Ils n'y arrivent point par bandes. Ils s'y traînent
comme des larves rampantes. L'œil le mieux exercé
les distinguerait à peine dans les ténèbres qui les en-
veloppent. Ils se présentent dans la nuit sous des couleurs sombres et terreuses qui se confondent tout à
à fait avec l'argile jaunâtre et la pierre grisâtre. Ce ne
sont pas les branches vertes de Mac-Duff qui appro-

chent, c'est la boue qui s'avance et roule lentement vers l'orifice de la carrière comme dans un égout.

Nous allons nous engager hardiment dans ce dédale sombre et assister aux diverses scènes qui se rattachent à notre récit.

Parmi les ombres qui errent dans ces souterrains il y a certainement des êtres dignes de pitié ; il y a sans doute là de profondes misères imméritées, des sommes de souffrances pleines d'intérêt, et que nous écarterons de notre sujet. Même dans le bouge, le malheur doit être respecté.

Dans la dernière galerie souterraine où nous nous trouvons, divers groupes sont assis par terre. Il y a des hommes qu'on ne saurait décrire, des femmes ne ressemblant à rien et qui les ont suivis là — par amour, qui sait !

On a sans doute *travaillé* ce jour-là chez un épicier, car deux ou trois bougies sont allumées. A leurs lueurs vacillantes nous pourrons faire quelques portraits.

Occupons-nous d'abord de deux êtres qui, placés tout à fait au fond de l'excavation, nous paraissent plus causeurs que les autres.

Le premier est vêtu d'une blouse si trouée, si usée, qu'au moindre de ses mouvements, elle se déchirait davantage. On ne saurait définir la casquette plate et crasseuse qui couvrait sa tête ; tout le reste était à l'avenant. Le porteur de ces loques sordides avait à sa bouche une pipe écourtée et noire, et tenait près de lui en respect une bouteille au goulot de laquelle il

portait de temps en temps ses lèvres. La figure de cet
être était hideuse. C'était la physionomie railleuse et
narquoise du *voyou* parisien — méchante, sournoise et
astucieuse tout à la fois. Cet homme répondait au nom
de Trocadero.

Son voisin avait une mise moins faubourienne. Il
portait un chapeau, mais un chapeau dont l'odyssée
serait navrante. Un de ces chapeaux abandonnés vingt
fois au ruisseau ; dans lesquels il y a eu de tout, de
la vermine, de la charcuterie, du pain sale. — Une
redingote décolorée, reprisée, crasseuse, effiloquée,
trop étroite, se boutonnait sur une poitrine sans chemise, et par conséquent sans gilet. Un pantalon indes-
criptible, des chaussures dont on ne voyait plus le
cuir disparaissant sous une couche d'argile et de
boue.

Trocadero le nommait tantôt *le professeur* et tantôt *le vicomte*. Nous saurons plus tard à quel titre ce
monsieur s'était attribué ces deux qualifications.

Ce professeur avait une tête ravagée par toutes les
tempêtes morales. Il fumait dans une pipe nauséabonde.

Presque tous ces gens-là mangeaient et surtout bu-
vaient. Ils n'étaient sobres que de paroles. Certains
ménages tumultueux avaient même la prudence de se
quereller à la sourdine.

— Ah ! voilà le *Gosse* et la *Gossette*, fit le professeur
en s'adressant à son voisin Trocadero.

Les deux individus désignés de la sorte étaient presque deux enfants. Un jeune garçon de quatorze ans au plus, une jeune fille qui n'en avait pas treize. On les nommait aussi, *les jeunes mariés*.

Le petit mâle, cette désignation suffit malheureusement, portait en dessous d'une blouse en loques une tunique de collégien. De là le surnom du *Gosse*. Sur un corps sale et malingre se redressait une charmante tête d'éphèbe, legèrement pâlie par la débauche et la misère, mais de lignes correctes et adoucies. Une petite bouche sensuelle et railleuse, de grands yeux noirs, et de longs cheveux foncés.

Près de lui la *Gossette* s'appariait gentiment. Une suave tête de l'Albane aux longs yeux un peu ombrés de lassitude, à la bouche rêveuse, au nez sculpté dans le marbre grec.

Les deux enfants vinrent se placer en face du professeur et de Trocadero.

— Vous arrivez bien tard, ce soir, jeunes gens, fit ce dernier.

— On arrive toujours assez tôt, ici.

— Ah ça, voyons, fit une voix s'élevant des groupes, puisque nous sommes éclairés ce soir, quelqu'un de vous a-t-il *levé* un journal. En as-tu un, Gosse ?

— Non, pas ce soir. D'ailleurs je ne suis pas disposé à écouter la lecture.

— Et puis, ajouta Trocadero, on parle trop de nous. La Préfecture de police voudrait nous oublier qu'on nous rappellerait à son bon souvenir tous les matins avec ces faux *faits divers*.

— Mais, mon cher Trocadero, remarque le professeur, je crois que le Gosse nous a induits en erreur.

— Comment ça ?

— Tenez, il déploie un journal. O ciel ! *la Gazette de France !...*

— Oh ! ne vous chagrinez pas, reprend froidement le Gosse en déployant la doyenne des feuilles de Paris, ce n'est pas pour être lu.

Et, ajoutant la preuve au dire, il y vida un pot de confitures que la Gossette venait de tirer de dessous son petit châle.

Et les enfants, s'inquiétant peu de ceux qui les regardaient, se mirent à dévorer leur marmelade. La lueur des bougies les éclairait en plein, et, ils formaient à eux deux, gourmands et riants, un groupe d'un contraste étrange avec toutes les silhouettes hideuses qui les entouraient.

Mais le professeur n'avait pas sommeil ; peut-être avait-il soif, car la vue de la bouteille de Trocadero paraissait l'impatienter.

— Que diable, buvez-vous là ? Est-ce du vin, ou de l'eau-de-vie ?

— Avez-vous soif ?

— Mais, certainement que j'ai soif !

— De quoi ?

— Comment de quoi !... Mais, de ce que vous buvez...

— Eh bien, allez-y, mon vieux ; et Trocadero lui passa la bouteille.

— Mais, c'est de l'absinthe !... s'écria tout joyeux le professeur. Mais, c'est de l'excellente absinthe !... Je m'y connais, moi !...

— Je le crois bien, puisque vous en êtes professeur.

— Hélas ! je l'étais !... Mais, depuis que je ne fréquente plus que la *Bibine*, je professe peu... Dieu !... C'est du Pontarlier... Oh ! cela vous donnerait envie de faire une conférence !... Où, diable, avez-vous volé cela ?

— C'est un cadeau. Mais, dites donc, rendez-la-moi, maintenant.

— Voulez-vous que je vous donne une leçon ?

— Non, merci.

— Tu sais, Trocadero, c'est de bon cœur !... fit le professeur dont les yeux s'animaient.

— Bon, voilà le vicomte, toujours si fier, qui me tutoie. Ah çà, c'est donc vrai, tu es vicomte ?

— Dam, est-ce que c'est ma faute, à moi ?

— Oh! je ne t'en fais pas un reproche ; seulement je m'étonne, avec un nom pareil, intelligent comme je te connais, bien mis comme je te vois toujours, que tu en sois réduit à venir coucher aux carrières.

Le Professeur eut un grand éclat de rire, reprit la bouteille des mains de Trocadero et la reporta à sa bouche. Celui-ci surveillait les aspirations avec inquiétude.

Mais le vicomte, ayant reposé le litre, se reprit à rire en regardant de pitié son voisin et ami.

— Mon cher Trocadero, tu me parais aussi naïf que

le vieillard redevenu enfant qui vient de naître !...
Comment ! cela t'étonne de me voir couché à ton côté,
dans cette carrière, et cela sous le prétexte que je suis
vicomte et même professeur !... Mais c'est justement
à cause de cela que je suis ici !... Ainsi, prête-moi
attention une minute. Dès l'âge le plus tendre, comme
s'expriment les biographes qui parlent le beau français, on m'a entouré de soins. Mes premières sensations ont été celles du bien-être. A mon esprit, on
a prodigué des sourires, des caresses, les couleurs les
plus riantes de l'enfance. Plus tard, on m'a gorgé de
tout. Puis, autant pour se débarrasser de ma présence que pour m'enseigner quelque chose, mes parents m'ont envoyé en captivité dans un collége et
m'ont livré aux mains d'éducateurs de toutes sortes.
Bref, pour ne m'avoir pas dans leurs jambes, pendant une dizaine d'années, ils ont sacrifié généreuse-
ment une vingtaine de mille francs, qui n'ont guère
servi à m'instruire. Enfin, lorsque je fus jeune homme,
voici ce qui se passa. Mes parents se disaient sans
cesse :

    — Il aura notre fortune.

    Moi, je me répétais avec confiance et sécurité :

    — J'aurai leur fortune.

    Les amis, les indifférents, les usuriers surtout fai-
saient en chœur :

    — Tu auras leur fortune.

    Si bien que cette conjugaison du verbe *avoir* a passé
au verbe *devoir*, et j'ai été ruiné avant l'âge, grâce à

mon éducation, aux conseils des miens et à mon inex-
périence personnelle.

Tandis que toi, Trocadero...

— Ah! oui, parlons de moi, maintenant.

— Eh bien; toi, tu es né dans la misère; tu ne parlais pas encore que tu avais déjà souffert du froid l'hiver, des feux du soleil l'été, de la faim en tout temps.
Tu n'as eu sous les yeux que le spectacle de pauvres
diables qui travaillaient depuis le matin jusqu'au soir
pour gagner cinquante sous. Dès que tu as eu conscience de la vie, on t'a crié jour et nuit : Travaille,
gagne ton pain, sinon tu auras toujours froid, toujours faim, et toujours tu pâtiras!...

— Ça, c'est vrai...

— Oui, tu as été bien averti, tu le reconnais, et,
cependant, malgré ces recommandations, ces exem-
ples, tu es resté dans la fange, tu as toujours croupi
dans la misère. Eh bien, mon cher Trocadero, de
nous deux, c'est-à-dire l'un à qui l'on a dit sans cesse :
« Tu es gentilhomme, riche, méprise la vile multitude
et la bourgeoisie laborieuse, car tu n'as pas besoin de
travailler. » A l'autre : « Tu es gueux, couche-toi tard
et lève-toi tôt, livre-toi à la peine, conquiers le morceau de pain de ce soir, le vêtement de l'hiver qui
approche... » il me semble que c'est bien plutôt moi
qui dois m'étonner de te rencontrer ici, à mon côté,
dans cette carrière!...

— Chut! Professeur, tu parles bien, je ne te le con-
teste pas; mais, silence, on vient!...

Le professeur, un peu ému par l'absinthe, aurait bien fait tout un cours sur ce thème ; mais la prudence lui coupa la parole.

Un homme s'avança au milieu de tous ces bohémiens, les regarda attentivement comme s'il cherchait quelqu'un.

Cet homme est celui que nous avons suivi dans la rue d'Allemagne et vu pénétrer dans les carrières par la clôture du boulevard Sérurier.

A sa vue, un léger murmure parcourut les groupes.

— Est-ce que monsieur demande quelqu'un ? fit Trocadero.

L'homme ne répondit pas et s'enfonça dans une autre galerie.

— En voilà un avec qui il faut pourtant s'expliquer !... fit une voix.

— Ce monsieur n'est donc pas un ami ? demanda le Professeur, qui probablement n'était pas un habitué assidu des carrières.

— On ne sait pas ce qu'il est.

— Moi je me charge de le lui demander, s'il revient !... fit en se redressant un colosse à la barbe rouge et drue.

— Ce qu'il y a de certain, continua Trocadero en s'adressant à son ami le vicomte, c'est qu'il se tire bien facilement les pattes lorsqu'on nous trouble dans notre sommeil. Ainsi, il y a huit jours, on vint nous déranger de là-bas, de la Préfecture. Il était là, parmi nous. On nous emmène tous. Il y avait le

Gosse et la Gossette; *Ressort-de-Montre* y était aussi,
— et il y est resté; — mais lorsque nous nous retrou-
vâmes au dépôt, lui n'y était plus. Une autre fois aussi,
dans les fours de Pantin.

— Tu vas donc partout, cher Trocadero?

— Quand mes cors me fatiguent, je vais à Pantin.
Dans la nuit, les rats me les rongent. Cela coûte moins
cher que chez le pédicure.

— Mais ils doivent te mordre la chair aussi.

— Lorsqu'ils touchent au vif, je leur donne des
coups de pied. Ils le savent et ne s'attaquent qu'aux
durillons. Oh! ils sont bien dressés.

L'homme qui avait déjà soulevé des murmures re-
parut, et vint se coucher à l'écart.

Le colosse qui désirait le questionner se leva du
milieu d'un tas de femmes, et s'avança vers lui.

L'autre, indifférent, ne bougeait pas.

— Comment te nommes-tu?

L'étranger regarda froidement le questionneur, et
répondit sans hésitation :

— Je me nomme Otto.

— De quel pays es-tu?

— De la Finlande.

— Connais pas ce pays-là. Que viens-tu faire ici?

— Tu es trop curieux, tais-toi.

— Je ne veux pas me taire, et nous allons tous te
démontrer le cas que nous faisons des mouchards.

A ce mot, le Finlandais se redressa, et fit un pas
en arrière. Puis, revenant tête basse contre le colosse,

il le heurta en pleine poitrine. Celui-ci alla rouler sur le tas de femmes, qui crièrent.

Otto demeurait debout et immobile, ne regardant même pas son adversaire. Et c'est un tort, car si ses yeux se fussent arrêtés sur le groupe du fond, il eût pu distinguer des lames de couteau qui brillaient.

Le colosse, accompagné de trois autres êtres, se redressa. Ce groupe dangereux s'approchait sans bruit, sans injures, comme des bêtes fauves qui vont surprendre une proie.

Insouciant, le Finlandais s'apprêtait à se recoucher. Il se trouvait près du Gosse et de la Gossette. Celle-ci le tira par le pan de sa blouse, et lui dit un mot. Il se releva aussitôt et fit deux ou trois pas à reculons vers le fond de la carrière. Les autres approchaient toujours. La carrière n'ayant pas d'issue en cet endroit, il était certain que la victime allait être acculée contre la muraille de terre. — La lueur des bougies ne pénétrait pas jusqu'à ce fond, et Otto avait déjà atteint la pénombre.

Le colosse ramassa une bougie pour éclairer l'attaque qui allait avoir lieu.

Il regarda de tous côtés. O surprise, personne!... Le Finlandais avait disparu.

II

OTTO ET LA GOSSETTE

Le premier moment de stupeur passé, la bande se précipita contre la paroi de terre. Mais, rien, pas un enfoncement, pas une retraite, et, le sol, sous le pied, rendait le son sourd de la terre ferme.

L'homme, à un certain degré de démoralisation, s'incline devant deux obstacles : la force physique et celle qu'il attribue au surnaturel.

Le colosse et ses amis demeuraient abasourdis, étonnés, presque terrifiés.

Un éclat de rire se fit entendre.

— Qui est-ce qui se moque de nous ? demanda le colosse.

— Je ne sais pas si quelqu'un se moque de vous, mais si vous voulez savoir qui a ri, c'est moi, répondit le Professeur.

— Est-ce que vous connaissez cet homme ?

— Moins que vous, puisque c'est peut-être la seconde fois que je viens coucher dans ce garni banal. Seulement, je peux vous assurer d'une chose, c'est que je suis convaincu que cet homme n'est pas de la police.

— Pourtant ! fit Trocadero.

— Non, il est trop fort et trop adroit pour cela.

Dans les carrières ce n'est pas comme dans les bouges de marchands de vins. La surexcitation n'est pas égale, les cerveaux ne sont pas échauffés, aussi parle-t-on peu, et ne discute-t-on jamais. Les hommes aux couteaux rentrèrent dans la nuit auprès des femmes endormies ou engourdies, et cet incident n'eut pas d'autre suite.

Trocadero, que l'absinthe avait réchauffé, se retournait pour dormir ; mais il comptait sans son voisin, le Professeur, qui, lui, n'avait point l'esprit au sommeil.

Une petite ombre se glissait dans l'obscurité presque sans bruit sur le sable. Lorsqu'elle fut près de Trocadero, elle lui frappa sur l'épaule.

— Qui va là? demanda-t-il.

— C'est moi.

— Qui, toi?

— La Gossette.

— Que me veux-tu?

— Le *Gosse* n'est pas content, il me boude; il n'a

mangé que de la confiture et ça lui pèse. Prête-lui un peu ta bouteille d'absinthe.

— Oui, je veux bien, mais pour une seule gorgée.

— Une seule.

— Et puis encore, — fit le Professeur, dont l'oreille n'était pas bouchée, — qu'il m'envoie en retour un peu de pain. J'ai l'estomac creux comme mon ventre d'hier soir.

— Du pain, oui, nous en avons, je vais le chercher.

Et souple comme une couleuvre qui vient de découvrir une jatte de lait, la Gossette se glissa vers le Gosse et lui présenta la bouteille. Un instant après elle la rapportait à Trocadero avec un demi-pain.

Le Gosse était content et il donna un gentil baiser à la Gossette.

— Je mangerais bien un peu de saucisson avec, dit le Professeur ; tu n'en as pas, Trocadero ?

— Non, je n'aime pas la charcuterie.

— Moi, je l'adore, mais la bonne, la vraie. Maintenant, voici le froid, aussi les charcutiers sont-ils joliment ennuyés...

— Ah ! et pourquoi ?

— Dame, ça se comprend ; pour vendre de la charcuterie putréfiée comme tout le long de l'année, ils sont obligés maintenant d'avoir recours à des moyens chimiques. Moi, qui ai fait mes classes, je leur donne quelques conseils.

— Joli métier !...

— Joli métier !... Ils sont tous les mêmes, ces Trocadero !... Eh bien, toi, quel métier fais-tu ? voyons, dis-le.

— Mais, toujours le même, boulanger, seulement mon patron ne m'aimait pas. Et, pourtant, comme je le soignais, lui ainsi que sa femme ! A la fournée du soir, en hiver, le premier pain qui sortait du four, je le portais brûlant dans son lit bien au fond, pour qu'ils eussent les pieds chauds tous les deux.

— Ah ! elle est bonne, celle-là !... Eh bien, c'était du propre !...

— Dame, je n'y vois rien de sale, moi, dit candidement Trocadero.

— Et que faisait-on de ce pain, après ?

— Mais, le lendemain, on le vendait aux clients... fallait-il pas le perdre.   .   .   .   .

.   .   .   .

.   .   .   .

Les deux enfants dormaient l'un près de l'autre. Le Gosse rêvait de vols et d'aventures, qui, pour lui, n'étaient qu'espiègleries. — La Gossette eut un songe d'un caractère tout différent.

Dans la nuit de là carrière, un homme se glissait près d'elle, lui prenait la main, et une voix lui disait tout bas :

— La Gossette a averti Otto, aussi Otto lui en sera reconnaissant. Si la Gossette court quelque danger, Otto la sauvera.

Et la main de la jeune fille fut serrée plus fortement.

Cette pression la réveilla. Elle regarda tout étonnée autour d'elle, mais elle ne vit personne.

Le Gosse dormait profondément la tête appuyée contre son épaule. Ses lèvres étaient entr'ouvertes et laissaient voir ses petites dents d'une blancheur brillante.

La Gossette lui donna un baiser et se rendormit.

.   .   .   .

.   .   .   .

— Mais, tu m'avoueras, reprit le Professeur, que ton patron a bien mal reconnu tes bons soins.

— Je le sais bien, c'est un ingrat; ne m'a-t-il pas accusé, un matin que j'allais retirer ses chaufferettes de son lit, d'avoir enlevé les draps avec! Comme si c'était possible! Le commissaire s'en est mêlé, et comme la police ne m'a jamais écouté, cette accusation infâme m'a plongé dans le malheur.

— Alors, je n'ose pas te demander, mon pauvre Trocadero, ce que tu fais pour vivre.

— Vivre!... est-ce que je vis!... J'ai été *éveilleur* pendant un temps.

— Éveilleur de qui?

— Éveilleur aux Halles. Les maraîchers qui arrivent vers une heure du matin avec leurs légumes se couchent dessus et s'endorment. A l'heure voulue, je les éveillais et cela me rapportait quelques sous. Mais c'est un triste métier surtout pour quelqu'un qui aime bien à dormir. Aussi, une nuit, au lieu d'éveiller, c'est moi que l'on a réveillé; et les sergents de ville m'ont con-

duit au poste en me traitant de vagabond. J'ai eu beau
leur expliquer que j'étais éveilleur... Ah bien oui !...
La police ne m'écoute jamais... Et c'est d'autant plus
bizarre de sa part, qu'elle s'obstine à me faire toujours
des questions. Que diable ! quand on ne veut pas
écouter les gens, on ne les questionne pas, n'est-il pas
vrai?

— Mais, c'est fort juste, ce que tu dis là ! Dans ces
circonstances-là, mon titre de professeur me sauve.
On respecte toujours un professeur, même lorsqu'il
est dans le malheur.

— Mais, dis donc, mon cher Professeur, il me
semble que tu as un voisin à côté de toi; regarde.

— C'est ma foi vrai; du diable si je l'ai vu se
mettre là.

— Est-ce que je vous gêne ? dit une voix.

— Non. Mais, n'est-ce pas vous, qui, tout à l'heure,
avez failli vous amener une mauvaise affaire.

— C'est moi-même.

— Vous qui avez un nom si bizarre.

— Mon nom n'est pas plus bizarre ici que le
vôtre, que, d'ailleurs, je ne connais pas, le serait
dans mon pays, répondit Otto, car c'était lui-même.

— Que diable venez-vous faire ici? demanda Trocadéro; vous avez l'air de nous passer en revue...
cela vous jouera un mauvais tour à la fin.

— Je ne vous demande pas ce que vous y faites,
vous.

— Dam ! fit le Professeur, moi j'y suis venu parce

qu'il était trop tard pour rentrer chez moi, au Grand-Hôtel.

— Eh bien, moi, je viens ici chercher quelqu'un...

— Un ami?

— Non, un ennemi. Un misérable que je découvrirai bien un jour.

— Alors, dit Trocadéro avec autant d'étonnement que d'envie, auriez-vous, par hasard, un chez vous?

— Oui, j'ai un chez moi.

— Un lit !...

— Un lit.

— Et de l'argent peut-être !...

— Oui, de l'argent aussi.

— Connaissez-vous la Bibine? demanda le Professeur.

— Je ne connais pas la Bibine.

— Vous ne connaissez pas la Bibine !... mais, mon cher ami, la Bibine est le rendez-vous de toute notre société ! C'est un monde charmant. C'est là que je professe. La Bibine, c'est le nouveau *Lapin blanc*. Il faut y venir; vous y rencontrerez peut-être votre ami, votre ennemi veux-je dire.

— Où c'est-il ce bouge?

— D'abord ce n'est pas un bouge, et il faut être poli dans ses expressions, mon cher Otto. Voyez Trocadéro, il est tout boudeur de vous entendre vous exprimer de la sorte. Allons, Trocadéro, ne lui en veux pas à cet ami; nous pouvons lui être utile, et il peut nous ménager quelques douceurs.

— Dam, puisqu'il a un chez soi.

— Et un lit !

— Et de l'argent !...

— Allons, voyons, pas tant de bavardages, reprit le Finlandais ; indiquez-moi vite ce rendez-vous de sacripants.

— O monsieur Otto !... pouvez-vous vous exprimer de la sorte ! Mais, nous ne voulons pas être méchants avec vous. La *Bibine* est un établissement que vous trouverez non loin de la place Maubert, derrière la vieille église de la rue des Bernardins.

— C'est très-bien, je vous remercie, et pour vous prouver que je ne suis pas un mauvais garçon, je vais vous récompenser de ce renseignement.

Et, ce disant, le Finlandais ouvrit une bourse de cuir et leur remit à chacun une pièce de dix francs. Les deux amis bondirent de joie.

— Dix balles !... fit Trocadéro... Oh ! je n'ai plus sommeil, je m'en vais !

— Mais, la Bibine n'est pas ouverte, remarqua le Professeur, beaucoup moins expansif.

— Je me fiche pas mal de la Bibine !... Comment ! j'ai dix balles et je resterais couché ici sur la terre !... Ah ! mais non !... Avec dix balles on va partout... même à la *Consolation*...

Certes, c'était une bonne inspiration qu'avait là Trocadéro de vouloir quitter la carrière ; seulement, elle lui vint trop tard.

Tout à coup le fond du souterrain s'éclaira. Des ombres noires s'avancèrent.

— Allons, allons, les dormeurs, debout!... fit une voix.

C'était une ronde de police. Une dizaine de sergents de ville s'approcha des différents groupes.

Tous ces hommes, ces femmes, ces enfants s'éveillèrent. Les uns se frottaient les yeux, les autres murmuraient d'être ainsi dérangés, mais aucun ne pensa à opposer la moindre résistance. Il y a une espèce de vagabonds, de misérables, qui n'ont plus d'énergie morale, et pour qui la soumission à l'autorité est chose toute naturelle et d'habitude.

Un seul s'esquiva. C'est le Gosse. Il passa comme un roquet à travers les jambes des sergents de ville et disparut.

Cette capture n'était pas de grande importance, car la fuite du Gosse fit rire les agents, et aucun d'eux ne daigna se mettre à sa poursuite.

Mais la Gossette ainsi lâchement abandonnée se livrait au désespoir. Elle suppliait les sergents de ville, et se réfugiait instinctivement vers le fond de la carrière.

A ce moment une main saisit la sienne.

— C'est moi, Otto, ne crains rien et viens.

Un quart d'heure après, au poste, lorsqu'on inscrivit tous ces vagabonds, parmi lesquels nous apercevons le Professeur et Trocadéro, — ni Otto ni la Gossette ne s'y trouvaient.

III

LE DINER DU VIEUX KARL

Karl Falkenberg était le chef d'une des premières maisons de banque de la Finlande méridionale. Il avait son siége principal dans la ville d'Helsingfors, et une succursale à Stockholm.

Karl Falkenberg n'était pas seulement un homme de chiffres et de finances ; il a d'autres qualités à nos yeux ; car c'était aussi un sensualiste émérite.

Il aimait le bien vivre, et avait su se faire, dans ces régions froides et de peu de ressources, une réputation de gastronome.

Ce grand et beau mangeur n'était pas sans originalité, et sa grande fortune excusait bien des excentricités qui n'auraient autrement eu qu'un succès douteux.

Il avait un cuisinier français, cela va sans dire,

lequel était tenu en bien plus haute estime par son maître que le chef de comptabilité ou le caissier de la maison.

Dans la société française de Saint-Pétersbourg on parlait des dîners de Karl Falkenberg, et plus d'un grand seigneur avait fait le voyage de la Finlande, seulement pour s'asseoir à la table de ce Grimod de la Reynière du Nord.

Car notre banquier avait une table très-hospitalière. Seulement il ne mangeait que chez lui. Il ne refusait jamais une invitation ; les gastronomes sont gens qui savent trop bien vivre pour commettre semblable impolitesse. Mais il s'abstenait de toucher aux plats qu'on lui offrait. A peine s'il acceptait un hors-d'œuvre. Une indisposition prétextée lui défendait de manger davantage.

Dans la soirée il quittait son hôte et rentrait à son hôtel. Il donnait aussitôt l'ordre de servir, se mettait à table, et dînait avec un appétit formidable.

Dans la société russe d'Helsingfors on lui pardonnait ce sans façons, d'abord en considération de son âge, et ensuite parce qu'on tenait à conserver d'excellentes relations avec la maison Falkenberg et Cie.

Cependant cette singularité faillit une fois coûter cher à notre personnage ; et il s'en fallut de peu qu'il ne fût mangé lui-même pour avoir dédaigné le menu d'un des premiers magistrats de la province.

Cet homme de loi avait donné un grand dîner à son château, situé à quelques verstes de la ville. Il y avait

3

eu chasse dans la journée, mais le banquier n'étant pas de caractère à se fatiguer à la poursuite des loups, n'était arrivé que le soir. On se mit à table. Il goûta à quelques olives, prit un peu de caviar, but deux verres de madère et ce fut tout.

A l'issue du repas, il demanda son traîneau et se mit en route pour Helsingfors.

La chasse qui avait eu lieu le jour même avait quelque peu secoué les animaux de la contrée. Les lièvres étaient sortis de leur torpeur classique, les renards s'étaient émus. Après le passage des chasseurs, les loups réunis en groupes avaient flairé la neige dans l'espoir de retrouver par-ci par-là quelques confrères tués et laissés sur place. Ils n'avaient point été trompés dans leurs recherches, et ces quelques repas sur le pouce, par le fait de leur insuffisance, les avaient mis en appétit — mais un appétit féroce, car ils ne devaient pas, comme Karl Falkenberg, trouver un dîner copieux en rentrant au logis.

Le banquier, étendu dans son traîneau, bien enveloppé de fourrures, glissait sur la neige au grand trot de ses chevaux. Il pensait avec pitié au menu de son hôte, plaignait les convives si médiocrement repus, et savourait par la pensée un délicieux rôt de rossignols gras qui l'attendait chez lui.

La nuit était claire, et sur la blancheur du sol frappait la lueur du ciel doucement éclairé d'un reflet d'aurore boréale lointaine. Une campagne unie sans maisons, sans arbres, sans collines — un sahara de neige.

On entendit quelques hurlements dans le lointain.

— Quel est ce bruit, Anders, demanda le banquier ?

— Ce sont des loups que la chasse a un peu désorientés.

— C'est que ces hurlements semblent se rapprocher. Si nous allions être poursuivis ?

— Oh ! je ne le pense pas ; d'ailleurs, dans une heure nous serons aux portes de la ville.

— Es-tu sûr de tes chevaux ?

— Si je les forçais, avant une demi-heure nous serions arrivés.

— Allons, tant mieux !

Et le banquier se reprit à rêver des bonnes choses qu'allait lui présenter sa table. Loin de redouter les loups, il se prit au contraire à les plaindre et même à envier leur situation d'affamés.

— Dire que si j'avais la faim de ces misérables bêtes, je serais maintenant le plus heureux des hommes !

Mais le bruit des hurlements se compliqua ; on entendait une battue sourde comme le galop d'un troupeau fantastique.

Inquiet, le banquier se retourne. Des yeux brûlants, de rouges braises, apparaissaient dans la nuit derrière le traîneau.

Anders savait très-bien ce qui se passait, mais il ne regardait pas en arrière. Il sifflait ses chevaux qui, effrayés eux-mêmes, prenaient le galop.

— Les loups sont là, fit le banquier.

— Je le sais, répondit Anders.

— Les fusils sont-ils chargés?

— Oui, mais ne tirez pas encore.

En effet, une bande de loups galopait derrière le traîneau. Ils formaient une ligne droite. Mais peu à peu cette ligne gagnant par les extrémités forma un arc de cercle. Les pointes de cet arc se rapprochaient des chevaux.

— Tirez!... fit Anders.

Le banquier prit un des fusils et fit feu dans le groupe. Mais la bande était trop nombreuse pour s'effrayer de cette explosion; c'est à peine si un ou deux restèrent en arrière pour dévorer celui que la balle avait atteint.

Falkenberg tira ainsi une dizaine de coups de feu. Mais il y avait peut-être trois cents loups à la poursuite du traîneau. Le bruit des explosions, l'éclat de la poudre enflammée, ne les effrayaient même plus.

L'arc grouillant de têtes affamées se resserrait visiblement. Les premiers loups couraient presque sous les fers des chevaux. Le cocher ne se sentait plus maître de son attelage. Le banquier se voyait perdu. Un des chevaux sentit une attaque à la jambe, puis une morsure à la cuisse.

Il s'abattit, et dans sa chute entraîna l'autre.

Les loups se ruèrent sur eux.

Anders abandonnant son siége s'était rejeté dans le traîneau, près de son maître.

Ils étaient perdus.

Tout à coup un homme se dresse devant eux. Il

coupe les traits et repousse le traîneau en arrière, loin des chevaux abattus.

— Debout !... debout !... s'écrie-t-il, tenez-vous debout !...

Anders et le banquier se levèrent à côté de l'inconnu.

— Passez derrière le traîneau. Très-bien. Maintenant, tirons-le à nous. Bien, nous sommes assez loin.

— Où sont les loups ? demanda le banquier, qui pouvait parler à peine.

— Regardez devant vous.

Un monticule de bêtes montant les unes sur les autres, dégringolant, se déchirant, hurlant, dévorant. — Dessous, deux chevaux qui disparaissaient peu à peu dans trois ou quatre cents gueules allouvies, enragées de faim et de sang. Le monticule s'affaissait peu à peu.

Certainement il se commettait là bien des erreurs ; des loups étouffés, dépecés, absorbés ; et lorsqu'il n'y aurait plus rien des deux chevaux, les dévorants de dessous serviraient certainement à la suite de la curée.

— Pendant qu'ils dévorent, venez vite.

— Où ?

— Là, à trente pas. J'ai mon traîneau. Ma sœur maintient le cheval qui s'effraye, venez vite !

Les deux hommes suivirent celui qui leur parlait ainsi. Cinq minutes après, ils passaient comme le

3.

vent, et une bonne lieue les séparait de **tout danger.**

On atteignit bientôt les portes de la ville.

— Ton nom? demanda le banquier à celui qui les conduisait de la sorte.

— Otto.

— Tu es Finlandais?

— Je suis né à Helsingfors.

— Je suis le banquier Karl Falkenberg.

— Le plus riche de la Finlande.

— On le dit, mais je l'ignore. Tu m'as sauvé la vie, ainsi que celle de ce brave homme, Anders, mon cocher; que veux-tu pour récompense?

— Rien.

— Rien?

— Rien.

— Ah!... As-tu dîné?

— Non.

— Et ta sœur?

— Ma sœur n'a pas faim.

— Eh bien, Otto, viens dîner avec moi.

— Avec vous!... fit Otto étonné.

— Oui, ceux qui refusent une récompense lorsqu'ils ont sauvé la vie à leurs semblables, doivent au moins accepter leur amitié. Vous êtes mon ami, et je vous amène dîner avec moi.

— Eh bien, allons dîner, fit en souriant le Finlandais.

L'équipage s'arrêta devant la maison Falkenberg. Le banquier, Anders et Otto mirent pied à terre.

Le traîneau, conduit par la sœur d'Otto, repartit.

L'intérieur de la demeure du banquier était confortable et riche. Une température égale régnait dans toutes les parties de la maison; des tapis épais assourdissaient les pas, et les boiseries étaient capitonnées.

Karl Falkenberg était veuf et vivait seul dans son hôtel. Il avait deux fils. L'un dirigeait la maison de Stockholm, l'autre habitait Paris. Ce dernier remplira, dans la suite, un certain rôle dans notre drame.

On s'étonna bien un peu, parmi la domesticité, de voir le banquier introduisant un jeune ouvrier dans sa salle à manger, et donnant ordre que l'on plaçât un second couvert. — Mais Anders eut bientôt mis tout le monde au fait de ce qui s'était passé, et du mauvais pas d'où les avait sortis le jeune Finlandais.

Karl Falkenberg se mit à table et fit asseoir Otto en face de lui.

— Sais-tu, mon cher ami, qu'il fait meilleur ici que sur la route où nous nous sommes rencontrés?

— En effet, et si je regrette une chose, c'est de n'avoir pas, en ce moment, une faim de loup.

— Ah! fit tristement le banquier, moi, je le regrette tous les jours!... Enfin, avoue, mon cher Otto, que l'on t'aurait bien étonné ce matin, si l'on t'avait dit que tu souperais ce soir tête à tête avec le banquier Falkenberg.

— Tout autant que si l'on vous avait annoncé ce

matin que, sans la présence d'Otto, vous auriez servi de souper ce soir à une bande de loups.

— Sais-tu que tu as des reparties qui ne sont pas joyeuses ?

— C'est que je ne suis qu'un pauvre rustre peu fait au beau langage et aux bons morceaux.

— Mais explique-moi comment tu t'es trouvé tout à point près de nous, quand mes chevaux sont tombés ?

— C'est bien simple. Nous revenions, ma sœur et moi, par la route de Borga. Ainsi, nos deux traîneaux ne marchaient pas parallèlement, et nous allions sur vous à angle droit. Nous avions déjà entendu des coups de feu, lorsque tout à coup je vous aperçus suivis de cette avalanche de loups. Si je n'avais pas arrêté, j'allais me heurter contre votre traîneau. Au même instant vos chevaux s'abattent. Je saute aussitôt à terre, et, armé de ma hachette, je cours sur vous et vous délivre. Vous le voyez, c'est au simple hasard que vous et votre cocher me devez la vie.

— Et quel est ton état ?

— Je suis charpentier.

— Es-tu marié ?

— Non. Je vis avec ma sœur Karyn, que vous avez vue tout à l'heure.

— Eh bien, mon cher Otto, quoique tu aies fièrement refusé une récompense, je veux m'occuper de toi.

— Je ne suis pas malheureux, monsieur, et ne me plains pas de mon sort.

— Entre n'être pas malheureux et être heureux, il y a une grande distance, mon cher Otto. Et, malgré toi, je veux faire ton bonheur.

— Dieu veuille que vos bonnes intentions s'accomplissent !...

— Mais, certainement qu'elles s'accompliront ; d'abord je ne suis pas un méchant homme, et la preuve, tu le vois, c'est que j'aime le bon vin et l'excellente chère. Dans le monde gastronomique il n'y a pas de mauvaise nature. Comment trouves-tu ce vin ?

— C'est la première fois que j'en bois de semblable ; d'ailleurs comme je n'ai jamais bu que de la bière, il me serait difficile de le juger par comparaison.

— C'est du château d'Yquem, un cru français très-estimé. Il n'y en a que pour la reine d'Angleterre, le palais des Tuileries, et l'empereur Alexandre.

— Et pour vous, à ce qu'il paraît.

— Non, mais un riche seigneur russe de mes amis en vole tous les ans quelques centaines de bouteilles à son maître et me les vend fort cher. C'est chose permise à la cour ; c'est un des priviléges de sa charge.

Le repas était excellent et servi avec un soin extrême.

— Aimes-tu les rossignols, Otto ?

— Oui, au printemps, lorsqu'ils chantent la nuit.

— Et en automne ?

— Je n'en ai jamais vu.

— Eh bien, je vais t'en montrer deux douzaines dont tu me diras des nouvelles.

— Vous mangez des rossignols!... fit le charpentier ébahi.

— Avec ravissement, mon cher Otto.

On venait de placer sur la table un plat d'oiseaux mantelés de lard très-fin, grassouillets et répandant un fumet délicieux. Ils reposaient sur des rôties qu'ils avaient pastillées de leurs sucs parfumés.

Le banquier en servit quatre ou cinq à son hôte.

Le rossignol est bien supérieur à l'ortolan, cette variété de moineau de haie que l'on engraisse dans les ténèbres avec du mil. Cette captivité barbare lui donne une chair molle, et le recouvre d'une graisse insapide.

Le rossignol, avant les vendanges, se nourrissant d'insectes, principalement de la fourmi ailée qui essaime en cette saison, et surtout de raisins, est plus gras alors que l'ortolan.

Mais, comment le banquier Falkenberg se procurait-il des rossignols en Finlande? C'est ce qu'il va nous apprendre probablement.

Il savourait ces bouchées exquises avec une gravité et un recueillement que le jeune homme n'osait troubler.

Il arrosait ses rossignols d'un médoc transatlantique et en versait largement à Otto, qui l'absorbait sans défiance, comme si c'eût été de la bière.

— Tu ne te doutes pas, je parie, d'où me viennent
ces charmants petits oiseaux, que je me garde bien
d'offrir à mes convives, et que je ne mange que lorsque
je suis seul? Le vrai gourmand, sache-le, Otto, mange
seul, et ne s'ennuie jamais avec lui-même.

— Est-ce le même seigneur russe qui les vole à
l'empereur?

— Il serait impossible d'en voler à l'empereur de
toutes les Russies...

— Et de la Finlande!...

— Hélas! oui, mais ne parlons pas politique; nous
sommes sur un sujet trop grave pour nous préoccuper
de choses étrangères à notre bien-être. Oui, il serait
impossible qu'on m'envoyât des rossignols de la cour
de Saint-Pétersbourg et cela pour deux raisons. La
première, c'est qu'il n'y en a pas; la seconde, c'est que
s'il y en avait, l'empereur en saurait le compte. Ils
m'arrivent de France. Et, malheureusement, comme la
saison est très-avancée, ce sont sans doute les derniers
que je recevrai. On les prend vivants et on les dirige
à grande vitesse sur Dantzig, à l'adresse de mon correspondant. Celui-ci les tue. Maintenant, je te mets au
défi de deviner comment mon correspondant de Dantzig
s'y prend pour mettre à mort ces gentils volatiles.

— Dame, il leur tord le cou, sans doute.

— Pauvre Otto!... D'abord, il ne les tue pas; il les
enivre. Et ceci en leur ingurgitant deux ou trois
gouttes d'excellent rhum de la Jamaïque. Mon rossignol tourne sur lui-même et tombe. Il est ivre-mort.

Ce genre de trépas est doux, ne surcharge pas la conscience de mon correspondant, et a ce grand avantage de parfumer les intestins de l'oiseau. Cette opération terminée, il encaisse mes rossignols et je les reçois le lendemain. Le soir même, je les croque, et, tu le vois, c'est un morceau de roi.

Tout en parlant, Karl Falkenberg étendait sur une des rôties les foies et les intérieurs qu'il avait mis de côté, y ajoutait un nuage de poivre, et la présentait à Otto.

— Les routiniers parlent quelquefois de la rôtie de la bécasse. Ce sont des hérétiques. Ah ! s'ils connaissaient la rôtie de rossignols !... Tiens, bois, maintenant. Car, comme le poison des Borgia, cette rôtie fait trouver le vin meilleur.

Otto ne se donna même pas la peine de dire qu'il n'avait jamais pris de poison des Borgia, et vida son verre avec une ampleur qui, certainement, donnait envie à son hôte. Celui-ci lui servit deux ou trois grosses truffes au vin de Champagne. Le charpentier ne s'étonnait plus de rien, et il mangea les truffes sans s'inquiéter de ce que c'était, et tout à fait indifférent de leur provenance, qu'elles eussent été volées ou non à l'empereur de Russie.

— Eh bien, Otto, es-tu heureux, maintenant ?

— Je suis heureux de l'honneur que vous me faites, monsieur Falkenberg, mais je crois qu'il y a d'autres bonheurs que celui de la table.

— Ah ! c'est que tu es jeune !... Quel âge as-tu ?

— Vingt-cinq ans.

— Vingt-cinq ans !... L'âge des bons estomacs et des grands appétits, et, dérision de la nature, l'âge où l'on ne mange pas encore !...

Mais si l'on n'apprécie pas encore la bonne chère à vingt-cinq ans, du moins on boit copieusement. Le Finlandais avait épuisé tous ses verres et s'en tenait définitivement au plus grand. Ses joues s'empourpraient, son regard s'allumait; en un mot il se grisait avec les meilleurs vins du monde.

— Et, d'après toi, Otto, quel est donc le vrai bonheur?

— Grande question !

— Un verre de champagne?

— Il est délicieux ce champagne, et je sens dans ma tête chanter toutes les ivresses de la jeunesse, de la vie, toutes les joies du cœur !

— Otto, tu es amoureux !...

La physionomie du jeune homme s'éclaira. Il passa sa mains sur son front, et demeura pensif. Puis, regardant fixement son hôte, il dit d'une voix lente, comme s'il pesait chacune de ses paroles.

— Amoureux !... Personne ne m'a fait encore cette question. Je dissimule trop mes sensations pour cela ; ma sœur, Karyn, ne s'en doute même pas. Oui, je suis amoureux, amoureux comme un fou, car mon amour est une folie !

— Ah ! ah ! et qui aimes-tu?

— Une belle jeune fille qui passe souvent dans ma

4

rue, et à qui je n'ai jamais osé sourire, car elle aurait ri, et ce rire m'eût tué.

— Une jeune fille riche?

— Je ne sais. Mais elle vit près des riches.

— Est-ce que je la connais?

— Vous la connaissez.

— Son nom?

— Elle n'en a pas.

— Comment! elle n'a pas de nom!

— Elle se nomme comme nos fées... mais, ce n'est
ni son père, ni sa mère qui l'ont ainsi baptisée, car
elle n'a ni père ni mère.

— Et le nom de cette fée?

Le jeune homme demeura silencieux, il était presque effrayé d'avoir tant parlé. — Il avait devant lui
un verre plein; il le vida.

— Voyons, Otto, le nom de cette fée? Tu sais, que
je suis ton ami. Si je puis t'être utile, je serai ce soir
le plus heureux des hommes. Non pas, parce que je
me serai acquitté d'une dette vis-à-vis de celui qui
m'a sauvé la vie, mais parce que je te comprends et
sais ce que vaut le vaillant ouvrier et l'honnête homme
que j'ai l'honneur d'avoir à ma table.

Ces paroles émurent le Finlandais, et une larme
perla à ses yeux.

— Cette fée se nomme Elva.

— Elva! quoi! c'est Elva que tu aimes?

— C'est elle.

— Connaît-elle ton amour?

— Si lorsqu'elle passait dans la rue, son regard a rencontré le mien, elle doit le savoir.

Le banquier posa son doigt sur un timbre qui se trouvait à sa portée.

Un des domestiques se présenta.

— Dites à Elva de descendre.

Le·domestique se retira.

Otto tout interdit ne pouvait comprendre ce qui allait se passer. Sa tête était en feu, et ses idées se troublaient.

Une belle jeune fille apparut. Elle portait le costume simple et décent des Suédoises, et ses beaux cheveux blonds se dissimulaient modestement·dans une enveloppe en velours d'où tombaient des dentelles noires.

— Viens près de moi, Elva, dit le banquier.

La jeune fille, les yeux baissés, alla se placer à côté du vieux Karl.

— Tu vas bien, Elva?

— Très-bien, monsieur Falkenberg.

— Tout est en ordre dans la maison ?

— Tout, monsieur Falkenberg.

— Vois-tu toujours tes amies, les fées ?

— De temps en temps, monsieur Falkenberg.

— Et que te disent-elles?

— Bien des choses.

— T'ont-elles dit qu'on t'aime?

— Pas encore.

— Regarde ce jeune homme.

— Je ne le connais pas, mais on m'a dit qu'il vous a sauvé la vie, ce soir.

— C'est vrai ; comment le trouves-tu ?

Elva sourit et ne répondit pas.

— Ce jeune homme se nomme Otto, c'est un brave cœur, et c'est mon ami. Il voudrait t'épouser. Le prendrais-tu pour époux ?

La jeune fille baissa la tête, et garda le silence.

Le regard d'Otto dardait sur elle comme deux rayons de feu.

— C'est un brave ouvrier qui gagne très-bien sa vie, et lorsqu'il sera marié il deviendra maître, grâce à la dot de sa femme.

La jeune fille sourit, — le banquier continua.

— Tu pourras conserver ta place ici, et cela me fera même plaisir. Tu es trop intime dans la maison pour que je puisse te remplacer. Le jour de ton mariage, tu porteras à ton mari deux mille cinq cents roubles en dot. — Tenez, enfants, voici deux verres de champagne que je remplis. Si Elva accepte, qu'elle trinque avec Otto.

Elva prit le verre et l'avança vers celui d'Otto. Les deux jeunes gens burent.

Lorsqu'il reposa son verre, Otto avait des larmes plein les yeux.

IV

ELVA ET SES FÉES

L'influence des longues nuits qui s'étendent sur les peuples du Nord se traduit par des croyances superstitieuses et des tendances aux rêveries les plus étranges. Chez nous les fées n'intéressent que les tout petits enfants, lesquels regrettent même de ne pouvoir y croire. Mais, en Suède et en Finlande, chaque toit a sa fée familière et bienfaisante, à laquelle on attribue presque tous les événements de la vie ; elle accompagne le paysan dans la solitude des champs, et vient le distraire à son foyer pendant les interminables soirées d'hiver.

De tous ces esprits, les plus connus sont les *Elvas*.

Les *Elvas* sont des lutins amis qui apparaissent sous la forme et le costume de petites femmes lilliputiennes. Ils sont tout au plus hauts comme une botte. On les

4.

aperçoit jouant dans un clair de lune ou dansant dans un rayon de soleil.

Et l'existence des Elvas est tellement admise, qu'il est une réponse habituelle en Suède, et que font même les grandes personnes lorsqu'on s'enquiert de leur absence.

— Je viens des Elvas. — Je me suis amusé toute la soirée avec les Elvas.

— Où est un tel? — Je ne sais, sans doute aux Elvas.

Rêveries de poëte, rendez-vous d'amour et choses semblables, aussi futiles, aussi sérieuses, tout cela se traduit par les *Elvas*.

La femme que le banquier Falkenberg avait épousée était une jeune Suédoise, rêveuse, incomprise sans doute, et qui s'intéressait peu aux combinaisons financières. Son mari l'aimait certainement ; mais, à ses heures, comme, dans l'avenir, il devait aimer la table. D'ailleurs, matériellement, il la rendait fort heureuse, ne lui refusait aucune fantaisie et avait pour elle les égards d'un parfait honnête homme.

Mais la jeune femme était atteinte d'une affection morale ; son cœur sentait un grand vide dans son existence.

Elle passait ses journées à rêver, et, selon l'expression locale, elle allait souvent aux *Elvas*.

Elle fut deux fois mère. Cela lui fit trois affections : ses deux enfants et les *Elvas*.

Karl Falkenberg possédait, à quelques verstes d'Helsingfors, une magnifique villa, le château de Keyterlé. Sa femme affectionnait cette résidence, où il lui était loisible de mener une vie plus intime qu'à la ville.

Un jour qu'elle rêvait de ses Elvas aimées dans les allées de son parc, elle entendit un vagissement. S'étant approchée, elle aperçut, couchée sur l'herbe, enveloppée de langes bien simples, une toute petite enfant ; elle la prit dans ses bras et la porta au château.

Qui avait abandonné cette enfant? Personne ne sut le dire ; et, dans les environs, on ne put soupçonner aucune fille-mère ni constater la disparition d'un nouveau-né.

— C'est une petite Elva que mes bonnes fées m'envoient, dit la jeune femme toute joyeuse, et je l'élèverai à côté de mes enfants.

— Et nous la nommerons Elva, ajouta Karl, lequel avait la sagesse de ne jamais contrarier sa femme dans ses caprices, surtout lorsqu'ils révélaient le caractère d'une excellente action.

Nous ne nous arrêterons pas sur l'enfance de la jeune Elva. Les parties rétrospectives d'un récit sont des stations qu'un roman de vitesse doit franchir sans arrêt. Et l'action qui marche toujours ne permet pas de consacrer trop de lignes à l'étude d'un caractère.

La jeune fille grandit. Mais, hélas! lorsqu'elle eut quinze ans à peine, elle perdit sa mère adoptive. Avant de mourir, la douce et nébuleuse femme recommanda sa protégée à son mari.

Le caractère de cette femme avait déteint sur l'esprit de la jeune orpheline. Comme elle, elle devint rêveuse et paraissait vivre dans le reflet d'un monde imaginaire. Elle aimait les *Elvas*, ses sœurs, et lorsque sa protectrice eut quitté la terre, elle savait la retrouver dans ses jolies fées ensoleillées ou tout argentées de rayons lunaires.

Elva n'était point confondue, dans la maison Falkenberg, avec la domesticité. Elle avait la direction de l'intérieur, et on la désignait sous le nom de la *petite maîtresse*.

A vingt ans, elle n'avait pas encore aimé. Otto était un beau et brave garçon ; il avait sauvé la vie à son protecteur ; et ce fut peut-être plutôt par reconnaissance que par tout autre sentiment, qu'elle accepta sa main.

Mais le cœur change bien une femme lorsqu'il parle, — et nous verrons par la suite quel changement terrible l'amour opéra sur le caractère d'Elva.

Un mois après les scènes précédentes, elle épousa Otto, et alla demeurer avec son mari ; mais, comme Karl Falkenberg tenait à ne rien changer dans les habitudes de son intérieur, elle venait tous les jours, comme par le passé, s'occuper du gouvernement de la maison.

Otto était heureux au delà de toute expression. Cette charmante épouse avait apporté la joie sous son toit, et la sœur Karyn sentait son cœur s'épanouir au rayonnement du bonheur de son frère.

Pauvre Otto! dépêche-toi de vivre dans cette atmosphère bénie, dans ce nimbe d'amour et d'affection; vide à la hâte la coupe de tes félicités présentes, car ce n'est peut-être qu'un rêve qui va s'évanouir à l'aube des réalités mauvaises...

Un mois s'était à peine écoulé depuis l'époque de ce mariage, lorsqu'une grave nouvelle se répandit dans Helsingfors. Le banquier Karl Falkenberg venait de mourir. Comme c'était un excellent homme, il fut regretté de tous. Et, nous-mêmes, qui sommes peut-être moins sérieux que ces peuples polaires, nous nous abstiendrons de rechercher la cause de sa fin. Nous n'aurions pas le cœur de faire une plaisanterie à ce sujet, ce fortuné gastronome fût-il mort d'une indigestion de rossignols ou de truffes.

Le décès du chef de la maison Falkenberg n'influa point sur la confiance publique, et n'attaqua nullement le crédit qu'il s'était acquis. Les deux fils, celui de Stockholm et celui de Paris, se réunirent aussitôt à Helsingfors.

Le Parisien était le plus jeune et se nommait Severino. Il s'occupait, disait-on, de banque, à Paris, mais simplement en amateur. Il jouait peu sur les fonds, mais beaucoup dans les cercles, et s'inquiétait moins des coulisses de la Bourse que de celles des théâtres de genre, et surtout de mauvais genre.

Il courait sur son compte quelques histoires louches; il avait eu un ou deux duels dont il était sorti avec avantage, mais dont les causes ne paraissaient pas très-honorables. — Cependant, c'était un fort beau garçon, aimant le bien vivre, généreux avec ses amis, et ne comptant qu'avec ses maîtresses.

Il était un peu plus âgé qu'Elva, aussi à son retour fut-il agréablement étonné de la retrouver très-jolie femme.

Les affaires de famille terminées, le frère aîné revint à Stockholm, Severino resta à Helsingfors. Il était convenu avec son frère qu'il placerait un représentant à la tête de la maison de leur père, et qu'il retournerait à Paris pour y créer une succursale pareille au Comptoir de Stockholm.

Severino s'ennuyant à Helsingfors, écrivit une lettre à Paris. Cette lettre lui fit venir une distraction, car, huit jours après, descendait dans le meilleur hôtel de la ville, une charmante fille.

Tout à coup, Otto remarqua chez sa jeune femme un changement bizarre. Elle était devenue réservée avec lui, distraite, pensive. Le sourire qu'elle lui adressait paraissait contraint. Elle rentrait à la maison plus tard qu'autrefois.

La bonne Karyn la questionna à ce sujet, mais Elva ne répondit rien.

A la vue de Severino, la jeune femme s'était sentie troublée. Ce beau jeune homme, fait à toutes les élégances françaises, la frappa au cœur. Elle l'aima, malgré elle, d'abord, puis avec toute l'effervescence d'un sang qui vient de s'allumer à une première passion. — Severino s'en aperçut, et cet amour profond, vivace, pur de toute vénalité, le séduisit.

D'ailleurs, il prenait la chose comme une simple amourette et n'y attachait aucune importance. Il avait tort, car Elva se prit à l'aimer d'une passion sauvage et féroce.

Elle eut bientôt connaissance de la présence de la jeune Parisienne et bondit tout à coup aux premières tortures de la jalousie.

Otto ne savait encore rien. D'ailleurs il était occupé du mariage de sa sœur.

A la mort de Karl Falkenberg, on avait un peu remanié le personnel des bureaux. Falkenberg (de Stockholm) avait placé comme commis, un nommé Ludow qu'il avait ramené de Suède. Ce Ludow remarqua Karyn, qui était d'ailleurs une fort belle enfant, et la demanda en mariage.

Tout ce qui se rattachait à la maison Falkenberg avait pour Otto un cachet d'honorabilité qu'il ne devait pas discuter.

Il prit un soir Karyn à part et lui dit :

— Avant de mourir, notre père m'a fait jurer de le remplacer auprès de toi, de t'instruire, de défendre ton honneur et par conséquent le mien jusqu'à la mort, de m'occuper de ton avenir plus que du mien et de faire de toi une femme heureuse et estimée de tous.

— Et tu n'avais pas besoin de faire ce serment à notre pauvre père, Otto, car je sais que l'affection que tu me portes t'a toujours dicté cette ligne de conduite.

— Je t'ai élevée, je t'ai instruite et t'ai rendue digne d'un homme au-dessus de notre position. Aujourd'hui, Ludow, de la maison Falkenberg, te demande en mariage. J'y consens. Mais, à mon tour, je le jure que si cet homme ne te rendait pas heureuse, je le tuerai— et, si toi, si tu ne te conduisais pas comme une femme honnête, si tu déshonorais et le nom de ton mari, et le mien, je n'y survivrais pas.

— Oh ! que dis-tu, Otto !... Et Elva !... Et l'enfant qu'elle va te donner !...

— Tu le sais, Karyn, je suis peu parleur ; je pense plus que je n'exprime. Maintenant, j'ai dit. Apprête-toi, Ludow dînera avec nous.

— Et Elva ?

— Je ne sais si elle pourra venir, répondit Otto, le regard sombre.

V

LE PRÉCIPICE DE CLIFFSBERG

Karyn épousa Ludow. Comme ce mariage se rattachait à la famille d'Otto, les héritiers de Karl, en souvenir de leur père, donnèrent au mari de Karyn une somme de cinq cents roubles.

Il nous serait difficile de faire ici le portrait de ce Ludow. C'était un Suédois, porteur de ces visages mal sculptés, de ces physionomies ingrates fort communes en ces contrées septentrionales, et dont, par conséquent, on ne s'inquiète pas. Très-souvent on trouve sous ces masques grossièrement bâtis, qui ne sont d'ailleurs que l'indication d'une race, de très-braves cœurs et d'excellentes natures.

Le jour de sa noce, ce Ludow se grisa complétement. Mais qu'est-ce qui ne se grise pas un jour de noce en Russie ou en Suède ?...

Severino assista à la fête et fit danser deux ou trois fois la belle Elva.

Un mois s'écoula. Nous ne saurons dire ce qui se passait dans le ménage du jeune Finlandais, car Otto, quoique plus sombre que jamais, ne formulait aucune plainte.

Mais un événement inexplicable, inattendu, vint le frapper tout à coup.

Un soir, Elva ne rentra pas. Karyn, inquiète, alla s'informer à la maison Falkenberg ; mais personne ne l'avait vue. D'ailleurs, elle ne s'y rendait plus que rarement ; car, Severino étant reparti pour la France, ses fonctions de gouvernante avaient cessé.

Otto était frappé doublement par cette disparition. En effet, quelques jours avant, il avait chargé Elva d'effectuer le placement de deux mille roubles qui lui restaient de sa dot. Il s'enquit auprès du représentant de la maison Falkenberg si ces fonds avaient été versés. On consulta les livres, mais vainement. Le placement n'était pas effectué.

La découverte d'un autre fait, tout aussi étrange, donna à cette disparition un caractère encore plus mystérieux.

La jeune femme venue de Paris à la suite de Severino avait aussi quitté la ville, mais sans prévenir personne ; et, chose bizarre et inexplicable, sans rien emporter des effets qu'elle avait à l'hôtel.

On se perdait en conjectures. La police, selon

l'usage chez tous les peuples, fit une enquête — mais ne découvrit rien.

La petite ville d'Helsingfors était bouleversée de cet événement, et tout le monde plaignait le pauvre Otto.

Mais un nouveau chagrin vint s'ajouter à son malheur. Quand les existences calmes depuis longtemps sont subitement remuées, tout concourt à les troubler davantage. On dirait que la porte est tout à coup ouverte aux agitations accumulées depuis de nombreuses années.

Otto était absent d'Helsingfors. Il avait été dans une ville voisine pour un achat de bois nécessaire à son commerce.

Il y reçut la lettre suivante :

« Mon cher frère,

« Je suis désolée de ce qui arrive, car je sais que cela va te peiner autant que moi-même. Mais la force des choses l'exige, et je dois suivre mon mari. Il vient d'être mandé par M. Severino Falkenberg, pour l'installation des bureaux de la nouvelle maison de banque. Nous partons ce soir, et lorsque tu recevras cette lettre, nous aurons quitté le golfe. Je t'écrirai d'Allemagne et de Paris. J'espère, à ta prochaine lettre, que tu sauras quelque chose sur le sort de la pauvre Elva.

« Je t'embrasse les larmes aux yeux, mon cher frère, et compte te revoir bientôt.

« KARYN. »

La lecture de cette lettre brisa le cœur du pauvre Otto.

— Seul !... seul !... s'écria-t-il, me voilà loin de tous ceux que j'aime !... Ah ! Karl, mon bienfaiteur, j'avais bien raison de vous dire : Dieu veuille que vos bonnes intentions s'accomplissent !... Hélas ! Dieu ne l'a pas voulu !...

Et le pauvre mari, le malheureux frère, rentra dans Helsingfors, triste, découragé, affaissé de douleur !...

Mais une révélation terrible vint l'atteindre de nouveau.

A quelques verstes d'Helsingfors, vers le golfe de Finlande, s'élèvent des rochers et des glaciers d'un aspect sauvage et sinistre. Il y a là des précipices insondables, au fond desquels roulent quelques courants souterrains, car un grondement sourd s'y fait continuellement entendre. Cet endroit presque inaccessible se nomme le Cliffsberg.

Un jour, un gardeur de chèvres qui s'était aventuré avec son troupeau dans les anfractuosités de ces roches, découvrit au bord d'un de ces précipices, accrochés aux aspérités, un châle de femme, un fichu, quelques lambeaux de robe. Il alla aussitôt prévenir la police.

Otto fut également averti.

Le lendemain on se transporta sur les lieux. Otto, désespéré, reconnut le châle de sa femme ; et un mouchoir marqué à ses initiales ne lui laissa plus de doute sur son malheur. La pauvre Elva était dans le gouffre.

Mais comment s'en assurer? Personne n'osait s'aventurer dans ces profondeurs.

Otto ne balança pas un instant. Il se fit attacher à une corde, prit à la main une lanterne éclairant par le bas, et se fit descendre dans l'abîme.

Son cœur battait avec force, non point de peur, mais à la pensée de retrouver le cadavre de sa pauvre femme, déchiré, méconnaissable.

Il descendait lentement.

Aux parois suintantes et en saillies abruptes étaient accrochés des morceaux de vêtements, des loques déchirées.

Une sensation froide le fit tressaillir.

Un moment, effrayé des profondeurs vertigineuses qu'il apercevait sous lui, il leva les yeux vers l'orifice dont il s'éloignait sensiblement.

L'ouverture n'apparaissait plus que comme une fissure étroite, à travers laquelle on voyait le ciel bleu. Cette ouverture se resserrait peu à peu, se refermait, et il lui semblait qu'il ne ressortirait plus de cette immense tombe.

Le frisson le saisit. Une sueur froide moitissait son front; il haletait.

Le courage défaillait; il voulut crier; mais le sentiment du devoir le réconforta.

— Faut-il lâcher la corde encore? demanda une

voix qui, à cause de l'éloignement, parvint à peine jusqu'à lui.

— Oui, toujours ! cria-t-il résolûment.

Et le corps suspendu reprit son mouvement vers l'abîme.

Il n'osait regarder dans le gouffre. La lumière s'étendait jusqu'à des profondeur incalculables, et pas une surface, pas une saillie de roche ne la reflétait. Le précipice était taillé à pic comme un vaste puits.

Ceux qui lâchaient la corde commençaient à s'inquiéter. On avait de nouveau parlé à Otto, mais la voix ne portait plus, et aucune réponse ne leur était parvenue.

Plus il s'enfonçait dans le vide, plus le bourdonnement du courant souterrain augmentait. D'ailleurs, il ne pensait plus à ce qui se passait en haut ; une sorte d'hallucination s'était emparée de lui.

Il n'avait qu'une idée fixe, retrouver le corps de sa femme ; aussi prononçait-il des paroles incohérentes.

— Elva, où es-tu ? réponds-moi. Où sont les fées tes sœurs, celles qui t'ont déposée sur l'herbe de la prairie, et pourquoi ne viennent-elles pas me guider dans ces profondeurs où mes esprits se troublent, où ma tête se perd ?...

Mais Elva ne répondait pas.

Otto ne regardait plus. Il se laissait descendre sans souci du danger ; il lui semblait être en proie à un rêve vertigineux.

Tout à coup il sentit qu'il heurtait un obstacle résistant. Il ne descendait plus. Il se redressa comme un homme en proie au cauchemar et qui se réveille en sursaut.

Il promena la lumière autour de lui. Il se trouvait sur une sorte de traverse rocheuse, et au-dessous de lui se continuait l'abîme.

Effrayé, il porta ses regards sur cette surface étroite. Une masse de chair en putréfaction gisait sur la partie la plus aiguë du rocher. Il eut un frisson par tout le corps, sa main défaillante laissa tomber la lampe, qui descendit un instant, produisit un sifflement et s'éteignit dans le vide. Otto proféra un soupir, ressemblant à un râle, retomba sur le roc et s'évanouit.

La corde ne descendant plus, les hommes qui se trouvaient en haut attendirent un instant. Otto devait certainement être arrivé au fond et faire ses recherches ; d'ailleurs, il était convenu que lorsqu'il voudrait être remonté, il crierait ou tirerait la corde, s'il était sur le sol. La corde demeurait flottante. L'un des hommes s'aventura vers l'orifice, et revint effrayé de n'avoir plus aperçu la lueur de la lanterne.

On se mit aussitôt à l'œuvre, et dix minutes après on recueillait le corps inanimé du malheureux Otto.

Il revint à lui. Il raconta ce qu'il avait vu. Et sa relation suffit pour constater civilement la mort d'Elva.

Otto revint morne et sombre à Helsingfors, et, rentré dans sa demeure abandonnée, il se jeta sur sa couche et pleura toute la nuit.

Les jours suivants s'écoulèrent pour lui dans le désespoir et la souffrance : il ne se montrait pas au dehors, personne ne le voyait ; il n'ouvrait même plus sa maison.

Quelles pouvaient être les causes de ce suicide ? Il l'ignorait. D'ailleurs, que lui importait, puisqu'elle était perdue à jamais ?

Ce changement de caractère, cette froideur, ces absences fréquentes qui le désolaient — dont il l'accusait même, — maintenant, il se les expliquait. Son esprit avait été frappé. Elle n'avait pu se faire à la pensée de ne plus vivre dans la maison qui l'avait adoptée. Eh, mon Dieu, qui sait ? celle qui la recueillit ne l'a-t-elle pas rappelée, ne lui a-t-elle pas envoyé une de ces fées amies... ou, Elva hallucinée, ne l'a-t-elle pas cru ?.. Un de ces esprits familiers peut-être l'a attirée jusqu'au milieu de ces solitudes ; là le vertige s'est emparé d'elle... elle a entendu une voix de l'abîme... une voix qui l'appelait... et elle s'y est précipitée !...

Un matin un homme se présenta chez Otto.

— Je suis employé de la police, lui dit-il.

— Que me voulez-vous ?

— Quelques renseignements.

— Je suis à vos ordres.

— Où est votre sœur ?

— A Paris. Voici la lettre qu'elle m'a écrite le jour de son départ ; car j'étais à cette époque, absent.

L'employé lut la lettre avec attention, puis, la remettant à Otto, il dit :

— Je crois, en effet, qu'elle ne savait rien.

— Quoi rien?

— Sur les intentions de son mari. — A propos, nous connaissons les causes de la mort de votre femme.

— Ah!

— Oui, elle a été assassinée.

— Assassinée!.

— Il m'est pénible de vous donner quelques explications, mais j'y suis obligé. M. Severino Falkenberg avait fait venir de Paris une de ses maîtresses, la nommée Hermusora. Elva et elle se rencontrèrent chez Severino.

— Qu'osez-vous dire! fit Otto bondissant d'indignation.

— Calmez-vous, la police ne se trompe pas. La Hermusora, dans un accès de jalousie, a juré la mort d'Elva. Elle l'a entraînée, nous ne savons sous quel prétexte, à l'endroit que vous connaissez, parmi les rochers de Cliffsberg. Là, il y a eu lutte, et votre femme a été précipitée dans le gouffre.

Otto, en entendant cette explication, fut anéanti. Malheureusement ses soupçons, ses colères sourdes, ses souffrances intérieures pendant les derniers jours qu'il avait vécu avec Elva, donnaient raison à celui qui parlait de la sorte.

Il releva lentement la tête, et, le rouge au front, il dit à l'agent de police :

— Et la preuve du crime?

— La preuve, c'est que le jour même de la disparition d'Elva, la Hermusora, n'osant même pas rentrer à son hôtel, abandonnant tous ses effets, ses malles, ses bijoux, s'est embarquée pour l'Allemagne. Nous avons vu le livré du bord du *Witikin-Baltik*, qui le constate.

Otto, accablé sous le poids de cette révélation, baissait la tête sans mot dire.

— Il était de mon devoir de vous instruire de ce fait, et je pense que vous ne m'en voudrez pas. D'ailleurs, les renseignements de la police sont secrets et tout le monde ignorera ces détails. — Malheureusement ma mission ne s'arrête pas là.

Otto releva la tête.

— Encore! s'écria-t-il, voulez-vous donc me tuer!

— Non, mais je serais bien aise que vous m'éclairiez sur une affaire qui vient à peine de se découvrir.

— Parlez, mais parlez vite ! Vous ne voyez pas que j'ai la fièvre, que mon sang bout, que je ne sais ce qui va arriver !... fit-il, terrible et menaçant.

— Calmez-vous, Otto. Vous êtes homme de cœur, tout le monde vous estime, conservez donc votre courage et votre force pour surmonter les adversités qui tombent sur votre tête.

— Oh! vous m'avez parlé de ma sœur, et je suis sûr que vous allez me dire quelque chose d'affreux !

— En effet, le mari de votre sœur...

— Ludow !

— Lui-même.

— Il la rend malheureuse !

— Sans doute, si elle est honnête, ce dont je ne doute pas. Ludow a quitté Helsingfors en emportant des valeurs qu'il était parvenu à soustraire de la caisse de la maison Falkenberg.

En entendant ces paroles, Otto se redressa froid et calme. Il tendit sa main à l'agent de police.

— C'est bien, monsieur, vous en avez assez dit. Je suis pauvre. Le jour où ma femme a été assassinée elle portait sans doute sur elle deux mille roubles qui nous venaient de la générosité de Karl Falkenberg ; cette somme a dû lui être volée par cette femme. Mais, je vendrai demain tout ce que j'ai, et je partirai pour Paris.

— Eh bien après ?

— Après ? ma sœur sait ce que je lui ai dit en la mariant. J'irai trouver Ludow, et je le tuerai.

— Prenez garde, Otto !

— C'est tout ce que vous avez à me dire, monsieur ?

— Oui.

— Eh bien, laissez-moi. J'ai besoin d'être seul. .

. . . .

Le lendemain on remettait une lettre à Otto. Elle venait de France et portait le timbre de Paris.

      « Mon cher frère,

« Mon mari est un misérable. Il a volé ses bienfai=
« teurs à Helsingfors. Ici, après avoir tout mangé, il m'a
« abandonnée. Tout ce que je possédais m'a été enlevé
« par lui, je n'ose pas t'en dire davantage. Je suis sans

« pain, et bientôt sans domicile. Viens, Otto, viens !..

   « J'ai quelque chose encore à te dire, mais je n'ose,
« pourtant j'en suis sûre. Elva que tu crois peut-être
« morte est ici. Je l'ai vue hier aux Champs-Élysées à
« cheval. En me voyant, elle a rougi et s'est éloignée
« à la hâte.

« Ta pauvre sœur,

« KARYN. »

   Otto tenait la lettre dans ses mains, et paraissait
fou.

VI

LA CABINE D'HERMUSORA

Trois jours après, Otto s'embarquait à Sweaborg sur le steamer qui fait le service de Cronstadt au littoral de l'Allemagne.

Lorsqu'il fut à bord, il remarqua le nom du paquebot ; c'était le *Witikin*.

Il se rappela alors que, sur ce navire, s'était échappée Hermusora, à ce que prétendait l'agent de police.

Avant de partir, Otto n'avait pu réaliser que quelque argent ; il avait donc pris la seconde classe sur steamer.

Il y avait deux jours qu'il était en mer lorsqu'il se rencontra sur l'avant avec le capitaine.

Il s'avança vers lui pour lui parler. Le capitaine le regarda avec l'indifférence que l'on doit à un passager de seconde classe.

6

— Je voudrais vous demander un renseignement, fit Otto.

— Parlez vite alors.

— Je n'aime pas à parler vite, mais si vous n'avez pas un moment à m'accorder, ce sera pour plus tard.

— Voyons, je vous écoute.

— Il y a deux mois vous avez relâché comme avant-hier à Sweaborg?

— Oui.

— Vous avez pris là une passagère?

— Oui, la nommée Hermurosa ; je me rappelle ce nom à cause d'une enquête qui a eu lieu à Helsingfors à propos d'un double disparition.

— Si je vous en parle, c'est que j'y ai quelque intérêt. Cette Hermusora, prétend-on, a assassiné ma femme.

— Ah ! fit le capitaine devenu plus familier par cette révélation qui lui promettait peut-être quelques détails intéressants.

— Elle était aux premières ?

— Oui, je puis même vous montrer sa cabine, c'est le numéro 4 ; elle est justement inoccupée maintenant.

— C'était une brune ?

— C'était une belle blonde, au contraire.

— Ah! elle était blonde, vous en êtes sûr ?

— Croyez-vous que je sois aveugle? On eût dit qu'elle avait des cheveux d'or ; pendant une traversée de plusieurs jours, c'est bien le moins qu'on regarde ses passagères quand on n'est pas un capitaine de carton.

— Paraissait-elle contente ? était-elle gaie ?

— Elle sortait rarement de sa cabine.

— Un détail encore.

— Voyons, lequel.

Otto parut embarrassé.

— Eh bien, ce détail ?

— N'y avait-il en elle rien d'extraordinaire ?

— Extraordinaire en quoi ?

— Sa taille ?

— Elle avait une fort jolie taille.

— Vous ne me comprenez pas ; n'était-elle pas dans un état particulier ?

— Dam ! elle était bien un peu enceinte, mais de peu de temps, car cela paraissait à peine, et il faut que je sois un capitaine à l'œil exercé pour l'avoir reconnu.

— C'était elle ! pensa Otto.

— C'est tout ce que vous avez à me demander ?

— Encore autre chose. La cabine qu'elle occupait, dites-vous, est libre ?

— Oui.

— Puis-je l'occuper ?

— Mais, vous êtes aux secondes.

— Je payerai en supplément ce que vous exigerez.

— Oh ! du moment que vous parlez d'or, c'est très-facile ; venez. Seulement, je ne m'explique pas trop le besoin que vous éprouvez à coucher dans le lit de celle qui a assassiné votre femme.

Otto ne répondit pas, et s'installa dans la cabine qu'avait occupée la prétendue Hermusora. Depuis ce moment on ne le vit presque plus sur le pont, et durant toute la traversée il sortit à peine.

Lorsqu'il fut débarqué, il prit le chemin de fer, et deux jours après il était à Paris. Par ses relations commerciales, à Borga et à Sweaborg, Otto avait appris un peu de français; il sut donc se faire comprendre en entrant dans la grande ville.

Karyn lui avait donné son adresse, rue de Seine. Il s'y rendit. C'était un petit hôtel de pauvre apparence.

Il rencontra dans l'allée une bonne qui lui demanda ce qu'il désirait.

— Ne demeure-t-il pas ici une jeune femme étrangère?

— Son nom?

— Karyn Ludow, d'Helsingfors, en Finlande.

— Ah! oui; une malheureuse, dont nous allons nous débarrasser aujourd'hui. Nous attendons qu'elle sorte pour lui prendre sa clef.

Il y eut dans le regard d'Otto un jet de colère; mais il se contint.

— Indiquez-moi sa chambre.

— Au cinquième, numéro 36.

Otto monta quatre à quatre l'escalier et arriva, tout essoufflé, à l'étage indiqué.

Il frappa à la porte du n° 36.

— Qui est là? fit une voix faible.

— Moi, Otto!... répondit le frère en suédois.

La porte s'ouvrit aussitôt, et une femme, tout en larmes, se jeta dans ses bras. C'était bien Karyn, mais combien elle était changée!... Karyn, amaigrie, pâle, méconnaissable.

Elle était à peine vêtue et sortait de sa couche. Otto que les pleurs suffoquaient, la prit dans ses bras, l'embrassa avec effusion, et vint la replacer dans son lit.

Et, frère et sœur se regardèrent un moment sans parler. Ils se sentaient heureux de ce fiévreux bien-être moral qu'engendre la réunion dans le malheur.

VII

LES CINQ CENT.MILLE FRANCS ENTERRÉS

— Bon frère !... Tu es venu à mon secours, de si loin !...

— Pauvre sœur, tu as donc bien souffert !...

— Oh oui ! mais, près de toi, il me semble que je me réveille d'un mauvais rêve.

— Tu me raconteras tout plus tard. Mais, dis-moi bien vite ta position présente. Pourquoi es-tu couchée ?

— Pourquoi me lever ? Je n'ai rien — depuis deux jours, Otto, oh ! je puis te le dire sans rougir, depuis deux jours...

— Eh bien ?

— Je n'ai pas mangé !...

— Lève-toi et sortons !... fit Otto résolûment en lui présentant ses vêtements.

Mais le pauvre garçon ne pouvait dissimuler ses

larmes. Il prit sa sœur dans ses bras, et se mit à pleurer avec elle de douleur et d'effroi.

Un moment après, tous les deux descendaient de l'hôtel.

Ils rencontrèrent sur leur passage la personne qui avait déjà parlé à Otto.

Celui-ci laissa passer Karyn devant, et, s'adressant à cette femme :

— C'est vous qui êtes la maîtresse, ici ?

— Non, monsieur ; pourquoi ?

— Parce que je veux régler les dépenses de ma sœur.

La bonne fit aussitôt appel, sur sa bouche hideuse, au sourire de la maison destiné aux bons clients, et introduisit le jeune homme dans une pièce, sur la porte de laquelle on lisait en lettres jaunes : *Bureau*.

Otto paya une somme minime, tout en pensant avec effroi que, faute de sa venue, sa pauvre sœur eût été mise sur la rue le soir même.

Otto fit entrer Karyn dans le premier restaurant qu'ils trouvèrent.

— Ainsi, lui dit-il lorsqu'elle eut pris quelques aliments, tu étais sans resssources?

— Sans un sou, mon pauvre frère.

— Raconte-moi donc tout ce qui s'est passé, et moi je te parlerai après, car, hélas, j'ai bien des choses aussi à te dire !

— Un soir, mon mari rentra tout effaré. — Qu'avez-vous? lui demandai-je. Car, le caractère sombre et taciturne de Ludow ne m'avait jamais permis de le tutoyer. — « Il faut faire tous les préparatifs de notre départ, me répondit-il. Il est arrivé une dépêche de Paris, et je dois me trouver dans cette ville avant cinq jours au plus. C'est dans l'intérêt de la maison Falkenberg. » Comme je me récriais sur la promptitude de ce départ, et que je regrettais de ne pouvoir t'embrasser, puisque tu étais à Borga, il me dit durement : — Après tout, si vous ne voulez pas me suivre, vous pouvez rester; mais, moi, je prends demain matin, au premier jour, le paquebot de Hambourg. Je me résignai, et fis tous les préparatifs. Ludow était en proie à une surexcitation fiévreuse, et but toute la nuit du genièvre. Dès que le jour parut, nous nous mîmes en route pour Sweaborg; moi, je pleurai, mais Ludow n'y faisait pas attention.

Durant la traversée qui me fatigua beaucoup, je questionnai plusieurs fois mon mari sur la nature de sa mission en France, et si nous retirerions un grand avantage de ce déplacement. Il me répondit à peine.

D'ailleurs, il passait tout le temps à boire avec le capitaine et les autres hommes du bord, et me paraissait faire beaucoup de dépenses.

Nous arrivâmes à Paris et descendîmes dans un grand hôtel des boulevards. Là, commença une autre existence pour moi. Je ne voyais jamais Ludow. Je mangeais seule dans ma chambre, et souvent mon mari ne rentrait pas de la nuit. Les soirs où il revenait, il était complétement ivre. C'est alors que j'aperçus

toute l'étendue de mon malheur. Quant à ses préten-
dues fonctions dans la maison Severino Falkenberg,
il n'en était plus question.

Cette existence dura deux mois. Ludow rentrait plus
rarement et il finit par ne plus revenir du tout.

Un matin, le maître de l'hôtel me fit présenter
la note. Nous devions un mois, et mes frais de nourriture. Je cherchai de l'argent et n'en trouvai plus;
d'ailleurs, moi, je ne possédais rien, et jamais mon
mari ne m'avait remis la moindre somme.

Je sortis et entrai chez un bijoutier qui m'acheta
ma chaîne et ma montre. Je payai l'hôtel, mais, je
compris que je ne pouvais plus conserver un appartement d'un prix aussi élevé. Je n'avais aucune ressource,
et, sur la vente de mes bijoux, il ne me restait que
très-peu d'argent. Je me mis à la recherche d'un logement plus modeste, et pris la petite chambre où tu
m'as trouvée ce matin. En partant je donnai ma nouvelle adresse, afin que mon mari pût me retrouver s'il
éprouvait le désir de me revoir.

Il y avait à peine quinze jours que j'étais dans ma
nouvelle demeure, lorsque j'entendis un matin frapper
à la porte. C'était mon mari. Mais quel changement!
Mon mari, pâle, défait, mal mis, couvert d'une blouse
en loques.

— Je n'ai pas déjeuné, me dit-il.

— Je vais vous servir, lui répondis-je.

— Oh! ce n'est pas la peine, fit-il, et, apercevant le
reste de mon argent déposé sur la cheminée, il le prit,

et s'en alla sans même me dire adieu, sans me faire une seule question sur ma position.

— Mais, c'est tout ce que je possède ! m'écriai-je.

— Oh ! me répondit-il, les femmes n'ont pas besoin d'argent à Paris, il leur est si facile d'en trouver.

— Le misérable !... fit Otto qui écoutait sa sœur avec avidité et angoisse.

Je ne le revis plus d'une semaine. Et, pendant ce temps, je vécus du prix des deux dernières bagues que je possédais. C'est alors que je t'écrivis. La semaine écoulée, Ludow revint. Il était plus défait, plus dégoûtant que la première fois.

— Avez-vous de l'argent ? me dit-il.

— Mais, vous m'avez tout pris. J'ai tout vendu, je ne sais que devenir ! Comment ne travaillez-vous pas ?

— Et vous, me répliqua-t-il, pourquoi ne travaillez-vous pas non plus ? — c'est afin de me laisser mourir de faim, n'est-ce pas ?

— Mais, où vivez-vous ?

— Dans la rue.

— Où couchez-vous ?

— Partout ; mais, si vous voulez me voir, vous me trouverez la nuit dans les fours à plâtre des carrières d'Amérique.

— O mon Dieu !... m'écriai-je, qu'est-ce que c'est que ces endroits-là !...

— C'est là que vont dormir ceux qui n'ont pas comme vous une chambre et un lit.

— Mais si vous parliez de votre position à M. Severino Falkenberg...?

— Imbécile! tu ne comprends donc pas que si je me présentais là, je coucherais le soir même à la Préfecture de police, me dit-il.

Je compris alors l'affreuse vérité. Mon mari était un voleur; il s'était échappé d'Helsingfors en emportant des valeurs soustraites à la maison de banque. Et, en deux mois, il avait tout dissipé, une somme très-forte peut-être.

— Oui, c'est vrai, dit Otto, on s'en est aperçu là-bas depuis ton départ.

— Enfin, le misérable se leva tout à coup et me dit d'un ton brusque :

— Ah çà, voyons, je ne suis pas venu ici pour me confesser. Il me faut de l'argent. Il n'y en a pas ?

— Non, hélas, non !...

— Eh bien, je vais en faire.

Et prenant sur une chaise mon châle, il le cacha sous sa blouse et s'en alla. — Comprends-tu, mon pauvre Otto, l'abîme qui s'ouvrait devant moi !... Rien, plus rien !... Et l'on me demandait de l'argent tous les jours pour le loyer de ma chambre, et je ne savais comment manger !...

— Pauvre Karyn !...

Otto, les yeux humides, pressait avec effusion la main amaigrie de sa pauvre sœur, la fidèle compagne de toute sa vie heureuse,

— J'ai engagé le peu de linge qui me restait, et je

n'avais plus depuis hier aucune ressource. J'étais résignée à tout. J'attendais. Une lueur d'espérance brillait toujours en moi. A l'heure suprême, me disais-je, Dieu m'enverra Otto, et, tu le vois, Otto est venu !

Emus tous les deux, ils demeurèrent un instant silencieux, se regardant l'un et l'autre avec affection et tristesse :

— Et toi, frère, tu as dû bien souffrir aussi !

— Oui, j'ai souffert et je souffre encore !

Et Otto raconta à Karyn la découverte du mystérieux cadavre et sa descente dans le gouffre.

— Et tu es sûre d'avoir aperçu Elva ?

— Oh oui, c'était bien elle !... Elle avait un costume très-riche, un domestique à cheval la suivait, et tout le monde la regardait.

— Tu as peut-être été trompée par une ressemblance.

— Non, frère, je n'ai pas été trompée. C'est bien Elva, car elle s'est troublée en m'apercevant.

— Oui, ce doit être elle. J'étais sur le navire qui l'a amenée en France et le capitaine m'a donné des renseignements qui ne peuvent me laisser aucun doute.

— Mais alors, frère, comment expliques-tu la présence de ce cadavre que tu as aperçu au fond du précipice ?

— Ce cadavre n'était pas le sien. Karyn, ne me questionne plus là-dessus. Je ne veux pas en dire davantage. J'ai passé deux nuits et deux jours dans la cabine qu'elle a occupée sur le *Witikin*. Là, j'ai appris bien des choses que je te dirai un jour. — Maintenant, ce qu'il me faut, c'est ce misérable. Tu dis qu'il se réfugie la nuit?...

— Dans un endroit où se réunissent les misérables et les malfaiteurs, et que l'on nomme les Carrières d'Amérique.

— Je m'y rendrai. Mais, qui sait, il est peut-être arrêté, maintenant.

— Eh mon Dieu, c'est bien possible !

— Je m'en informerai.

— Et où ?

— Chez Severino Falkenberg.

— Oh! je ne voudrais pas que tu rencontrasses cet homme, frère !...

— Ne crains rien. Otto sait être calme lorsqu'il le faut.

Le Finlandais reconduisit sa sœur chez elle, et la quitta en lui promettant de revenir la prendre le soir même.

Il se rendit rue Laffitte, où se trouvait la maison de banque Falkenberg et Cᵉ.

Les bureaux de la rue Laffitte ne ressemblaient guère à ceux d'Helsingfors. On ne retrouvait pas là la sévère simplicité de la maison Karl. C'étaient des portes de velours à clous dorés ; des garçons en livrées dans les antichambres ; des tapis partout.

Mais notre personnage se trouvait dans une situa-

tion morale à ne s'étonner de rien, et à ne point arrêter son esprit aux intimidations du luxe.

Un des garçons de bureau daigna se lever, et lui
demander ce qu'il désirait. Ces gens-là sont très-sty-
lés. On ne sait pas, quelquefois sous l'allure la plus
gauche et la plus simple se trouve un nigaud.

— Je viens pour un renseignement.

— Si monsieur veut inscrire son nom. Et le garçon
lui présenta un morceau de papier et un crayon.

— Mon nom importe peu ; je préférerais savoir
celui de la personne à laquelle je dois m'adresser.

— Quelle nature de renseignement désirez-vous
avoir ?

— C'est une affaire qui se rattache à la maison
d'Helsingfors.

— Alors il faut vous adresser à M. Cancari, le
caissier.

— Introduisez-moi auprès de M. Cancari.

Le garçon sortit et revint une minute après.

— M. Cancari va vous recevoir à l'instant. Veuillez
vous asseoir.

Otto se conforma sans réflexion à cette mise en
scène ordinaire.

Un timbre résonna. Le garçon se leva et introduisit
Otto dans une pièce où un monsieur paraissait très-
occupé sur de gros livres. C'était M. Cancari, le caissier
de la maison Severino Falkenberg et Cᵉ.

Il continua à écrire pendant une minute; puis, indiquant un siége au visiteur, il s'assit lui-même à son bureau.

— Monsieur, je viens d'Helsingfors.

— Ah !... vous avez sans doute une traite à vue.

— Je ne sais même pas ce que c'est. Mais j'ai le malheur d'être le parent d'un employé infidèle de la maison Falkenberg (de Finlande), et je viens m'informer si on est parvenu à le faire arrêter.

— Le nom de cet employé? fit M. Cancari, en examinant attentivement son interlocuteur par-dessous ses lunettes.

— Ludow.

— Ludow... Ah! oui, j'en ai, il me semble, entendu parler par M. Severino. Mais ce n'était pas une soustraction bien importante, je crois : cinq ou six mille roubles, peut-être. Nous ne nous en sommes pas occupés. Et puis nous ignorions la route qu'il avait prise. Il pouvait s'être arrêté en Allemagne et là toute l'Europe lui était ouverte. D'ailleurs, aurions-nous été sûrs qu'il fût venu à Paris, est-ce qu'une maison sérieuse comme la maison Severino Falkenberg et Cᵉ aurait osé se plaindre pour un détournement d'une vingtaine de mille francs?

— Ah... j'ignorais, monsieur.

— Mais à Paris les détournements ne se font que par millions. Que penser d'une caisse où l'on ne prend que vingt mille francs? Mais ce n'est pas une caisse, cela, ce n'est même pas un portefeuille, c'est tout au plus un porte-monnaie.

Le pauvre Otto était presque confus de sa démarche ; et il se disait combien ce bon caissier devait le prendre en pitié d'être le parent d'un homme qui ne vole même pas cent mille francs.

Ce monsieur Cancari était presque un vilain homme au physique ; et il avait un regard qui aurait peut-être donné à penser à un banquier de la trempe du vieux Karl Falkenberg.

— Je regrette, monsieur, de vous avoir dérangé, mais peut-être votre patron...

— Quoi ! vous voudriez déranger M. Severino Falkenberg pour cela ?...

— C'est qu'il y a des détails que vous ignorez sans doute...

— Je veux le croire, monsieur, mais M. Falkenberg est trop occupé en ce moment...

Dans une pièce contiguë à celle où le Finlandais se trouvait, quelques voix se faisaient entendre. Il y avait dans ces voix quelques notes qui produisaient sur Otto un effet étrange.

— Ah ! monsieur Severino est très-occupé.

— Oui, monsieur, et moi aussi, répliqua le caissier en revenant à ses livres.

Le jeune homme comprenait très-bien qu'il n'avait plus qu'à s'en aller. Il se leva.

Un éclat de rire partit de l'appartement voisin. C'était une voix de femme.

Le Finlandais se précipita vers la porte.

— Eh bien, qu'avez-vous ? fit le caissier étonné.

— Cette voix!... cette femme!... Je veux voir cette femme!...

— Mais, c'est un fou!...

Et le timbre retentit. Les garçons pénétrèrent aussitôt dans le cabinet de M. Cancari.

— Délivrez-moi de cet homme; il est fou, vous le voyez bien!...

— Fou!... non, je ne suis pas fou!... disait haletant le jeune homme et se contenant autant que possible... non, j'ai toute ma raison... mais le nom de cette femme... de cette femme qui est là à côté!... qui rit... je veux le savoir!...

Tout ce que disait Otto, si calme qu'il pût être, paraissait si étrange que, l'ayant pris par le bras et les épaules, on l'entraîna dehors. Il voulut résister. Un des garçons dit à un de ses collègues :

— Allez chercher un sergent de ville.

A ce mot, Otto redevint souple et soumis. Il pensa à sa sœur. Que deviendrait-elle, s'il était arrêté!...

Il sortit sans mot dire de la maison Falkenberg.

Le soir, il dîna avec Karyn, mais il ne lui dit pas un mot de ce qui s'était passé dans le cabinet du caissier. — Il se reposa pendant deux jours. Puis il s'installa avec sa sœur dans un petit appartement, où ils apportèrent quelques meubles.

Enfin, un matin, sans prévenir Karyn, il commença à prendre ses mesures pour retrouver Ludow.

Otto s'adressa au premier sergent de ville qu'il aperçut.

7.

— Voulez-vous m'indiquer, lui dit-il, le chemin qu'il faut prendre pour aller aux Carrières d'Amérique?

Le sergent de ville le regarda avec étonnement. La tenue d'Otto était convenable ; et, n'eût été son accent très-prononcé, l'agent eût pu le prendre pour un journaliste.

— Et que diable voulez-vous faire dans ces endroits-là ?

— Les visiter ; je suis étranger.

— Je m'en aperçois bien. Prenez la rue La Fayette et allez tout droit jusqu'à la barrière. Là, vous prendrez à droite, et vous y serez.

Le Finlandais se mit en route. Comme il pensa avec raison que le jour ne pénétrait pas dans ces excavations, il se munit d'allumettes et de bougies.

Une heure après, il se trouvait en face du champ des carrières. Il s'avança vers les deux énormes mamelons de terre crayeuse et en fit le tour. Il pénétra par le premier orifice qu'il rencontra.

Il alluma sa bougie et descendit dans la carrière. N'eût été l'heure du jour, on aurait dit un honnête vagabond qui rentre se coucher.

Mais comme il n'avait pas l'esprit enclin à la plaisanterie, cette réflexion ne lui vint pas.

Il traversa toutes les parties creusées, étudia la disposition des galeries et s'applaudit de s'être précautionné de lumière en côtoyant les puits dans lesquels il serait tombé inévitablement.

Au fond d'une des galeries, il remarqua une ouverture. Il s'en approcha : c'était l'entre-bâillement d'une porte dissimulée par une couche terreuse et caillouteuse qui la recouvrait. Il avança encore, mais prudemment.

Derrière cette porte était un orifice qui ouvrait sur une cave profonde. Il lui fut d'autant plus facile de reconnaître la profondeur de ce souterrain, qu'une clarté se montrait au fond.

Il se passait certainement quelque chose là.

Afin de mieux voir et de ne pas être vu, il éteignit prudemment sa lumière.

Et s'avançant vers le trou béant, il regarda.

Tout au fond, un homme était accroupi sur le sable. Près de lui était une lanterne sourde et une caisse en bois blanc de deux pieds carrés environ.

Cet homme faisait un trou dans le sol.

Lorsqu'il eut creusé profondément, il prit la caisse et l'ouvrit.

Alors Otto remarqua près de lui un tas de petits paquets de papiers.

Par moments, l'homme s'arrêtait immobile et écoutait. Ses regards se portaient inquiets et effarés tout autour de lui. Il était sans doute en proie à une forte émotion, car la sueur inondait son visage.

Un instant il leva la tête. Cette tête, quoique très-décomposée dans ses traits, n'était pas inconnue d'Otto.

Il chercha à se la rappeler.

— Oui, c'est bien lui, pensa-t-il, c'est M. Cancari

qui m'a reçu il y a quelques jours. C'est le caissier de Severino Falkenberg !...

Cet homme prit les liasses de papier et les plaça avec soin, l'une après l'autre, dans la caisse.

Otto reconnut tout de suite que c'étaient des valeurs de Bourse et des billets de banque. Lorsque le tas de petits paquets fut épuisé, la caisse était pleine. Il la referma avec soin et l'enfouit dans le trou. Il ramena le sable dessus, y frappa du pied afin de le tasser, et répandit au loin l'excédant de terre dont la caisse tenait la place.

Au moment où il s'apprêtait à remonter, Otto se déroba dans une des galeries latérales. Il lui vit fermer la porte que dissimulait si bien la terre dont elle était enduite, et quitter la carrière.

Alors, le Finlandais s'approcha de la porte et chercha le secret ; en sa qualité de charpentier, il connaissait toutes les combinaisons des panneaux glissants et le jeu de trappes les plus compliqués.

La porte s'ouvrit donc devant lui. Il descendit dans la cave, creusa le sol, retira la caisse et l'ouvrit. Il compta les billets de banque, calcula approximativement les valeurs ; il y en avait à peu près pour cinq cent mille francs !...

Il demeura un moment plongé dans de profondes réflexions. Il ne luttait point contre la tentation, mais commençait à combiner un moyen de vengeance.

Puis tout à coup il se releva résolu.

— Cet argent est à toi, Severino ; cet homme qui

vient de sortir est ton caissier, et te l'a volé. Toi, tu
as fait le malheur de ma vie ; tu as donné ma sœur à
un misérable; tu m'as volé Elva. Eh bien, c'est ton or
qui va m'aider à me venger, à punir Ludow, à recueil-
lir mon enfant, et à traiter Elva comme elle le mérite.
Je le jure ici, cet or ne me servira en rien en dehors
de l'œuvre que je vais entreprendre contre toi, contre
Ludow, contre Elva. Mais, puisque c'est une arme que
la Providence m'envoie, je m'en empare. Et, maintenant, malheur à vous tous qui m'avez trompé, trahi,
torturé ! malheur à vous tous, car vous allez voir Otto,
le simple Otto, le pauvre artisan finlandais se relever
terrible et commencer son œuvre!...

VIII

CANCARI ET SA CAISSE

Il nous faut présenter maintenant, avec quelques détails, le caissier de la maison Severino Falkenberg et Ce, car ce Cancari, à peine entrevu tout à l'heure, est un personnage qu'il ne faudrait pas confondre avec les modestes comparses de ce drame. Ce n'est à tout prendre qu'un drôle; mais, aujourd'hui, ces gens-là intéressent quelquefois le public qui les élève pendant huit jours à la dignité de célébrités du moment.

Cancari, son nom l'indique, était Italien; pourquoi avait-il quitté le beau ciel de son pays pour venir vivre dans le brouillard des rives de la Seine? On ne saurait répondre à cette question; et, d'ailleurs, comme il n'est pas le seul dans ce cas, nous serions injuste de lui en faire un crime.

Cancari avait-il des ressources lorsqu'il arriva à Paris? Nouvelle question très-difficile à résoudre. On ne sait jamais ce qu'un Italien a dans sa poche. Et, il eût été superflu de le questionner à ce sujet, car tout Italien a, dirait-on, mission de se plaindre, lorsqu'on l'interroge sur ses petites affaires.

C'était un homme d'une quarantaine d'années. Il portait des vêtements qui lui allaient mal, un visage, très-envahi par la barbe, mais soigneusement rasé, et un de ces sourires dont tout le monde se défie et auxquels tout le monde se laisse prendre. Il était naturellement sale de sa personne, mais se lavait pour dissimuler.

En politique, Cancari ne disait pas plus ce qu'il pensait, qu'il ne pensait ce qu'il disait. Il avait des théories qu'il n'osait soutenir, et qu'il attribuait toujours à autrui — qu'il n'aimait peut-être pas comme lui-même.

Dès son arrivée à Paris, il se lia avec un nommé Galtier, maçon issu d'Auvergnat, qui spéculait sur le bâtiment.

Ils se mirent tous les deux en société pour l'exploitation d'une carrière à plâtre, dans les terrains dits d'*Amérique*.

Puis, ils donnèrent de l'extension à leur commerce, et se mirent à bâtir eux-mêmes.

Voici quel était leur procédé, d'ailleurs très-connu à Paris. Ils achetaient un terrain, avec facilités de payements. Le terrain acquis, ils empruntaient dessus

au Crédit foncier; avec ces fonds, ils élevaient le premier étage, sur ce premier étage terminé ils contrac-
taient un nouvel emprunt pour bâtir le second et
ainsi de suite jusqu'aux combles. Lorsque tout était
fini, il s'agissait de vendre l'immeuble, et, après avoir
satisfait les prêteurs, d'en retirer quelques dizaines
de mille francs. Ce n'était pas toujours facile.

Par ce procédé, Cancari et Galtier étaient propriétaires de deux ou trois magnifiques maisons sur les
boulevards Haussmann et Magenta.

Autrefois, il y avait de vrais propriétaires, des personnes qui avaient acheté à deniers comptants les im-
meubles qu'ils possédaient, et sur lesquels ils ne devaient rien à personne.

Aujourd'hui, la plupart des propriétaires du nouveau Paris, sont des maçons, qui montent eux-mêmes
à l'échelle, gâcheraient le plâtre au besoin, et vivent
comme au temps où, moins préoccupés, ils ne ga-
gnaient que *trois livres dix sous* par jour.

C'est ce que faisait Galtier. Il avait toujours une
brosse dans sa poche pour se nettoyer lorsque quelqu'un demandait à parler au propriétaire.

Cancari, ainsi que son nom l'y obligeait, avait, dans
ces constructions diverses, le département de la fu-
misterie.

Lorsque l'immeuble était terminé, il s'agissait de découvrir l'acquéreur, c'est à ce moment que le génie
de Cancari se montrait.

Il consentait des baux magnifiques aux premiers

venus. Et lorsque l'immeuble, par la voix de ces baux enregistrés, rapportait un gros revenu fictif, ils vendaient aux naïfs en quête de placements sûrs.

Mais les naïfs en quête de placements sûrs deviennent rares sur les nouveaux boulevards. Et, malgré les compères qui consentaient à affronter les rhumatismes dans les constructions neuves, la société Cancari et Galtier périclita.

Le papier timbré pleuvait chez eux; ils auraient pu en tapisser toute une maison. Puis, au papier timbré, succédèrent les affiches; ces terribles affiches caméléoniennes qui changent de couleur à mesure que la situation s'aggrave, d'abord jaunes, puis rouges, et, raillerie suprême, vertes, couleur d'espérance, alors qu'il n'y en a plus.

C'est ordinairement sur cette dernière affiche, lorsqu'il n'y a plus lieu à référé, qu'on dépose son bilan. C'est ce que fit la société Cancari et Galtier.

Mais, Cancari, qui probablement, était de Bergame, ville renommée par ses fruits, avait eu soin de se réserver une poire pour la soif.

Dans la carrière qu'ils exploitaient se trouvait creusée une vaste et profonde cave. De concert avec Galtier, il la bourra de sacs de plâtre, et lorsqu'elle fut pleine, il la ferma au moyen d'une porte d'une apparence et d'un mécanisme de son invention.

Nous connaissons cette porte par Otto, qui en a deviné si facilement le secret.

8

On fit l'inventaire à la plâtrière, et le syndic ne découvrit rien.

La faillite, ainsi que toute chose de la vie, vint à terme. Les créanciers consentirent au concordat, et le pauvre Cancari obtint encore un vote de secours.

Puis, lorsque tout fut terminé et oublié — on oublie si vite à Paris — les deux associés firent enlever le plâtre enfoui dans les carrières, et le vendirent pour plus de vingt mille francs.

Et les deux amis se séparèrent le porte-monnaie peut-être un peu plus gonflé que le jour de leur première rencontre.

Cancari serra son pauvre argent, et s'en alla rôder autour des affaires mouvantes.

La maison Severino Falkenberg et Cᵉ se fondait rue Laffitte. On en parlait un peu dans le monde financier. Cela vint aux rouges oreilles de Cancari, bien qu'il n'eût pas la prétention de traverser ce monde.

Il apprit que Severino était un ex-viveur. Il apprit encore bien des choses; on lui donnait des renseignements qu'il absorbait, sans avoir l'air de rien, comme si c'eût été du macaroni interminable. Quand on lui racontait toutes ces choses, il exprimait sa satisfaction par un doux sourire.

Il sut qu'au nombre de ses maîtresses, se trouvait une Italienne. Il s'introduisit chez cette femme en jurant par *le Christ et la Madone* et par *Bacchus*. Une Italienne ne met jamais à la porte un Italien qui jure par *le Christ et la Madone*.

Il lui conta tout ce qu'il voulut, se frappa la poitrine, et lui donna la recette pour préparer d'excellent *tagliarini*. L'Italienne ne se montra pas insensible à cette pantomime, et lui remit une lettre d'introduction auprès de Severino.

Le lendemain, Cancari était un des employés de la maison Severino Falkenberg et Cᵉ.

Le zèle le possédait. Aucune besogne ne l'épouvantait, il était prêt à tout, il allait au-devant des lacunes inhérentes à une installation nouvelle.

Severino le remarqua, et l'employa quelquefois pour son service particulier. Il l'envoya chez ses maîtresses, et Cancari s'acquitta très-bien de ces missions délicates.

Un matin, Cancari se trouvait près de son patron, qui l'avait fait venir pour quelques renseignements.

— Monsieur Falkenberg n'a pas encore de caissier définitif ?

— Non, c'est l'intendant de mon associé qui tient provisoirement la caisse.

— Si le cautionnement exigé n'était pas trop élevé, je me permettrais bien de m'offrir à ces messieurs.

— Vous avez donc des ressources, Cancari ?

— Dam, j'ai quelques mille francs, péniblement amassés sou à sou ; mais je n'oserais en dire le chiffre.

— Il est certain que le cautionnement d'une caisse de l'importance de celle de notre maison ne peut être représenté par une petite somme.

— C'est bien ce qui ne me donne que peu d'espoir.

— Il est vrai que vous êtes intelligent. Et combien avez-vous?

— Oh ! cela n'irait pas à vingt mille francs ; inutile d'en parler.

— Eh bien, n'importe, je vous ai vu à l'œuvre ; vous m'avez été recommandé, j'en causerai au prochain conseil.

Cancari s'inclina jusqu'à terre et sortit. Et en lui-même il se disait :

— La semaine prochaine je serai caissier de la maison Falkenberg et Cᵉ.

Cancari ne se trompait pas. Huit jours après, il prenait place dans le beau fauteuil en cuir de Russie ; et des rideaux verts, tombant sur le grillage protecteur qui l'entourait, le dérobaient à la vue du public.

De son côté, Severino n'était pas fâché d'avoir là, sous la main, un homme en face duquel il se trouvait à l'aise.

Cancari avait conservé ses habitudes de simplicité et de frugalité. Il déjeunait dans son bureau avec un petit pain, un morceau de fromage et un demi-verre de vin.

Quelquefois, le matin, après un repas probablement moins frugal, Severino venait près de son caissier en fumant un cigare.

— Comment, lui dit-il un jour, pouvez-vous vous contenter d'un déjeuner si simple? Cependant, vos appointements vous permettraient de mieux vivre. Vous n'aimez donc pas les bonnes choses?

— Si, si, je les aime, répondait Cancari, mais je sais attendre; viendra un jour, j'espère, monsieur Falkenberg, où je pourrai mieux vivre.

— Mais, le soir, vous dînez bien?

— Le soir, je dîne avec une portion de macaroni et une tranche de mortadelle.

— Et vous n'avez pas de maîtresse?

— O monsieur Falkenberg, est-ce qu'il est permis d'adresser pareille question à un pauvre caissier?

— Mais vous ne vivez pas, alors!

— Non, je ne vis pas, c'est vrai.

— Je vous plains.

— Il vaut encore mieux cela, que si c'était le contraire.

— Comment l'entendez-vous?

— Oui, que si c'était moi qui vous plaignît.

— Quel est donc ce bruit que j'ai entendu hier ici? Est-ce que l'on voulait enlever votre caisse?

— Non, pas précisément. C'est, je crois, un fou, qui d'ailleurs arrivait de Finlande.

— Ah! et que désirait-il?

— Avoir des renseignements sur ce misérable qui a enlevé quelques sous à la maison d'Helsingfors.

— Ah! oui, je sais, un nommé Ludow.

— Mais ce n'est point là la cause de sa fureur. Ce qui l'a exalté tout à coup, ce pauvre insensé, c'est d'a-

8.

voir entendu une voix de femme qui se trouvait avec vous dans votre cabinet.

— Ah! fit Severino presque inquiet, et ne vous a-t-il pas dit son nom?

— Je ne le lui ai pas demandé; je me suis contenté de le faire jeter à la porte.

— N'était-ce pas un grand blond?

— Si, je crois.

— Les garçons l'ont-ils remarqué?

— Je pense que oui.

— Eh bien, dites-leur que si cet homme se représentait sous un prétexte quelconque, de le renvoyer inexorablement.

Et Severino rentra dans son cabinet.

— Allons, se dit Cancari lorsqu'il fut seul, ce Finlandais n'est pas aussi fou que l'on pourrait le croire.

Quelques jours s'écoulèrent. A la fin de la semaine, le samedi, au matin, Severino fit appeler son caissier.

— Combien avez-vous en caisse, Cancari?

— Dam! il y a de l'argent. Désirez-vous savoir le chiffre exact?

— Non, à peu près.

— Il y a plus de cent cinquante mille francs, et il rentrera aujourd'hui soixante-cinq mille francs à échéance de ce jour.

— Il y a beaucoup à payer mardi, d'après avis de la Caisse de Stockolm. Il faudra, ce jour même, aller à la Banque prendre trois cent mille francs.

— Très-bien, monsieur.

— C'est tout ; vous pouvez vous retirer.

Le caissier revint à son bureau, s'assit en face de ses livres et devint rêveur.

Vers quatre heures, les garçons de recette rentrèrent et versèrent les soixante-cinq mille francs.

On avait d'autre part touché les cent mille écus à la Banque.

Cancari fit sa caisse. Total : cinq cent vingt mille francs.

Il n'était plus si rêveur que le matin ; on eût dit même qu'il était en proie à un commencement de fièvre.

Vers six heures, les employés partirent. Cancari dit aux garçons de fermer, qu'il resterait encore, ayant à travailler.

A six heures et demie, tout le monde était parti. Un seul homme se trouvait dans les bureaux : c'était Cancari.

Il sortit à sept heures et monta dans un fiacre. Mais le caissier de la maison Falkenberg, si ponctuel d'habitude, ne rentra chez lui qu'à huit heures. La voiture l'attendit à la porte. Un instant après, il redescendit avec une petite malle.

— Je vais à la campagne, dit-il à son concierge.
— A la gare Saint-Lazare ! cria-t-il au cocher.

Dix minutes après, il montait le grand escalier de la gare ; mais, au lieu de se diriger vers un des guichets, il tourna à droite vers la rue d'Amsterdam.

En montant l'escalier, c'était un voyageur qui partait ; rue d'Amsterdam, c'était un voyageur qui arrivait.

Il prit une seconde voiture, et se fit conduire à un hôtel de la place du Havre.

Il demanda une chambre au mois, fit le prix et paya.

Cancari portait un ample pardessus, un pardessus qu'il s'était fait faire exprès, avec des poches partout. Lorsqu'il fut seul, il sortit de toutes ces poches des liasses de billets de banque et des actions au porteur.

Il enfouit le tout dans un des plus vastes tiroirs de la commode. — Puis il sonna, et se fit servir à dîner.

Il mangea d'excellent appétit, but copieusement, et ne pensa même pas à demander du macaroni. Et, comme un Italien doit toujours s'excuser, même vis-à-vis de lui-même, de ne pas consommer de cette pâte nationale, il se dit en souriant :

— C'est un moyen de détourner les soupçons.

Puis, lorsqu'il eut vidé le dernier verre de la bouteille de bordeaux, il alluma un cigare et se prit à murmurer tout bas :

— Maintenant, il s'agit de ne pas se laisser prendre. Mes prédécesseurs, les caissiers adroits d'abord, maladroits après, ont toujours commis des imprudences. Ou ils ont pris le chemin de fer, sur la ligne duquel la police porte ses regards aussitôt avec le binocle télégraphique ; ou ils se sont jetés à corps perdu dans les boudoirs des lorettes connues. On les a pincés le lendemain. Je ne quitterai pas Paris, je ne prendrai pas le chemin de fer, et je m'abstiendrai de cocottes. Je vais faire le malade, ici, et ne sortirai plus. Tous les soirs on ira m'acheter les journaux du soir, et cette lecture sera toute ma distraction. Ce sera un régime dur, je le sais, mais je m'y ferai. Je vais commencer dès ce soir.

Et Cancari sonna.

— Garçon, apportez-moi de la fine champagne, et allez m'acheter tous les journaux du soir.

Le garçon sorti, Cancari fit les réflexions suivantes :

— Je suis un maladroit. J'ai toujours raillé jusqu'ici les romanciers, mais je m'aperçois que je serais incapable de nouer une intrigue, ni de bâtir un drame. J'ai l'intention de me faire passer pour malade et je mange comme un goinfre, et je demande de la fine champagne !...

Il est sûr que Cancari était un peu surexcité et qu'il avait un monologue, qui, grâce à la fine champagne, pourrait bien dans un moment tourner à la *cascade*.

Mais le retour du garçon lui donna à réfléchir.

En effet, celui-ci remontait, non-seulement avec une masse de journaux, mais encore avec un petit papier qu'il plaça sous les yeux du voyageur.

— Qu'est-ce que c'est que ça ? demanda Cancari.

— Si monsieur veut bien remplir ce bulletin, c'est pour le livre de police.

— Ah! il y a un livre de police !

— Dans tous les hôtels, monsieur.

— Et la police le regarde quelquefois ce livre ?

— L'inspecteur vient le viser presque tous les deux jours.

— Ah !...

— Les indications sont imprimées, monsieur n'a qu'à remplir.

— Très-bien, très-bien !... Voyons : NOM : Couturier; prénom, Jules; lieu de naissance, le Havre; dernier domicile, le Havre ; domicile habituel, toujours le Havre.

— Moi, aussi, je suis du Havre, monsieur ; jolie ville.

— Oui, très-jolie ville. Papiers, comment ! papiers ; mais je n'en ai pas.

— Mettez alors, *sans papiers*, cela ne fait rien.

— Comment! cela ne fait rien ? Et l'inspecteur ?

— Oh! à moins qu'on ne recherche quelqu'un, il ne dira rien.

— Et s'ils recherchaient quelqu'un ?

— Ah! dame, alors, il monterait vous questionner lui-même. Vous savez, c'est désagréable, on n'aime pas ça.

— C'est vrai, on n'aime pas ça.

— Et puis, comme il vient très-matin, on serait obligé d'éveiller monsieur.

— Enfin que voulez-vous que j'y fasse? je suis venu à Paris pour affaires de quelques jours seulement, et je n'ai pas de papiers sur moi que je puisse vous remettre.

— Oh! c'est très-bien, monsieur. Monsieur n'a plus besoin de rien?

— Non.

— Bonsoir, monsieur.

Après le départ du garçon, Cancari devint pensif. Il commençait à comprendre qu'il n'était pas si facile de se cacher dans Paris. Mais il fut pris tout à coup d'une belle résolution.

— On me prendra, c'est possible, dit-il, mais que m'importe, je n'ai aucune considération à garder vis-à-vis des miens. Je n'ai pas de famille, ou si j'en ai, je ne me préoccupe pas d'elle. Seulement je prétends sauver la caisse. Je connais un endroit inconnu à tous, qui garde fidèlement ce qu'on lui confie; c'est là que je porterai demain ce qui est ici dans cette armoire. D'ailleurs, demain, c'est dimanche, et jusqu'à lundi je suis en sûreté : je ne vois même pas pourquoi je ne sortirais pas ce soir... Eh! eh! si je voulais, j'ai les moyens de m'amuser, là !... mais, non, il vaut mieux combiner des plans de sécurité. Tiens, mais, si je buvais un verre de fine champagne ! Severino en boit bien, lui, le gaillard ! je ne vois pas pourquoi je m'en priverais, moi !...

Et Cancari vida son verre à moitié plein. Il avait des dispositions d'esprit gai, car il lui vint une réflexion qui le fit sourire.

— Il faudra me déguiser ; laisser croître ma barbe; porter une perruque ; me voûter le dos. Mais ne serait-il pas plus simple de me livrer entièrement à la débauche, de consacrer dix mille francs à des plaisirs corrosifs? Excès de table, excès d'amour, excès de tout!... Au bout d'un mois, mes yeux seraient éraillés, mes traits tirés, mes lèvres pendantes, mon nez rouge. — Qui diable me reconnaîtrait sous ce masque!... C'est peut-être une idée et j'y réfléchirai cette nuit.

Mais Cancari n'avait pas l'habitude de la bonne chère, ni des liqueurs ; aussi commencait-il à sentir sa tête lourde.

Il consulta sa montre ; il était dix heures. Cancari se coucha et s'endormit si profondément qu'il n'eut même pas la satisfaction de rêver de la Vénétie.

Le lendemain matin, lorsqu'il se réveilla, Cancari était naturellement beaucoup plus calme que la veille.

Et il pensa sérieusement à mettre son trésor en lieu sûr. — Il fit un lot de cinq cent mille francs, qu'il divisa dans les innombrables poches de son pardessus. Puis il descendit sur la place et monta dans un coupé qui passait.

— Prenez la rue La Fayette ; vous vous arrêterez devant la première boutique d'emballeur que vous rencontrerez.

La voiture partit et s'arrêta dix minutes après devant le magasin d'un layetier.

Cancari descendit, fit l'emplète d'une boîte en bois, remonta, et le coupé se remit en route.

— Allez toujours tout droit.

Lorsque le cocher fut près de la barrière, le voyageur lui fit prendre à droite.

— Vous arrêterez, lui cria-t-il, en face l'escalier qui monte à la rue des Lilas.

A cet endroit, Cancari paya le cocher qui repartit, et resta seul sur le boulevard Sérurier avec sa boîte sous le bras.

Le boulevard était désert ; il escalada la clôture et pénétra dans les Carrières d'Amérique.

C'était justement le jour où Otto devait un moment après venir les visiter. Nous savons le reste. Cancari avait enfoui les cinq cent mille francs dans la cave qui avait recelé les sacs de plâtre soustraits à sa faillite.

Lorsqu'il eut terminé son œuvre, Cancari rentra dans Paris en se frottant les mains. Il déjeuna dans un restaurant de la Villette. Ce repas lui donna des inspirations, car il ne rentra à l'hôtel que vers deux heures du matin.

Trois jours après cette mise à l'abri des cinq cent mille francs, à huit heures du matin, deux agents de police s'introduisirent dans la chambre du caissier infidèle et l'arrêtèrent.

Il passa en cour d'assises et fut condamné à quatre ans de prison. — Mais que l'on se rassure, Cancari n'est pas un personnage à perdre de vue. Nous le retrouverons à l'œuvre dans la maison de Mazas.

IX

LE PROFESSEUR D'ABSINTHE

Maintenant que nous venons de terminer une des parties rétrospectives de ce roman, nous allons nous remettre dans le courant de ce récit à l'endroit où nous l'avons laissé.

Plusieurs jours se sont écoulés depuis la descente de police dans les carrières. Ces pauvres diables capturés cette nuit-là n'étaient probablement coupables que de simple vagabondage, car nous allons en retrouver quelques-uns à la *Bibine*.

La Bibine est un débit de liqueurs — quelles *liqueurs !* — qui se trouve rue des Bernardins, près d'un nouveau boulevard. Les alentours de ce débit sont aujourd'hui bouleversés par les démolitions.

C'est le rendez-vous, le soir, de tous les chiffonniers du quartier, à l'exception cependant de ceux qui chiffonnent sérieusement, et qui achètent de temps en temps du mobilier à la Bourse.

Ce débit est un bouge. Les consommateurs sont hâves et sordides.

C'est là que nous retrouvons le Professeur que nous avons déjà entrevu dans les Carrières d'Amérique.

Malheureusement pour lui, à la *Bibine*, il n'est qu'un des professeurs, et la concurrence lui nuit beaucoup.

Comment! il y aurait réellement des professeurs d'absinthe ?... s'écriera aussitôt ébahi tout le peuple de la rive droite.

Certainement, et, vous tous, qui consommez cette liqueur sur les boulevards, si vous saviez combien la boisson que vous vous préparez serait méprisée rue des Bernardins, vous n'oseriez y tremper vos lèvres.

Aussi, les commençants, les néophytes se permettent à peine là-bas de toucher à une carafe; à moins, cependant, et circonstance bien rare, qu'il n'y ait aucun professeur dans la salle. Car un consommateur qui aurait été surpris buvant une absinte *noyée*, une *tisane*, serait tellement honni, qu'il se verrait contraint d'abandonner l'établissement.

Souvent, entre un individu ; il porte un regard autour de lui, cherche dans les groupes, mais ne se fait rien servir.

C'est un professeur, allez-vous dire.

Point du tout, c'est un élève. Il attend son répétiteur.

Dès que ce dernier a mis le pied sur le seuil de *l'assommoir* — par ce mot énergique ces messieurs désignent la maison de débit — l'élève s'écrie :

— Deux absinthes!

Car, ceci est à remarquer, le professeur ne reçoit pas d'argent. De l'argent !... fi donc !... C'est bon pour ces messieurs de l'Université... Mais là on le paye en nature, lui...

Aussi, ne peut-on juger de la valeur d'un professeur que vers minuit. On reconnaît en ce moment à l'état de ses jambes s'il a beaucoup d'élèves.

Au fond de la salle il y a une rampe. Vers neuf heures du soir le professeur en vogue s'appuie à la rampe.

Cela s'appelle prendre un *écrou*.

De dix à onze heures, il s'y cramponne des deux mains — un second *écrou* — ce qui le gêne un peu pour professer. Heureusement que le zèle le soutient toujours.

Vers minuit, une des femmes du comptoir, la moins grotesque, lui verse le verre d'honneur, une tombée de *mort subite*.

Alors, le professeur est *viro*.

Il serait superflu de traduire ici cette locution, et la tête vous tourne rien qu'en la lisant.

Toutefois, les grands maîtres ne paraissent *viro* que lorsqu'ils sont dehors, lorsque la rampe leur manque, et qu'ils ont *dévissé leurs écrous*. D'ailleurs, il y a toujours quelques élèves dévoués qui les reconduisent.

Un remarque à faire, c'est qu'une partie des habitués de la Bibine ont conscience de leur oisiveté et de leur abrutissement. Ils ne veulent pas avoir l'air de dépenser tout leur temps à l'absinthe ; en paraissant sortir de l'atelier, ils prétendent, non-seulement tromper les autres, mais aussi, peut-être, se tromper eux-mêmes. L'un arrive avec un mètre qui lui sert de canne, comme s'il sortait d'un chantier ; l'autre a un marteau et une lime près de lui ; celui-ci tient un portefeuille sous le bras, indiquant qu'il a laissé son bureau ou qu'il y va. Puis, vers une heure du matin, ils se retrouvent tous sur le trottoir avec leurs mètres, leurs outils, leurs liasses, leurs papiers, et il ne vient à aucun d'eux l'idée de se questionner mutuellement sur ces différents objets qu'ils apportent chaque jour avec eux.

La physionomie de la Bibine n'est pas bruyante. L'ivresse de ces gens-là est calme et rêveuse. Leurs yeux se fixent sans regard, leurs bouches s'épanouissent sans un rire entendu. Ils parlent bas, même avec magistralité.

— Voyons, montre-moi ce que tu sais faire, dit Trocadero en frappant sur l'épaule du Professeur.

Celui-ci, tout heureux de revoir son camarade de carrière, et en même temps son compagnon de captivité, lui serra les mains avec effusion.

— Tu veux une leçon, Trocadero ? eh bien, tu seras content de moi.

Trocadero a demandé deux verres d'absinthe ; le Professeur est à sa chaire, au comptoir veux-je dire.

9.

Il prend la carafe et la lève à la hauteur de ses yeux. Une grosse goutte d'eau, une seule, tombe dans chaque verre.

— Trocadero, ceci est le *frappement*. Car, et il faut te le rappeler, une absinthe doit être soumise à trois eaux, trois phases, trois épreuves.

Trocadero ouvrait de grands yeux et était tout oreille.

— Ces trois phases sont le *frappement*, l'*infusion*, le *précipité*. Répète.

— Le frappement, la fusion...

— L'*infusion* !

— L'infusion, le précipice...

— Le *précipité* !...

— Le précipité !

— Très-bien. Ainsi, maintenant, notre absinthe se *frappe*. Entre la première et la seconde phase, nous devons laisser écouler cinq minutes. Entends-tu bien, Trocadero, cinq minutes. Plus, si l'on veut ; jamais moins. Or, il est rare, si l'on se trouve seul, que l'on puisse patienter ce laps de temps. Dans ce cas, et pour se distraire de ce verre qui, forcément vous attire, si tu es dans le monde, tu causes avec les dames, au cercle tu bourres une pipe ; au café tu demandes un journal ; ici, tu te mets sur le seuil de la porte et regardes les passants, ou tu t'entretiens avec un ami de la ville et du théâtre.

Trocadero était émerveillé d'entendre le Professeur s'exprimer de la sorte.

— Mais permets, Professeur, qui me dira si les cinq minutes sont écoulées?

— On consulte sa montre, ou adroitement celle de son voisin. Bon !... les cinq minutes sont passées. Je reprends la carafe, et au moyen d'un *tremolo* de la main, d'un tremblement nerveux que tu acquerras d'ailleurs par l'usage continu de cette suprême liqueur, *j'infuse*, c'est-à-dire, ainsi que tu le vois, je laisse choir une dizaine de gouttelettes bien détachées et que je ne saurais mieux définir qu'en les comparant aux premières gouttes d'une pluie d'orage. Que devient mon absinthe? Elle se trouble. Tu y vois serpenter de belles veines blanchâtres qui, petit à petit, bleuissent ; puis, la teinte devient uniforme, la liqueur *s'oléagine...*

— S'o...? fait Trocadero.

— S'oléagine, c'est un mot technique. Aussitôt tu *précipites* !... Le *précipité*, c'est le coup de maître. Il faut y employer toute son habileté, toute son inspiration, toute son expérience. Ainsi, on a vu des absinthes bien venues après les deux premières eaux, se *noyer* à la troisième.

—Revenons au *précipité* et regarde-moi bien. On lève la carafe aussi haut que possible, bien au-dessus de la tête. Vous la renversez vigoureusement et la relevez de même, mais avec la promptitude de l'éclair. Une boule d'eau, un flocon, si tu aimes mieux, mais ne dépassant pas la quantité voulue, tombe dans le verre.

L'absinthe est faite !...

Quand j'ai commencé, nous avions dans notre verre pour trois sous de quelque chose, maintenant que je l'ai travaillé, ce quelque chose, en un mot que j'ai *obtenu* l'absinthe, avec un franc on ne saurait le payer. A ta santé, Trocadéro !

— Qu'est-ce qui a pu t'enseigner tout cela ?

— Ah ! notre grand maître à tous, le regretté Singevert. Quelle verve, quel regard, lorsqu'il faisait l'absinthe !... Que dis-je l'absinthe !... Vingt absinthes à la fois. Oui, Trocadéro, on rangeait vingt verres en ligne. Les élèves, bien entendu, se chargeaient de ce soin, car Singevert ne daignait pas s'occuper de ces détails. Lorsqu'ils étaient tous placés, on lui remettait la carafe... tiens, regarde-la, sa carafe, là, sous ce globe. On la conserve avec respect, c'est la relique de la maison. Singevert s'approchait du comptoir avec le sang-froid et la sécurité d'un maître indiscuté, et l'opération commençait.

Pas une goutte à terre, pas un verre de *noyé*...

Au *précipité*, une exclamation enthousiaste partait de tous les cœurs.

Singevert ne prenait un écrou que vers onze heures. Mais aussi avec quel respect on s'écartait pour lui faire place lorsqu'il se dirigeait vers la rampe ! On tenait même à honneur de lui passer la main sous le bras pour le soutenir. Puis, quand il était arrivé, il se retournait vers le groupe et disait avec un sourire plein de bonté :

— Merci, mes enfants, merci !...

Il a encore ses fanatiques et ses croyants.

— Singevert, disent-ils, versait avec tant d'art, que d'un verre vide et d'une simple carafe, il eût fait une absinthe. L'eau, au fond du verre, par la force de la volonté et la perfection du *versé* se serait changée en absinthe !

— Et qu'est devenu ce grand homme ? demanda Trocadéro.

— Il est mort. Un matin, vers deux heures, il se trouva sur le trottoir, à jeun, avec trente verres d'absinthe sur l'estomac. Le froid le saisit. Pauvre Singevert ! il s'est *détendu*... Tiens, ajouta le Professeur, presque ému à ce souvenir, faisons-en une seconde, Trocadéro, et nous la boirons à la mémoire de Singevert !

Au fond de la salle, assis à une table, un enfant buvait de l'eau-de-vie. C'était le Gosse.

— Comment ! tu consommes seul, là-bas, dit Trocadéro pendant que le Professeur *infusait* l'absinthe.

— Oui, j'ai perdu la Gossette, et je cherche à m'étourdir.

— Ils l'ont donc gardée ?

— Ils n'ont pu la garder, car ils ne l'ont pas prise.

— Elle s'est alors *cavalée* comme toi ?

— Je ne sais. Je ne l'ai plus retrouvée... et, tu le vois, je la pleure.

— Est-ce que tu as de la *braise*, Gosse ? demanda le Professeur qui n'eût pas été fâché de faire l'éducation de ce jeune élève.

— Je suis en train de l'éteindre, tu le vois... Mais laissez-moi tranquille, je veux me griser tout seul...

Et le Gosse reporta à ses lèvres bleuies par l'action de l'alcool le poisson d'étain à même duquel il buvait.

— Ah ! mon pauvre Professeur, fit Trocadéro, tu ne le *lèveras* pas celui-là.

— Hélas ! le peuple est toujours le même, il refuse l'instruction !...

— Sais-tu l'élève qui t'irait bien ? c'est ce grand blond qui a un nom si bizarre...

— Oui, un nom en *eau*, terminaison qui ne promet rien de bon pour moi.

— Si seulement il venait nous faire une seconde dtstribution de pièces de dix francs !... Au fait, comment as-tu employé tes dix francs, Professeur ?...

— Dame, j'ai loué un appartement; un homme comme moi ne peut pas coucher toutes les nuits dans les fours à plâtre. J'ai besoin de m'entourer d'un peu de considération. Maintenant, je suis rangé, et couche presque tous les soirs à la *corde*.

— Oh! ma foi, moi je ne m'occupe pas de la nuit; d'ailleurs, il fait très-doux maintenant; et je vais ce soir m'en donner jusqu'à l'*écrou*.

— Bon Trocadéro !... fit le Professeur en le regardant avec des yeux sympathiques — tu comprends l'absinthe, toi!... Ah! tu es presque digne d'être élevé à la hauteur du professorat.

— Oh ! je n'ai pas d'ambition.

— Et modeste avec cela !... Trocadéro, fais verser,
et si tu réponds bien à mes questions, je t'accorde ton
diplôme !...

Et les deux amis firent tant d'absinthes, qu'ils en
vinrent à confondre leurs rôles, et, qu'à la fin, c'était
Trocadéro qui professait devant un auditoire émerveillé.
Car la *Bibine* se peuplait. Le chiffonnier arrivait ainsi
que les chiffonnières — et bientôt la rampe devint
insuffisante à toutes les demandes d'*écrou*, si bien que
les moins ivres s'accrochaient aux ivres-morts, lesquels
se tenaient à peine aux *viros*.

Le Gosse, brûlé et tordu par l'alcool, était tombé de
son siége sous la table. Et l'on marchait sur lui, sans
qu'il ressentît rien, et sans qu'on s'en aperçût.

X

LE GOSSE ET LA GOSSETTE

Mais qu'étaient devenus Otto et la Gossette, au moment de la descente de police dans les carrières ?

Le lecteur l'a certainement deviné. Otto, ayant surpris le secret du caissier, s'était ménagé dans cette cave ignorée de tous — même du syndic de la faillite Galtier-Cancari — un refuge aux moments dangereux. Il n'avait qu'à pousser la porte invisible dont il connaissait le secret, et il tombait sur un amas de sable qu'il avait prudemment disposé sous le trou d'ouverture.

C'est sur ce sol mou que s'était sentie tomber la Gossette. Et lorsqu'elle fut revenue un peu, et de sa frayeur et de son étonnement, elle se trouva seule avec Otto.

— O mon Dieu ! pourquoi m'avez-vous entraînée

ici !... Où suis-je ?... Vous ne voulez pas me faire de
mal, n'est-ce pas, monsieur ?

— Non, mon enfant, je ne veux pas te faire de mal,
mais seulement te sauver de la honte d'aller au dépôt,
d'où l'on ne te relâcherait peut-être pas.

— Je ne vous connais pas !...

— Comment ! tu ne te souviens pas de m'avoir
averti que ces hommes avaient l'intention de m'atta-
quer avec des couteaux ?

— Ah ! si; c'est donc vous ?

— Tu ne m'as donc pas entendu, pendant que tu
sommeillais, m'approcher de toi et te remercier ?

— Oui, je me le rappelle ; mais je croyais que c'é-
tait un rêve.

— Non, ce n'était pas un rêve ! Mais, je comprends,
tu es si peu habituée aux heureuses sensations morales,
que tu ne peux croire à leur réalité.

— Où est mon ami ?

— Ton ami, c'est moi.

— Mais, le Gosse ?

— Le Gosse n'est pas ton ami, car, dès qu'il a
aperçu les sergents de ville, il s'est échappé...

— Oh ! tant mieux !... fit la jeune fille toute contente.

— ...Et ne s'est pas inquiété de toi.

— Que pouvait-il faire ? Nous aurions été pris tous
les deux, voilà tout : tandis que, comme ça, je le
reverrai bientôt.

— Et comment pourras-tu le retrouver dans Paris ?

— Il reviendra ici demain.

— Mais, toi, tu n'y seras plus.

— Ah !... Alors je le retrouverai à la *Bibine*.

— Comment ! tu connais cet endroit dont m'ont parlé ces misérables ?

— Oui, nous y allons quelquefois, lorsque nous avons des sous.

— Et où prenez-vous ces quelques sous?

— Je ne sais, c'est le Gosse qui les gagne.

— Pauvre enfant ! je crains bien que ce ne soit pas par le travail que vous vivez... Mais, voyons, nous ne pouvons rester plus longtemps ici ; il est près de quatre heures, la police a quitté les carrières ; il faut sortir.

— Mais comment connaissez-vous cet endroit ? demanda la Gossette, qui commençait à s'apprivoiser et à ne plus craindre Otto, dont l'honnête figure la rassurait.

— Oh! je connais bien des choses dans Paris, mon enfant, et cependant il n'y a pas si longtemps que toi que je l'habite, je parie bien.

— Ah! mais, aussi, c'est que vous êtes plus grand que moi.

— Tu as raison, fit en souriant Otto.

Le Finlandais prit la lanterne sourde et indiqua à la Gossette des marches qui conduisaient à la porte. Lorsqu'ils furent l'un et l'autre en haut, l'entrée s'ou-

vrit comme par enchantement, et nos deux personnages se retrouvèrent dans la galerie où se sont passées
les premières scènes de ce récit. Tout était silencieux ;
il n'y avait plus personne.

Un moment après, ils étaient en plein air. Ils
sortirent du champ des carrières et remontèrent le
boulevard Sérurier jusqu'au bas d'un grand escalier.
Ils gravirent les marches, entrèrent dans la rue des
Lilas, et s'acheminèrent vers le centre de Paris.

Il faisait encore nuit ; mais les bruits et le mouvement du matin indiquaient que la grande ville allait s'é-
veiller. Les maraîchers en retard entraient par la porte
de Pantin, les charrettes de boucher allaient au grand
trot, et les escouades silencieuses des balayeurs alsa-
ciens commençaient leur besogne.

— As-tu faim ? demanda Otto.

— Oh ! non, j'ai bien soupé avec des confitures.

— C'est égal, voici une crèmerie qui ouvre, nous
allons prendre quelque chose de chaud.

La Gossette fut un peu étonnée de cette attention, car il est probable qu'il ne lui arrivait pas souvent de toucher à des aliments chauds ; si nous
en exceptons cependant les pommes de terre frites,
cette nauséabonde friandise du bas peuple de
Paris.

Otto et sa petite compagne s'assirent à une table
près d'un poêle qu'on venait d'allumer.

— Voyons, que veux-tu prendre ?

— Dame ! je ne connais qu'un *champoreau* ; le Gosse m'en a payé deux ou trois fois.

— Qu'est-ce que c'est que ça, un champoreau ?

— C'est du café avec une goutte d'eau-de-vie ; on en distribue aux halles le matin.

— Et tu aimes cela ?

— Non.

— Alors, donnez-nous deux chocolats, dit-il au arçon.

— Du chocolat!... fit la jeune fille étonnée ; mais ça va coûter bien cher.

— Ne t'inquiète pas de cela, et mange tranquillement.

La Gossette se tenait près du poêle et savourait la douce chaleur qu'il commençait à exhaler.

— Oh ! que c'est bon, le feu!... disait-elle, on se passerait de manger rien que pour se chauffer !...

Et de ses petites mains elle caressait le tuyau qu'elle ne pouvait presque plus toucher.

Au petit jour, Otto rentra chez lui, et présenta la Gossette à Karyn qui, déjà levée, nettoyait l'appartement.

Elle embrassa son frère avec effusion, car ces fréquentes absences de nuit l'inquiétaient toujours.

— Tiens, je t'amène une petite compagne. Si elle est bien sage, nous la garderons. Ce sera une bonne action qui nous portera peut-être bonheur. Elle doit être fatiguée. Arrange-lui un matelas avec des couvertures, et laissons-la dormir.

La Gossette les regardait tout étonnée de les entendre s'exprimer dans une langue qu'elle ne comprenait pas. On lui fit son lit; et, subissant l'influence d'un bien-être intérieur tout nouveau pour elle, elle ferma les yeux et s'endormit.

Karyn, plus jeune que son frère, avait pour lui une affection profonde, mais aussi empreinte d'un peu de soumission. Elle ressentait presque à son côté l'autorité paternelle. Habituée à ne vivre que pour lui et par lui, elle s'abritait contre son cœur avec la sécurité la plus confiante. Lorsque le malheur l'avait atteinte, loin de sa terre natale, elle l'avait appelé, et il était accouru. Otto était pour elle non-seulement un frère, mais surtout un sauveur, un protecteur, et, malgré sa volonté, un vengeur peut-être.

Elle ne se permit même pas de s'enquérir par quelles circonstances il revenait au logis avec cette petite mendiante. — Il lui avait dit : « Voici une compagne. » — C'en était assez pour Karyn, et elle se préparait déjà à aimer la Gossette comme une jeune sœur.

Le soir, lorsque le dîner fut prêt, la petite fille dormait encore. On la réveilla.

Elle fut tout étonnée de se trouver sur un aussi bon matelas, et de n'avoir pas froid au réveil, comme cela lui arrivait probablement maintes fois dans sa vie de bohémienne.

— Allons, assez dormir, dit Otto; il faut manger.

La vue de la table proprement mise, sur laquelle fumait une excellente soupe, et un plat de viande, la fit sourire. Chez les enfants, les sensations physiques parlent peut-être plus haut que les émotions morales, surtout chez les enfants élevés à l'école du malheur et du besoin.

La Gossette mangea d'un fort bon appétit et ne se sentit nullement gênée de se trouver ainsi tout à coup dans une famille dont elle ne connaissait même pas le nom.

Lorsqu'elle eut terminé son repas, Otto la fit asseoir près de lui, en face du foyer où flambait une corbeille de charbon de terre.

— Voyons, ma petite fille, maintenant que tu es remise des émotions de cette nuit, tu vas nous dire à ma sœur Karyn et à moi, d'où tu es, si tu as des parents, et comment il se fait que tu sois une petite bohémienne à la suite d'un mauvais garnement de ton âge.

— Des parents, je ne m'en suis jamais connu.

— Tu es née à Paris ?

— Je ne sais.

— Mais, enfin, quand tu étais très-enfant, qui avait soin de toi ?

— Soin de moi ! Personne ; mais, je sais bien qui me battait sans cesse.

— Et où demeurent-ils ceux qui te battaient ainsi ?

— Pas très-loin de Paris, à Villepreux, près Versailles.

— Et pourquoi te traitaient-ils de la sorte ?

— Je ne sais ; ils disaient qu'ils ne me devaient
rien, et que s'ils connaissaient les personnes qui m'a-
vaient portée chez eux, ils sauraient bien se faire
payer de ce qui leur était dû. Il paraît que lorsqu'on me plaça en nourrice chez ces gens-là, on
leur remit de l'argent avec promesse de payer tous
les ans la même somme. Mais on m'oublia. Aussi,
quand je fus un peu grande, on me faisait travailler
tout le jour. C'étaient des jardiniers. Ils me forçaient
à porter de grands seaux pleins d'eau au jardin. Je
pouvais à peine les soulever. L'eau me tombait dans
les jambes et j'étais toujours mouillée. Si je pleu-
rais, on me battait, ou bien on ne me donnait rien
à manger le soir et on me faisait coucher sur de la
mauvaise paille auprès des vaches. Ce n'était pas drôle
du tout. L'hiver, j'avais les pieds et les mains percus
d'engelures ; et si je m'en plaignais, la femme me donnait des tapes dessus, ou me marchait exprès sur les
pieds !...

— O pauvre enfant !... fit Karyn.

— Un jour je souffrais tant des mains, que je ne
pouvais rien toucher. Alors, on me dit que si je voulais
rester sans rien faire, je coucherais dehors.

— Les misérables !

— En effet, le soir on me ferma la porte, et je
restai dehors. Il faisait très-froid. Je m'en allai au

hasard devant moi. Il y a un an de cela. Je marchai longtemps, bien longtemps ; puis, la fatigue me força à m'arrêter. Je me trouvais près d'une ferme. Je remarquai une espèce de hangar sous lequel il y avait de la paille. Je me blottis dans cette paille et m'endormis. Lorsque je me réveillai, je ne vis personne. On ne s'était pas aperçu de ma présence sous le hangar. Je me remis en route, ne sachant par où j'allais. Mais j'avais bien faim ! Je traversai un village, et m'arrêtai devant la boutique d'un boulanger. Il y avait de bien jolis petits pains. J'entrai sans savoir pourquoi dans cette boutique, je me plaçai devant le comptoir et ne dis rien. Il y avait là un gros homme qui me demanda ce que je voulais. Je ne répondis pas. Mais je pleurai et il remarqua ma pâleur. Il prit un de ces beaux petits pains et me le donna. Je n'eus même pas la force de remercier ce brave homme qui ne laissait pas les enfants mourir de faim, et m'en allai en dévorant ce petit pain, que je trouvai bien bon. Ce repas me donna du courage, et je me remis à marcher.

Depuis la veille, on ne m'avait pas dit de dures paroles, je n'avais pas été battue, j'étais presque contente. Tout le jour je continuai ma route devant moi. Cependant quand vint la nuit, le déjeuner du matin était bien loin dans mon estomac ; mais je me figurais qu'il y avait de bons boulangers sur toute la route et que je souperais encore.

J'aperçus bientôt de grands fossés, et devant moi une grande grille où se tenaient des hommes en uni-

forme. C'était la barrière ; j'étais à Paris. Mais je
me sentais bien fatiguée, et n'en pouvais plus. J'allai
vers un des talus gazonnés des fortifications avec l'intention de m'y reposer.

— Où vas-tu donc comme ça, petite ? me dit une
voix.

Je me retournai. C'était un jeune garçon, tout aussi
pauvrement mis que moi.

— Je ne sais, répondis-je, je viens de si loin que je
n'en puis plus, et j'ai bien faim !...

— Tu as faim ? eh bien, viens avec moi.

Il me mena chez un marchand de vin, fit servir
à une table un peu de vin et sortit, en me disant de
l'attendre. En effet, il revint quelques minutes après,
portant du pain, et, dans du papier, de la charcuterie.

— Nous allons souper ensemble, me dit-il.

Et, pendant le repas, je lui racontai ce que je viens
de vous dire. Ça n'eut pas l'air de l'intéresser tant que
vous, sans doute parce qu'il était aussi malheureux
que moi de son côté !

Lorsqu'il eut payé le vin que nous avions bu, il ne
lui restait plus que deux ou trois sous.

— Avec cela, me dit-il, on peut vivre encore un
jour, mais, pas plus. Nous allons maintenant nous
coucher, ma petite amie, dans un hôtel où ça ne coûte
rien.

Et il me mena dans des fours à plâtre où il faisait
bien chaud. Mon nouveau camarade, vous l'avez vu,

hier soir, c'était le Gosse. Depuis, nous ne nous sommes plus quittés.

La Gossette avait fait ce petit récit simplement, et ce n'est qu'à la fin qu'elle eut une petite moue dans l'expression de son visage, en pensant à son compagnon de vagabondage.

Dans la soirée, Karyn alla faire quelques emplettes pour habiller proprement la Gossette, car ses vêtements étaient si sordidement crasseux, qu'il tardait de les jeter aux ordures.

Le lendemain matin, elle l'habilla tout de neuf ; et la Gossette souriait de plaisir, car jamais son pauvre corps malingre ne s'était trouvé à pareille fête.

Puis Karyn la prit par la main, et sortit avec elle pour la conduire au bain.

Au retour, pendant le déjeuner, elle dit à son frère en suédois :

— La Gossette a été marquée par ceux qui l'ont abandonnée. Elle a au bras, au-dessus du coude, un tatouage qui représente deux grandes lettres : S et H. Au-dessous de ces deux grandes lettres on en aperçoit deux plus petites : P et M. Le P est sous l'S.

— Te rappelles-tu, petite, qui t'a ainsi marquée au bras ?

— Non ; je ne le savais même pas ; c'est madame qui me l'a fait remarquer au bain.

La Gossette, sous son nouveau costume, était tout à fait mignonne. Sa jolie tête ressortait avec tout l'éclat de la jeunesse, et l'expression étrange de fatigue

et de langueur qui lui était habituelle, la rendait plus
intéressante encore. C'était une jolie fleur sur laquelle
le passant avait marché, mais qui se redressait depuis,
pleine de vie, de senteur et d'éclat.

Reconnaissante du bien-être qu'elle éprouvait pour
la première fois, elle s'employait activement aux
soins du ménage, et secondait Karyn dans ses travaux.

Le soir, après le repas, Otto s'assit près d'elle et
lui dit :

— Voyons, petite, tu parais triste : qu'as-tu ?

— Je voudrais voir le Gosse.

— Mais, crois-tu, que, lui, s'inquiète beaucoup
de toi ?

— Je ne sais pas ; mais, il a de pauvres vêtements
sous lesquels il a bien froid, et peut-être n'a-t-il pas
encore mangé, ce soir.

— Eh bien, je te promets de faire tout mon possible
pour le retrouver.

— A la Bibine nous le verrons !... fit-elle, et son
regard s'éclairait d'une lueur étrange.

— Eh bien, nous irons voir, et, comme je te dois
la vie, et conséquemment celle de Karyn, ma sœur, je
te promets de m'occuper de lui, puisque tu lui portes
tant d'intérêt.

— Je vous ai sauvé la vie à vous, c'est vrai, mais,
sans y réfléchir, par un de ces premiers mouvements
qui ne s'expliquent pas — tandis que, sans lui, que
serais-je devenue, aux portes de Paris, fatiguée, mou-
rante de faim ? Je serais en prison, maintenant. Et,

là, on ne vous aime pas, on ne vous soigne pas,
comme ici.

— Quant à ça, oui, je le crois. Écoute, ma petite
enfant, certes, je ne te ferai aucun reproche puisque tu as été accablée par le malheur. A mes yeux, tu
n'es pas coupable, et tu mérites toutes les pitiés. Mais
ne crois-tu pas que la voie dans laquelle tu allais lorsque je t'ai rencontrée, ne conduise pas à l'abîme?
Si tu n'étais pas si jeune, tu aurais déjà pensé qu'il
y a dans la vie, même tout au bas des conditions
établies, des satisfactions morales que procure une
existence honnête et laborieuse. Cet intérieur que tu
vois ici n'est pas l'intérieur du riche. C'est le toit du
pauvre. En travaillant régulièrement, tu aurais tous
les soirs la nourriture de ton corps, et aussi l'aliment
moral, c'est-à-dire l'approbation de ta conscience. Tu
pourrais te dire : j'ai fait mon devoir. Et les joies de
la considération des autres, de l'honorabilité de soi-
même, crois-tu que cela ne soit rien? Il n'y a peut-être
pas d'égalité pour les fortunes, mais, dans notre civi-
lisation, pour l'honneur, il n'y a ni question de naissance, ni de positions sociales. C'est bien sérieux, ce
que je te dis, je le vois. Mais tu vas me comprendre.
Ne voudrais-tu pas avoir un logement pareil, bien à toi,
gagné par ton travail ?

— Oh ! si ; que faut-il faire ?

— Tu te lèverais matin, et la santé te donnerait du
courage. Tu irais dans un atelier. Dans les ateliers il
ne fait pas froid l'hiver; on y est mieux que dans la

rue, va !... Tous les soirs, tu rentrerais, en pensant
au chiffre de ton gain... Dans ton quartier, les voisins
sur les portes, te diraient : « Bonsoir ! » avec affabilité ;
et, comme tu es gentille, tout le monde t'aimerait.
Et la joie du dimanche !... Le dimanche, tu serais ren-
tière, tu mettrais ta robe neuve, tu chanterais en t'ha-
billant, et tu irais promener avec des amies sages et
laborieuses comme toi. Puis, tu rencontrerais un
homme digne de toi, tu l'épouserais, et tes enfants
ajouteraient encore à ton bonheur domestique. Est-ce
que cet avenir t'effraye ?

— Oh non !... fit la Gossette, qui écoutait Otto
comme s'il lui avait dit un conte de fées.

— Eh bien, c'est ce que nous voulons faire pour
toi...

— Mais, je ne serais pas heureuse, tant que je pen-
serai que lui n'est pas heureux.

— Et tu veux le revoir ? dit Otto un peu sèchement.

— Oh ! oui !...

— Voyons, il est onze heures. Mets ta capeline, et
allons-y.

La Gossette se leva avec empressement et prête à
partir.

— Comment ! frère, tu la mènes là ?

— Oui, je sais que Ludow y va, et je le rencontrerai
peut-être.

— Oh ! je t'en prie !... Tu vois ce qui a failli t'arriver
cette nuit !...

— Ne crains rien. Je me vengerai de Ludow, mais,

sans bruit, sans éclat, sans danger. — Allons, la Gossette, en route !...

La jeune enfant descendit quatre à quatre les escaliers.

— Est-ce que tu sauras le chemin ? demanda Otto.

— Ah oui ! nous allons prendre par le pont Saint-Michel.

— Allons.

Il était près de minnit. Un moment suprême à l'*Assommoir* de la rue des Bernardins.

Trocadéro et le Professeur venaient de recevoir la tombée de *Mort-subite;* cela nous dispense de dire leur état.

Un musicien piémontais se tenait devant le comptoir. Il avait d'abord raclé son violon, et crié : *Viva la libertà !* mais personne ne l'avait écouté. Aussi, s'était-il décidé à consommer une partie de sa recette. Et il commençait à perdre l'équilibre.

L'entrée d'Otto et de la Gossette ne fut pas remarquée. Celle-ci aperçut tout de suite le Gosse étendu ivre-mort, sous la table. Elle se précipita sur lui, prit sa tête dans ses mains, et l'embrassa.

Mais le Gosse n'ouvrit même pas les yeux. Il était fort sale; elle prit son mouchoir et lui essuya la figure, puis elle lissa ses cheveux.

Otto, silencieux, la regardait faire.

— Tu le vois, il n'est pas si pauvre d'argent qu'il ne puisse boire à en perdre la raison.

La jeune fille, muette, agenouillée près de lui, ne disait mot.

— Voyons, nous reviendrons un autre soir, un peu plus de bonne heure, et il pourra peut-être te reconnaître.

— Oui, mais il n'a peut-être rien sur lui; demain, il se sentira malade, et personne ne le soignera.

— Eh bien, ne t'afflige pas, je vais y pourvoir.

Otto tira de sa poche un portefeuille, arracha un feuillet blanc et écrivit dessus : « La Gossette est venue voir le Gosse, et elle a eu beaucoup de chagrin de le trouver ivre. Elle met cela dans sa poche, pour qu'il puisse manger ; mais elle ne veut pas qu'il boive de l'eau-de-vie ; autrement le Gosse ne reverra plus la Gossette. »

Il enveloppa une pièce de cinq francs dans ce papier et le remit à la jeune fille. Celle-ci le glissa dans une de ses poches.

Puis, ils quittèrent la Bibine. La Gossette, de la porte, regardait encore, à travers les vitres, son ami qui gisait sur le carreau du bouge.

XI

SEVERINO ET LUDOW

Severino Falkenberg, à la mort du vieux Karl, son père, faisait partie d'une pléiade de viveurs les mieux endettés du boulevard. Aussi ne put-il se libérer vis-à-vis de ses nombreux créanciers qu'en leur abandonnant une bonne partie de la succession paternelle.

Mais il eut bien garde de laisser connaître cette situation à son frère, le chef de la maison de Stockholm. D'ailleurs, il lui restait un assez joli denier, de quoi largement vivre bourgeoisement — et il comptait sur sa banque pour quadrupler ses revenus.

Seulement, ne se sentant pas assez fort pour marcher avec sa seule caisse, il eut recours à l'association.

Severino avait rencontré dans le monde un jeune Napolitain, le comte de Monterossi, qui possédait une belle fortune et une fort jolie femme. Severino, par cet instinct inhérent aux esprits inquiets d'eux-mêmes, s'était intimement rapproché du comte. Ce jeune homme, d'un caractère doux, presque faible, se plaisait à côté de Severino à cause de la réputation tapageuse qu'il s'était faite dans le monde aventureux. Auprès de lui, et aux reflets de son énergie, Monterossi retrempait son caractère indécis. Une apparente amitié unissait ces deux hommes.

La comtesse de Monterossi, femme de cœur, et aimant réellement son mari, accueillait fort bien dans ses salons le jeune Suédois. La réputation que celui-ci s'était acquise dans le monde galant, loin de lui déplaire, excitait au contraire en elle un de ces bizarres sentiments de curiosité, très-fréquent chez les honnêtes femmes.

Falkenberg fit part à Monterossi de son projet de création d'une maison de banque. Le jeune comte, qui avait déjà entendu parler dans le monde financier de l'importance du comptoir d'Helsingfors et de la succursale de Stockholm, trouva tout naturel que le fils de Karl eût la pensée de créer un troisième établissement dans Paris.

Et, comme Severino lui fit entendre qu'afin de poser cette maison sur des bases sérieuses, il avait l'intention d'avoir recours à une association, Monterossi lui offrit d'être son associé.

La maison Severino Falkenberg fut fondée, et Monterossi y versa un apport social de un million. Il fut facile à Severino, par des traités fictifs, des créances de complaisants, de faire figurer, dans l'acte de société, pour son compte, une somme de même chiffre. Mais, en réalité, il n'apportait tout au plus que trois cent mille francs.

Dans le monde de finance, on exagéra beaucoup l'importance de cette maison de fondation nouvelle, qui acquit aussitôt un solide crédit. Cela permit à Severino de continuer sa luxueuse existence ; on citait ses maîtresses ; il lança dans le tourbillon parisien une magnifique étrangère qu'il avait ramenée du Nord, et qui répondait au nom d'Elva.

Cette Elva donnait des fêtes, où les notabilités aristocratiques, politiques et financières trouvaient à peine place ; ses écuries étaient en renom ainsi que ses chenils. Elle avait des chevaux de jour et de nuit... et des journalistes à toute heure pour chanter ses niaiseries et lui faire des mots.

Cependant, Elva n'aimait qu'un seul homme. Elle se laissait entraîner sur la pente diamantée du luxe... elle se plaisait à triompher devant ses rivales... mais, seule, elle rêvait de Severino.

Or, Severino, de son côté, n'aimait lui aussi qu'une femme, et cette femme se nommait la comtesse de Monterossi.

Nous n'avons pas à faire le portrait d'Elva, la jeune Finlandaise ; mais nous aurons plus tard une séance à lui demander pour présenter au lecteur plus intimement Elva, la Parisienne.

La comtesse de Monterossi est un nouveau personnage qui exige, par l'importance du rôle qu'elle va remplir dans la suite de ce récit, quelques lignes de présentation.

Elle n'avait pas encore vingt-cinq ans ; ses cheveux étaient d'un noir splendide ; son visage, d'une distinction exquise, avait cette pâleur italienne sous laquelle on sent circuler la vie chaude et généreuse. — Ainsi que beaucoup de femmes du monde, elle n'avait pas trouvé dans son mari l'homme que sa nature ardente avait rêvé. Mais elle n'en ressentait pas moins pour lui une affection profonde et dévouée. Elle s'était éprise, par une modification de sentiment, de ce caractère doux et aimant, de cette nature un peu maladive. Il y avait certainement en elle un foyer de passion comprimé, mais c'était un secret moral qu'elle ne trahit jamais, et que son époux n'eut même pas la confusion de soupçonner.

Un homme seul peut-être l'avait devinée et l'observait sans cesse comme une proie désirée, et cet homme c'était Severino Falkenberg.

Le vol commis par Cancari avait jeté Severino dans de grandes perplexités. Ce ne fut qu'avec peine qu'il put payer les traites que son frère de Stockholm avait tirées sur lui. Mais il se garda bien de laisser transpirer au dehors ses inquiétudes. On s'occupa quelques jours dans le monde de la finance de ce sinistre qui frappait la maison Falkenberg, mais comme la caisse ne fut pas fermée, la confiance revint et l'on n'en parla plus.

Cependant Severino se voyait à la veille d'une catastrophe imminente.

Un soir qu'il se promenait seul sur le boulevard, soucieux et pensif, ses regards tombèrent sur un homme misérablement vêtu qui marchait à côté de lui. Plus il considérait cet homme, plus il lui semblait le reconnaître.

— Voici, se dit-il, un misérable qui ressemble bien à ce coquin de Ludow.

Il s'approcha davantage de lui. L'homme s'en aperçut et regarda à son tour Severino ; puis il tourna tout à coup vers la chaussée comme pour traverser le boulevard, et se perdre dans la foule.

Mais Severino le prit par le bras.

— Vous êtes Ludow, n'est-ce pas ? lui demanda-t-il en finlandais.

L'homme, ne se souciant pas de répondre, cherchait à se détacher de ce promeneur importun.

— Oh ! ne crains rien, je ne te ferai pas arrêter.

La physionomie de Ludow se rassura.

— Tu es le mari de Karyn, n'est-ce pas ?

— Oui, monsieur.

— Tu l'as abandonnée, m'a-t-on dit ?

— Je ne l'ai pas abandonnée, mais perdue, et je la cherche.

— Tu as dépensé tout seul en débauches de toutes sortes le produit de ton vol.

— Mais, je n'ai rien volé.

— C'est vrai, presque rien, et tu n'es pas de la force de Cancari ! — Comment vis-tu maintenant ?

— Hélas ! bien mal... Je n'ai pas mangé de la journée, et je couche dehors depuis bien longtemps.

Severino le regarda un instant et parut réfléchir.

— Sais-tu où je demeure ?

— Rue Laffitte, je crois.

— Oui, numéro 5. J'aurais peut-être besoin de toi ; dans Paris les canailles sont quelquefois utiles.

— Je suis tout à votre service. Faites-moi travailler, et je vous restituerai ce que l'on prétend que je vous ai pris.

— Je ne te réclame rien. Mais tu n'es pas assez convenablement vêtu pour que je puisse te recevoir chez moi. Tiens, voici dix louis. Habille-toi proprement et viens me voir demain dans la matinée.

Ludow avait les dix louis dans sa main crasseuse et croyait rêver.

— Allons, c'est entendu, n'y manque pas, dit Severino, qui ne tenait pas à rester plus longtemps sur le boulevard en semblable compagnie.

Demeuré seul, Ludow alla un instant à l'aventure, ne comprenant pas trop bien ce qui venait de lui arriver.

— Comment ! se disait-il, moi qui me croyais pincé, et, au lieu de m'arrêter, on me donne de l'or !...

Et il tenait toujours dans sa main les dix louis, car ses poches étaient dans un tel état de délabrement qu'il n'osait leur confier ce trésor.

Il entra chez un marchand de vin, se fit servir des huîtres, des côtelettes et but plusieurs litres à seize. Vers minuit, lorsqu'on le mit à la porte, il était complétement gris ; mais il avait encore le sentiment de la conservation, car il tenait ferme, dans ses mains, ses louis et sa monnaie.

Une heure après, il frappait à la porte d'un *garni* infect, et demandait, au grand étonnement du logeur, une chambre pour lui tout seul.

Le lendemain, à l'heure convenue, il se présentait rue Laffitte, n° 5. Il était tout vêtu de noir, et, n'eût été la dégradation empreinte sur son visage naturellement mauvais, on l'eût pris pour un simple employé aux pompes funèbres.

Il fut introduit auprès de Severino. Celui-ci, après l'avoir examiné un instant, comprit qu'il ne pouvait, sans éveiller l'attention autour de lui, causer longtemps avec un pareil homme dans son cabinet.

— Je suis très-occupé maintenant, lui dit-il, mais trouve-toi ce soir au coin de la rue sur le boulevard ; nous dînerons ensemble, et pourrons causer tout à l'aise.

— A quelle heure ?

— Vers six heures et demie.

Severino se leva et Ludow prit congé de lui.

A l'heure indiquée, nos deux personnages se rencontrèrent sur le boulevard. Ils entrèrent au restaurant de la *Maison dorée*, et se firent ouvrir un cabinet.

Ils y demeurèrent bien trois heures. Vers la fin du

repas ils causaient très-bas, précaution inutile pour nous, car ils s'exprimaient en langue suédoise.

On eût pu remarquer, au dessert, que Ludow s'était fait familier, et n'était plus, vis-à-vis de Severino, l'humble convive d'auparavant.

Ils descendirent vers onze heures.

— Ainsi, tu verras Trocadéro? lui dit Falkenberg.

— Je vais le voir à l'instant à la *Bibine*.

— Tâche de ne pas te griser.

— J'en ai tant l'habitude, qu'il n'y a plus de danger.

Et ces deux hommes, qu'un complot inconnu mettaient au même niveau, se séparèrent.

Les débats de l'affaire Cancari avaient fait quelque bruit. Le public s'y était intéressé comme il s'intéresse d'habitude aux soustractions d'une certaine importance. A l'époque de cet événement, Monterossi et sa femme étaient à Naples. Le jeune comte, instruit par son associé, s'était aussitôt mis en route pour Paris.

Severino, sans lui faire connaître leur véritable situation, lui fit comprendre qu'à moins d'un prêt de fonds, la faillite pouvait devenir imminente, la confiance pouvait être ébranlée, et l'on devait pouvoir faire face, malgré ce sinistre, à toutes les exigences du moment.

— Il nous faudrait, lui dit-il, une somme de un million. Pouvez-vous la fournir?

— Je le pourrais à la rigueur, mais je voudrais être garanti.

— Nous avons plus que cela en valeurs de porte-feuille. Ces valeurs, présentées à la fois à la Banque à cause de la soustraction dont nous sommes victimes, éveilleraient les soupçons et ne seraient pas acceptées à l'escompte. Ces valeurs proviennent des maisons de Stockholm, Hambourg et Francfort. Versez-nous un million d'espèces, et vous prendrez en nantissement pour pareille somme de papiers *banquables*.

— Je vais faire vendre, à la Bourse de demain, un titre de rente de quarante-cinq mille francs, trois pour cent, et vous remettrai les fonds dans deux jours.

— Eh bien, mon cher comte, je vais donner ordre de préparer pour ce jour-là le bordereau des valeurs qui vous seront remises.

Un soir, vers minuit, une certaine émotion régnait aux alentours du nouvel Opéra. Dans une des rues désertes avoisinantes, où les maisons sont en démolition et en construction, on venait de trouver le corps d'un homme assassiné. Comme il respirait encore, on le transporta chez un pharmacien de la chaussée d'Antin. Là, en visitant ses papiers, on apprit son nom.

C'était le comte de Monterossi. Il fut porté à son domicile, boulevard Haussmann.

La comtesse sa femme fut aussitôt instruite, par voie télégraphique, de ce fatal événement.

XII

LUDOW A SES PLAISIRS

Cet assassinat produisit une profonde émotion dans Paris. On ne s'expliquait pas par quel concours de circonstances fatales, la maison Falkenberg et Cᵉ, déjà frappée dans ses intérêts, se trouvait de nouveau atteinte par la mort de son associé.

Cette affaire fut confiée à un juge d'instruction habile, et, pendant un mois la police — au dire des *faits divers* des journaux — fut sur les traces de l'assassin.

Severino avait été prévenu un des premiers et s'était rendu à la hâte au chevet du lit où reposait inanimé le comte de Monterossi. Il le veilla toute la nuit.

La comtesse revint en toute hâte de Naples ; mais la distance qui la séparait de Paris ne lui permit pas d'arriver à temps pour voir une dernière fois celui qui avait été son époux. Elle ne trouva qu'une tombe sur laquelle, accompagnée de son ami Severino, elle alla pleurer.

Nous dirons plus loin les douleurs de cette femme et le deuil immense dont son cœur fut enveloppé.

Et nous allons nous occuper un moment d'un personnage pour qui l'existence n'était pas si désolative. C'est de Ludow dont nous voulons parler.

Ludow vivait bien, mais d'après les goûts de sa nature peu délicate. Quoiqu'il eût de l'or dans ses poches, il ne fréquentait pas les cabarets luxueux ni les hétaïres de premier ordre. Le bouge l'attirait quand même. Il se grisait plus régulièrement que jamais, et lorsqu'il pensait à Karyn, il éclatait de rire.

Ce soir-là il donnait à dîner dans un cabaret de la rue de Bièvre, une des plus sales de Paris, et dans laquelle, à une époque où les poëtes ne descendaient pas à l'hôtel du Louvre, Dante habita.

Ludow n'avait que deux invités, deux charmants convives avec lesquels nous avons déjà fait connaissance : Trocadéro et le Professeur.

Trocadéro était presque bien mis, mais le Professeur avait toujours la même tenue, sordide, mais digne.

Depuis quelque temps, le Professeur ne quittait plus Trocadéro.

— Tu es mon meilleur élève, lui disait-il, et je prétends, si je deviens démissionnaire, que tu me remplaces à la Bibine. Dès aujourd'hui, je te nomme mon suppléant.

— Eh ! je me fiche pas mal de te remplacer !... Tu crois donc que je te prends au sérieux, vieux soiffard ?

— Vieux soiffard !... Me traiter de la sorte !... fit le Professeur indigné, moi qui suis à la veille de devenir célèbre !... Moi qui ai envoyé des notes au baron Brisse sur la préparation de l'absinthe !...

— Ah ça ! aurez-vous bientôt fini tous les deux !... dit Ludow. Vous n'êtes pas amusants, et je commence à me repentir d'avoir admis à ma table deux toqués de votre espèce. Heureusement que je vais vous laisser !...

— Oh ! pas encore, ami !... supplia le Professeur... au moins un litre avant de nous séparer !...

— Deux litres !... ajouta Trocadéro.

— Trois litres ! commanda Ludow au garçon.

On apporta les trois bouteilles. Le Professeur ne vidait pas dans son verre, il *précipitait* comme s'il eût fait son cours d'absinthe. Trocadéro devenait bleu.

Ludow demanda du genièvre, en absorba plusieurs verres, ce qui le rendit aussitôt verdâtre. — Le Professeur avait réservé pour lui la nuance plombée.

— Allons, mes amis, je vous quitte, dit Ludow en se levant.

— Comment ! déjà ?... lorsque nous sommes si bien ensemble ! à peine est-il neuf heures.

— C'est que vous ne m'amusez pas, et je préfère aller à mes plaisirs.

Ludow demanda l'addition et paya.

— Si tu m'en crois, Trocadéro, nous irons terminer

notre soirée à la Bibine. Nous rencontrerons là des professeurs secondaires et tu les *épateras*.

Mais Trocadéro ne se sentait pas la force d'*épater* personne. Il avait presque vidé le reste du flacon de genièvre de Ludow, et parvenait par gradations visibles au mort-ivre.

Ludow abandonna ses deux amis, descendit la rue de Bièvre et se trouva sur le quai.

Nous allons le suivre, afin de voir comment il ira à ses plaisirs.

Il était très-ivre, mais de son ivresse quotidienne qui ne l'incommodait nullement.

Ce soir-là il avait le genièvre rêveur, car il marchait en chantonnant une ballade suédoise. Son esprit se reportait vers les tavernes de Stockholm, et même le souvenir des fêtes scandinaves souriait à son esprit obscur et obscurci.

Il errait le long du fleuve et, se voyant seul, il se mit peu à peu, par des préludes fredonnants à chanter haut. C'était un refrain populaire que tout Suédois nostalgique se plaît à répéter après boire.

Et il disait :

Per, le gardeur de porcs, chantait, couché sur l'herbe,
Quand la fille du roi sortit d'un champ de blé.
— Que chantez-vous, dit-elle, avec un air superbe?
Le porcher répondit : — Falali, Falaley!...

Mais quel ne fut pas l'étonnement de Ludow d'entendre un écho répéter dans le lointain : *Falali Fala-*

ley. Il écouta plus attentivement. C'était bien réellement une autre voix qui disait le second couplet.

> — Sauf votre bon plaisir, je chante ma maîtresse,
> Et les désirs ardents dont mon cœur est troublé.
> — Audacieux manant! dit l'orgueilleuse altesse,
> On va te fustiger. — Falali, Falaley!...

Ludow continua à son tour :

> Per ôte son chapeau, son sabot, son gant sale.
> Il jette au loin son fouet. — La princesse a tremblé;
> Son regard devient morne et son front devient pâle,
> Et Per chante plus fort : Falali, Falaley!...

Et la voix se rapprochant termina la ballade,

> Miracle!... Il porte au front le royal diadème!...
> Il porte à son talon l'éperon étoilé,
> A son doigt l'escarboucle, en main le sceptre même,
> Et sa voix dit toujours : Falali, Falaley!...

> Je suis roi souverain de la terre et de l'onde,
> Je règne en Occident, de nul autre égalé.
> Ton père m'obéit. Je suis maître du monde,
> Mais, vassal de l'amour : Falali, Falaley!..,

Au dernier mot de la ballade, Ludow vit un homme,
qui s'avança vers lui.

— Je crois que j'ai le plaisir de rencontrer un compatriote, dit l'inconnu.

— Vous êtes donc Suédois?

— Je suis Suédois, en effet.

— De Stockholm?

12.

— De Carlskrona. Je suis à Paris depuis huit jours et me nomme Christian Rams. Mais je pense que vous ne me refuserez pas de prendre quelque chose avec moi?

— Volontiers, répondit Ludow qui acceptait toujours de semblables invitations.

Entrons dans ce café.

— Oh ! ce café est-il bien de votre goût? Dans.les cafés de Paris on ne boit que de la bière fort médiocre. Puisque nous, sommes en France, profitons-en pour boire autre chose.

— Vous préféreriez du vin ; mais ce n'est pas comme il faut. D'ailleurs puisque cette ballade a reporté notre esprit vers les régions natales, buvons de la bière suédoise.

— Je n'en ai jamais goûté à Paris.

— Eh bien, suivez-moi.

Ils se dirigèrent vers les boulevards , remontèrent le faubourg Montmartre, et s'arrêtèrent rue La Fayette en face la rue Buffault.

— C'est ici la brasserie Lüsser, dit Rams.

— Et ce Lüsser est Suédois?

— Comme vous et moi.

— Et sa bière aussi?

— Vous allez en juger.

Ils entrèrent dans la brasserie de Lüsser ; un joyeux bonhomme, rond comme une boule, et Christian Rams demande une salle à part.

— Ici, dit-il une fois attablés, nous sommes seuls et serons plus à l'aise pour parler du pays.

— Et si la bière nous égaye, ajouta en riant Ludow, rien ne nous empêchera de chanter de nouveau le *Falali Falaley* qui nous a réunis.

Ludow était bien un peu gris, mais il n'y paraissait pas, et son compagnon n'y fit aucune attention.

Ce Christian Rams était un homme jeune encore, trente ans à peine, et mis très-confortablement. Il portait de magnifiques favoris noirs qui contrastaient avec un teint un peu rosé et des yeux bleus. Ses cheveux également noirs étaient très-soignés et se partageaient sur le milieu de la tête ; il y avait tout à la fois dans son ensemble du gandin et de l'homme sérieux.

— A votre santé mon cher ! — Et Christian parut attendre que Ludow se nommât.

Mais celui-ci avait des raisons de prudence qui lui défendaient de décliner son nom.

— Je me nomme Karl.

— Eh bien, à votre santé, mon cher Karl.

— Et vous venez vivre à Paris ?

— Oui, j'ai perdu le dernier parent qui me restât à Carlskrona, et après avoir réalisé ma fortune, je suis parti.

— Et cette fortune est importante ?

— Oh ! mon Dieu, non. Tout au plus un demi-million. Je suis recommandé à une maison de banque de notre pays que vous devez connaître, la maison Falkenberg et Cie.

— Connais pas, dit froidement Ludow.

— Je suis même sorti aujourd'hui avec l'intention d'aller y déposer des fonds, mais il était trop tard quand je me suis présenté à la caisse. D'ailleurs, je tiendrais à voir M. Falkenberg lui-même.

— Et qu'avez vous fait de vos fonds? demanda Ludow, qui commençait à examiner en dessous son camarade.

— Je les ai sur moi.

— Une forte somme?

— Oh non ! une centaine de mille francs tout au plus.

Et Rams étala, sous les yeux éblouis de son compatriote, plusieurs liasses de billets de banque.

— Serrez bien vite cela, c'est dangereux à montrer dans les brasseries de Paris.

— Oh! je ne crains rien. D'ailleurs, avec l'aide et le secours d'un brave Suédois comme vous et du brasseur Lüsser, j'affronterais tous les dangers.

— Vous êtes armé?

— Pas le moins du monde. Comment trouvez-vous cette bière, ami Karl?

— Excellente... mais, à la longue, cela empâte le palais. Si nous prenions un peu de genièvre, cela nous rappellera le pays natal.

— Soit, buvons du genièvre, dit Christian avec le laisser-aller de l'homme dont le cerveau commence à s'échauffer.

Il est probable que Ludow avait de bonnes intentions vis-à-vis de son compatriote, mais son goût prononcé pour le gin ne lui permettait pas de jouer son rôle avec le sang-froid des coquins émérites.

Pour un verre qu'il versait à son ami, par distraction il en absorbait deux lui-même.

— Et vous venez ici, avec l'intention de vous amuser sans doute ?

— Dame ! certainement. Où pourrions-nous aller ce soir ?

A cette question, Ludow parut embarrassé ; car de Paris il ne connaissait guère que les plaisirs crapuleux.

— Je serais bien curieux, continua Christian, de connaître un de ces bals dont on parle tant à l'étranger. Si nous allions au Casino ?

— C'est une fameuse idée, fit Ludow en versant dans le verre de son ami les dernières gouttes de la bouteille de genièvre.

— Mais une chose m'embarrasse, c'est tout cet argent ; on dit qu'il y a tant de voleurs à Paris, et surtout dans ces endroits.

— Nous pourrions passer par chez vous, mais, à dire vrai, les hôtels ne sont pas plus sûrs que les bals.

— Voyons, ami Karl, vous ne trouveriez pas un endroit où nous pourrions cacher cela jusqu'à demain matin ?

Ludow demeura un moment pensif, et tout à coup frappa sur la table comme si une idée lumineuse venait de poindre dans son cerveau un peu épaissi par l'alcool.

— J'ai votre affaire !... payez et sortons. Seulement,

comme c'est un peu loin, nous prendrons une voiture.

Cinq minutes après nos deux Suédois roulaient dans la direction du nord de Paris, du côté de la Villette. Lorsqu'ils furent arrivés à la barrière qui ouvre sur es Prés Saint-Gervais, ils quittèrent la voiture.

— Où me conduisez-vous donc? demanda Christian, qui paraissait inquiet de ce long voyage.

— En un lieu sûr, où personne ne nous verra ni entrer, ni sortir, et où l'on ne vient jamais.

— Enfin, j'ai confiance en vous et je vous suis.

— Vous voyez ces masses de terre, dans ce lieu désert?

— Oui.

— Eh bien, ce sont des carrières abandonnées. Nous allons descendre dans un de ces souterrains, et tout au fond nous enterrerons profondément votre paquet de billets de banque, puis, en toute sécurité, nous irons nous mêler à la foule des viveurs et des viveuses parisiens.

— Au Casino ! fit Christian dont les yeux brillaient déjà de convoitise.

— Au Casino !...

Notre lecteur a reconnu l'endroit où se trouvent nos deux personnages, c'étaient les Carrières d'Amérique.

Ludow, en homme précautionné, avait acheté en route une bougie et des allumettes, ce qui leur permit de voir clair dans les sombres dédales qui se présentaient devant eux. Comme il n'était pas encore très-tard, aucun des habitués ne se trouvait dans la carrière.

Ils s'avançaient vers la partie souterraine où nos lecteurs ont assisté aux premières scènes de ce roman. Ludow marchait devant.

Lorsqu'ils furent tout au fond, il s'arrêta.

— C'est ici, dit-il, qu'il faut enfouir votre précieux paquet. La terre est molle, nous ferons facilement un trou.

Mais, par une cause inconnue, la bougie s'éteignit. Au même instant, Ludow se sentit saisi par deux bras robustes, et poussé en avant.

Le sol manqua sous ses pieds et il tomba dans l'obscurité sur un monceau de sable. Il appela au secours, mais aucune voix ne répondit à la sienne. Il prit dans sa poche des allumettes et à leur faible lueur il reconnut avec effroi qu'il se trouvait dans une cave fermée de toutes parts, sans issue, sans porte de sortie.

Un instant après, Christian Rams sortait de la carrière, sans s'inquiéter autrement du sort de son compatriote Karl.

XIII

LES MAITRESSES DE SEVERINO

Le lendemain de cette scène étrange, le valet de chambre de Severino présenta une carte à son maître. Le jeune banquier y porta les yeux.

— Christian Rams !... Je ne connais pas ce nom.

— Ce monsieur arrive de Stockholm ; il est porteur d'une lettre du frère de monsieur, et voudrait être introduit.

— Faites entrer.

La personne qui pénétra dans le salon de Severino est la même que nous avons vue la veille avec Ludow.

— Monsieur Severino Falkenberg, voici une lettre que monsieur votre frère m'a donnée pour vous, et, quand vous en aurez pris connaissance, vous comprendrez l'intérêt que j'avais à vous la remettre en main propre.

Après les compliments d'usage, Severino décacheta la lettre et la lut. Cette lecture terminée, il s'avança vers Christian et lui tendit la main.

Celui-ci eut comme un mouvement d'indécision, mais il répondit aussitôt à ce geste et donna la sienne.

— Soyez le bien venu, monsieur Rams. Mon frère me prie de vous prêter une main amie pour vous guider dans la vie parisienne, et croyez que je me mets tout à votre disposition. Vous venez, me dit-il, vous fixer définitivement à Paris, et vous aurez peut-être besoin de conseils pour le placement d'une fortune qui vous est tout nouvellement acquise.

— C'est la vérité, monsieur, et, permettez-moi de répondre à l'excellent accueil dont vous m'honorez par la communication d'un projet dont j'ose à peine espérer la réalisation.

— Mais, parlez donc, je suis tout prêt, si cela m'est possible, à le rendre réalisable.

— Vous avez eu le malheur de perdre votre associé M. le comte de Monterossi.

— Hélas ! oui, un bien terrible événement !... Mais cela ne change rien momentanément à la situation de ma maison. Les intérêts de M. le comte de Monterossi sont sauvegardés par ses héritiers, et la société est toujours existante.

— J'avais cependant espéré, ainsi que j'ai eu l'honneur d'en parler à monsieur votre frère, entrer pour une part dans les opérations de votre banque. J'ai quelque fortune, mais je me vois forcé de l'employer finan-

13

cièrement, autrement je ne saurais vivre dignement à Paris avec mes seuls revenus.

— Et serait-il indiscret de vous demander le chiffre de cette fortune si modeste ? demanda en souriant Severino.

— Un million, tout au plus.

— Eh bien, nous en causerons, monsieur Christian Rams, et puisque nous sommes sans doute destinés à avoir des relations d'affaires, vous ne me refuserez pas, j'espère, votre amitié.

— Monsieur, ce sera pour moi un grand honneur, et, je n'en doute pas, d'un grand secours pour me piloter dans un monde qui vous est familier.

— Vous déjeunez avec moi.

— Avec grand plaisir, monsieur Falkenberg.

Severino sonna pour donner des ordres, et un moment après, les deux nouveaux amis se mettaient à table. On déjeuna gaiement.

Le café avait été servi au fumoir, un élégant *smoking room*, où tout était réuni pour concourir aux joies de l'amateur de tabac. La digestion rendait les deux jeunes hommes familiers, et Severino en était aux confidences de femmes.

— Et ces portraits? demanda Christian, ce sont sans doute ceux des personnes que vous avez aimées?

— Précisément.

— Voici une bien belle tête, dit Christian, en désignant une magnifique photographie.

— Oui, c'est une jolie fille que je regrette beaucoup.

— Elle est morte?

— Je ne sais, car elle a disparu tout à coup. C'était une Espagnole qui se nommait Hermosura.

Christian Rams, les yeux sur le portrait, parut un instant absorbé par de vagues pensées.

— Une ressemblance, peut-être? demanda Severino.

— Oh! non, pas du tout, répondit Christian.

— Tenez, voici le portrait de la fameuse Elva, la lionne du jour.

Christian se retourna lentement vers le portrait désigné.

— C'est en effet une magnifique personne.

— Je vous présenterai à elle.

— Ça sera pour moi beaucoup d'honneur, mon cher Severino.

Et Christian ralluma lentement un nouveau cigare.

— Et quel âge avait cette Hermosura, lors de sa disparition?

— Ah! vous voyez bien que cette physionomie vous intrigue!

— Non, elle m'intéresse tout au plus.

— Vingt-cinq à vingt-six ans.

— C'est que je vois dans ce médaillon qu'elle porte au cou quelque chose qui ressemble à un portrait d'enfant.

— Oui, ce doit être un portrait d'enfant, répondit indifféremment Severino.

— Vous avez là une collection de belles armes.

Et ce disant, Christian détacha un poignard à lame ondulée.

— Prenez garde, c'est un crik malais, et l'extrémité de la lame est empoisonnée. Une simple piqûre serait mortelle. — Mais, au fait, Elva dont vous voyez le portrait est de notre pays.

— Ah !...

— Oui, elle est d'Helsingfors. C'est moi qui l'ai amenée en France, ou, pour dire vrai, c'est elle qui m'y a suivi. Je ne m'explique pas la passion que je lui inspirais.

— Mais que faisait-elle à Helsingfors ?

— Elle était mariée.

— Et que fait son mari ? demanda Christian en considérant toujours avec attention la lame brillante du poignard malais.

— C'est un rustre du pays, un charpentier, je crois.

— Et qu'est-il devenu ?

— Mais, il est toujours là-bas. Que voulez-vous qu'il vienne faire ici ? Il méprise fort sa femme, aujourd'hui; mais qu'Elva vienne à mourir, nous le verrons aussitôt se présenter avec son titre de mari. Il fera vendre à son compte, diamants, toilettes, voitures, chevaux, et reviendra honnêtement au pays avec cent ou deux cent mille francs dans sa poche.

— Vous croyez ? demanda Christian toujours les yeux fixés sur le poignard.

— Mais, c'est toujours ainsi. La dernière fille des rues, méprisée des siens, à laquelle ils ne donneraient pas un verre d'eau, si elle meurt, sa famille se rue dans son logis, défonce ses armoires, et se partage jusqu'à sa dernière chemise.

Christian replaça le poignard à la panoplie.

— Mais, vous ne l'aimez pas, cette Elva?

— Je n'aime plus aucune de ces personnes ; j'en suis pour ainsi dire écœuré ; et d'ailleurs mon cœur est sérieusement pris ailleurs.

— Ah!... une femme du monde ?

— Un ange, mon cher Christian, un ange !... Malheureusement un voile de deuil l'enveloppe encore.

— C'est une veuve?

— Hélas! c'est l'infortunée comtesse de Monterossi!... la seule femme qui m'ait remué le cœur, et la seule pour laquelle je donnerais ma liberté si j'étais assez heureux de devenir son époux !... Vous le voyez, par cette confidence, mon cher Christian, je vous traite en ami ; mais je sais que je peux compter sur votre discrétion.

— Qu'il me sera d'autant plus facile d'observer, mon cher Severino, que vous êtes la seule personne que je connaisse encore à Paris.

— Oh! ne vous inquiétez pas de cet isolement, quand on est millionnaire, le cercle des relations s'agrandit vite, ici.

— Et l'on n'a encore rien découvert touchant l'assassinat du comte?

— Rien. La comtesse prétend que ce soir-là il portait sur lui environ pour un million de valeurs au porteur et de billets de banque. Le vol a donc été le mobile du crime; et les assassins ont dû quitter la France.

— Ce n'est pas rassurant. — Eh bien, monsieur Falkenberg, quand il vous plaira, j'aurai l'honneur de vous revoir pour causer affaires. Et j'espère que votre second associé n'aura pas le sort du premier.

— Oh! mais vous, vous êtes un homme sage — et je ne vous le cacherai pas, je crains que dans l'affaire Monterossi il n'y ait quelque femme sous jeu.

Les deux jeunes gens parlèrent encore de choses et d'autres, puis se séparèrent après s'être promis de se revoir le lendemain. Après le départ de Christian Rams, Severino se dit en se frottant les mains :

— Allons, je vois que la maison Falkenberg est en voie de prospérité !...

XIV

LE LIT DU MORT

La veuve du comte de Monterossi habitait un des beaux hôtels du boulevard Haussmann.

Les premiers jours de son deuil, elle fut profondément désolée. Puis, sa douleur, sans s'éteindre, lui laissa cependant des périodes de rémission. Dans les premiers temps de son veuvage elle se reprochait ces moments de calme. — Mais la comtesse de Monterossi avait une grande fortune, elle était très-jeune encore, c'était une belle femme. Avec toutes ces qualités, il est difficile que l'on vous laisse vivre dans l'isolement et le deuil.

Et puis, il est des accommodements si faciles avec le monde parisien. Est-ce qu'on peut laisser ainsi une pauvre belle veuve se morfondre dans les larmes !...

Allons donc !... Mais, on inventerait plutôt pour elle des bals de deuil et de demi-deuil.

Et, cependant, la belle Léna de Montcrossi se trouvait très-malheureuse du vide immense que laissait autour de son cœur le trépas de son mari. Elle le pleurait avec les regrets de l'épouse et la maternelle affection que vous inspire un enfant ; car les qualités douces et maladives de ce jeune homme avaient presque modifié l'amour qu il lui avait d'abord inspiré.

La jeune veuve avait trouvé dans Severino un véritable ami ; il fit preuve dans ces terribles circonstances d'un dévouement à toute épreuve. Lorsqu'elle arriva à Paris, elle trouva à la gare un homme qui lui serra la main et pleura avec elle, et cet homme c'était lui.

Depuis cette époque il ne se passait pas un jour sans qu'il ne se présentât à elle, soit pour la consoler, soit pour lui être utile dans ses affaires. — Mais, en homme discret, il ne lui parlait jamais du sentiment qu'elle avait fait naître en lui. L'ami, seulement, rien que l'ami.

Cependant, bien que la parole ne formulât rien, son regard, cette voix muette du cœur, s'était souvent noyé dans celui de Léna. Elle avait dû plusieurs fois sentir, sous la pression d'une main brûlante, le fluide fiévreux de la passion contenue.

Léna devait-elle aimer Severino ? Nous ne saurions le dire. Mais sa nature fougueuse, longtemps réprimée, toujours dissimulée, en face du calme et doux Monterossi, éprouvait un trouble vague sous le regard ardent du jeune Suédois, à ce timbre de voix que la passion voilait. Et cependant, seule, livrée aux réflexions, elle se défiait de cet homme ; éloigné, elle le redoutait presque ; présent, il la faisait frissonner malgré elle. En un mot, Severino ne l'attirait pas, mais il la dominait.

Un jour, il se trouvait seul avec elle.

— Je ne saurais vraiment, monsieur, vous exprimer toute ma reconnaissance pour tous les services que vous me rendez. Seule, éloignée de ma famille, je n'ai autour de moi que des indifférents.

— Je n'ai droit à aucun remercîment, vous le savez, madame, car mon bonheur rêvé serait de pouvoir consacrer ma vie à vous être utile. Avant de mourir, le comte m'a dit : « Soyez son ami. » Aussi, vous le voyez, par vous, ma vie a changé. Je ne suis plus le jeune homme qui jetait son cœur à toutes les passions, qui ne voyais de l'existence que les plaisirs et la folie. J'ai compris tout ce qu'il y avait de fécond pour l'esprit et pour l'âme dans une affection vraie, une pure amitié ; vous avez été pour moi, madame, le moteur d'une régénération morale, vous m'avez rendu heureux, et je vous en remercie, et c'est moi qui ne saurai jamais vous exprimer toute ma gratitude !

Et le jeune homme lui prenait la main, et dans ses yeux montaient ces vapeurs d'amour qui effrayaient tant la belle Léna.

La comtesse, comme prise d'un frisson étrange, retira sa main.

— On dirait que vous avez peur de moi?. .

— Oh non !... Mais vous ne voulez pas comprendre
le cœur de la femme. Je n'ai pas peur de moi, je n'ai
pas peur de vous, mais, je ne sais, il y a des moments
où je tremble ! — A propos, j'ai reçu ce soir une lettre
qui m'invite à une bien triste cérémonie. C'est dans
huit jours que l'on transporte notre pauvre ami dans le
tombeau que je lui ai fait faire, et où une place m'est
réservée à son côté !

Sevérino se leva.

— Ce sujet vous déplaît.

— Il n'est pas gai, vous me l'avouerez.

— Ne viendrez-vous pas?

— Pourquoi remuer ainsi les morts?... pourquoi
troubler le repos éternel et soumettre ceux qui ne sont
plus aux conventions d'un monde qui n'est plus le
leur?

— Oui, ceux qui parlent ainsi, ceux qui mettent de
la sorte le respect de la tombe en avant, sont ceux qui
ne veulent pas se souvenir. Voyons, Severino, croyez-
vous, s'il peut nous voir, qu'il ne serait pas satisfait
de nous revoir près de sa tombe, et ne serait-ce pas
lui prouver que vous avez bien compris ses paroles
dernières lorsqu'il vous disait mourant : Soyez son
ami?

— Eh bien, j'irai seul. Je ne veux pas que vous
alliez ainsi renouveler vos douleurs, et rouvrir des
blessures que je voudrais voir cicatrisées à jamais.

— Mes douleurs !... mais vous ne savez donc pas

que ces douleurs, je les aime, je les désire !... Me
sentir près de lui, le voir peut-être, lorsqu'on le
remontera au niveau des vivants, mais vous ne comprenez pas quelle âpre joie j'en éprouverai !... Lorsque
je vais sur sa tombe, je pleure, et j'en reviens fatiguée,
les traits altérés, les yeux rouges ; et vous me plaignez !.... Mais, sur sa tombe, je ne souffre pas !...
Mon âme, en ce moment, descend sous la pierre ; la
terre s'écarte sous l'action de mon cœur, la bière
s'entr'ouvre sous ce regard puissant de la femme qui
aime, et lui, radieux, beau comme je le voyais sur
terre, souriant comme il me souriait, m'apparaît.
Je pleure sur lui, mais je le sens, au contact de
lui-même, mes pleurs se sèchent, mon cœur s'épa-
nouit, mon oreille entend sa voix connue, cette voix
qui ne s'oublie jamais, et ma bouche l'embrasse !...
Ah ! ne me plaignez pas alors, car je suis heureuse,
mais, hélas! heureuse à en mourir de douleur aussi!...

La comtesse, en s'exprimant ainsi, était en proie à
une exaltation qui la rendait magnifique.

— Oh ! ne parlez pas ainsi !... s'écria Severino.

— Comment ! vous ne voulez pas que je m'exalte
au souvenir de celui qui fut votre meilleur ami ?

— Non.

— Mais, pourquoi? demanda, étonnée, la belle
Léna.

— Pourquoi !... ah ! vous le comprenez bien, vous
qui êtes tout sentiment et amour : parce que cela me
rend jaloux !...

C'était la première fois que Severino prononçait un mot qui ne laissât plus aucun doute dans l'esprit de la femme. Aussi demeura-t-elle silencieuse, et son regard se détourna de celui du jeune homme.

Sevérino se rapprocha d'elle et lui prit la main.

— Léna, vous ne voulez pas que je vous dise un peu : je vous aime, et pourtant vous le savez bien !... Vous n'ignorez pas l'état de mon cœur, et toute la passion qui me brûle et me consume !... Il est impossible que vous n'ayez pas deviné qu'il y a des heures où ma pensée se reportant sur vous, je deviens presque fou de joie, de désespoir, de rage !...

— Oh ! je vous en prie, taisez-vous !... laissez ma main !...

Mais Severino la couvait de baisers de feu. Léna se dégagea de ses étreintes, et s'enfuit de l'appartement, mais sans un mot de colère, sans un geste de reproche.

Pauvre Léna ! elle s'effrayait d'un amour qu'elle pressentait bien, mais quelle n'avait jamais connu. Son ardente nature frissonnait sous son influence envahissante, mais son cœur défiant la retenait.

Severino sortit de l'hôtel Monterossi tout ému de cette scène, et presque heureux, car par sa connaisnaisssance du cœur féminin, il voyait le succès dans l'avenir. — Or, quel était le plan du jeune Suédois. Posséder d'abord, pour épouser ensuite ; — car on épouse toujours une belle maîtresse plusieurs fois millionnaire.

Mais, nous qui jouissons du privilége de prévoir

bien des événements, en face des obstacles imprévus qui vont surgir dans la suite de ce récit, nous ne pouvons que faire des vœux pour le succès des projets de Severino.

Le lendemain de cette scène, au bois, la voiture de la comtesse de Monterossi se croisa avec celle d'Elva. Léna considéra l'ancienne maîtresse de Severino avec un regard étrange. C'est dans ces situations, insignifiantes en apparence, que la nature physique de la femme se révèle.

Pour Severino la glace était rompue. Depuis la dernière scène que nous avons dite, ses entrevues avec Léna étaient des assauts et des luttes. La jeune femme surprise tout à coup se défendait avec l'énergie d'un cœur résolu, d'une nature supérieure se révoltant contre la violence, la folie, la fièvre.

Elle redoutait presque cet homme, et lorsqu'il se présentait, elle n'avait pas la force de ne pas le recevoir.

Il y eut surtout entre eux deux une scène terrible de passion, — la dernière, — une de ces scènes magnifiques par le réalisme brutal, et pour la narration de laquelle nous nous défions de nos forces.

Un soir Severino se présenta chez la comtesse, elle était seule.

— Mais, cependant, monsieur, si vous éprouviez pour moi l'affection dont vous me parlez sans cesse, il me semble que vous me respecteriez. Il est tard et

je suis seule. Vous voulez donc que je vous refuse ma
porte !

Severino lui tenait les mains et n'avait pas l'air de
comprendre ce qu'on lui disait.

— Il est tard, dites-vous, voulez-vous que je me
retire ?

— Mais, c'est pour les gens que je vous dis cela.

— Ah! les gens!... c'est vrai, il y a des êtres qui sont
là, autour de vous, et dont il faut s'inquiéter... je
l'avais oublié... pardonnez-moi un peu, parce que je
vous aime tant que j'en perds la tête !...

— Mais vous me faites peur !

— Oui, je dois vous faire peur, car je suis fou, et
l'on a toujours peur d'un fou !... Mais croyez-vous
donc que l'on puisse conserver sa raison ici !... dites,
Léna, le croyez-vous ? Cette atmosphère dans laquelle
vous vivez est imprégnée de vous-même, vous ne
comprenez pas que cela enivre !...

La jeune femme mit ses mains sur son front comme
pour reprendre son sang-froid et dominer cet homme.

— Oh ! Severino, ayez pitié de moi!... Tenez, je vais
vous faire un aveu ; c'est un pauvre cœur qui se confie à vous, et vous n'en abuserez pas, n'est-ce pas ?
Oui, je vais vous faire un aveu... Je suis jeune, je suis
veuve, je suis même une femme du monde, du monde
parisien, eh bien, malgré cela je suis un enfant. Je ne
sais rien de la vie, des passions, rien des hommes!...
Dans mes rêves de jeune fille il m'est surgi des hallucinations étranges, des joies folles, des bonheurs extra-

vagants ; mais, c'était maladif, fiévreux, et je les repoussais comme des cauchemars. Oui, ce n'était pas vrai, car, depuis, cela ne s'est pas réalisé. J'ai vécu avec *lui* comme je voudrais vivre encore !... Vous le voyez, je suis digne de votre pitié, et je vous en supplie, n'égarez pas ainsi mes sens et ma raison !

Le jeune homme l'avait écoutée avidement, son regard s'enflammait sous cette parole naïve et franche, cette bouche frémissante et pure. Enivré, éperdu, il se traînait aux pieds de la jeune femme, cherchait ses mains, mordait sa robe, baisait le tapis où ses pas n'étaient plus, et l'envahissait comme le serpent de la création s'enroulait, fascinateur, autour du tronc de l'arbre du savoir.

Et voilà, au milieu de la lutte, ce qui se passait dans l'esprit de la fille d'Ève :

— Ah! voilà donc l'amour, voilà donc la passion !.. Oh! c'est bien ce que j'ai rêvé !... Un beau jeune homme à mes pieds, égaré, fou, insensé, me dévorant du regard et de la parole !... Elles sont bien heureuses les femmes perdues, car elles peuvent céder sans s'inquiéter de la honte, s'enivrer à ses lèvres aussi perfides qu'enivrantes, et cela sans souci de l'opinion du monde! Elva l'a peut-être vu ainsi... Oh ! cela me répugne et me fait envie, tout à la fois! Il est beau ainsi... Il y a tant d'hommes qui ne révêtent pas une seconde fois dans le cours de leur vie cette expression dominatrice. Cette ivresse, cette fougue humaine, n'aura pas de durée peut-être !... Tout s'éteint dans le monde moral ainsi que dans le monde matériel, feu, beauté, jeunesse, amour, passion... Si j'en profitais!...

Et la femme du monde pensait :

— Oh ! tout cela m'effraye !... Si je succombais, on aurait le droit de me mépriser. Moi, veuve, pleurant encore mon mari, voir ainsi un homme se traîner à mes pieds, oh ! c'est affreux !... Il y a donc des romans dans la vie réelle !... Mais, je ne veux pas, je ne dois pas y prendre part, je tiens à mon honneur, je veux être respectée de tous, et surtout respectée de moi-même... Oh ! repoussons-le, fuyons ce danger qui me menace... et du moins cet homme m'honorera encore — et la comtesse de Monterossi pourra sortir le front haut, et mépriser encore les Elva qu'elle rencontrera sur son passage.

Mais de ces deux réflexions émanant l'une de la chair, l'autre de l'esprit moral, quelle est celle qui triomphera ?

Severino était toujours aux pieds de Léna.

— Et vous pensez me calmer en me disant cela !... Oh ! ne me parlez pas de lui, car vous n'êtes pas veuve !... Vous venez de me l'avouer, vous êtes toujours la jeune Napolitaine avide de connaître l'amour, le cherchant vainement chez celui qui vous épousa, mais qui ne sut même pas être votre amant une heure !... Vous osez me dire que vous ne connaissez rien de la vie, et vous prétendez que mon âme se taise, que mon cœur se contienne et que mon sang s'apaise !... Oh ! mais, c'est insensé, cela !... O Léna,

ne me regardez pas de la sorte, ne vous effrayez pas,
car je vous adore comme la plus pure des jeunes filles,
et vous aime et vous désire comme la plus magnifique
des femmes !...

La comtesse ne pouvait plus parler. Le jeune homme
l'enveloppait de ses bras, la brûlait de ses regards...
la fascination, le magnétisme la transportait. Elle
subissait cette influence envahissante. Jamais elle ne
s'était montrée si belle. Dans la lutte ses cheveux s'é-
taient défaits, elle était pâle, ses yeux paraissaient
égarés, ses lèvres frémissantes avaient le rouge du feu ;
c'étaient deux braises.

— Oh ! grâce ! grâce ! je n'ai plus la tête à moi !...
laissez-moi... laissez-moi fuir !..

— Fuir, lorsque je vous vois aussi splendide, eni-
vrante, enivrée !...

Léna se débattait, marchait au hasard, et le jeune
homme tombé à ses genoux se traînait après elle...

— Léna, vous ne voulez pas m'aimer ?...

— Non, non !...

— Vous ne voulez donc pas partager avec celui que
vous avez ensorcelé le bonheur qu'il attend de vous !..

Et le jeune Suédois redressé tenait la comtesse à
bras le corps.

Léna, égarée, fascinée, exaltée même, n'avait plus
conscience ni de sa situation, ni de ses paroles.

— Tu ne veux pas m'aimer ? disait tout bas cette
voix à l'haleine brûlante....

— T'aimer !... Oh ! ne me parlez pas ainsi !...

— Oh! tu ne te doutes pas de ce bonheur ! enfant...

— Oh! si!...

Et la tête perdue, la jeune femme se soutenait à peine. — Severino triomphait.

Ils se trouvaient alors hors du salon, dans une chambre contiguë.

— Tu seras à moi!... dis, réponds !...

— Oui... Oh! je suis folle !... Partez! laissez-moi.

Mais tout à coup, la femme vaincue se redressa ; on aurait dit qu'une inspiration venait d'éclairer son cerveau affolé, envahi par l'ivresse.

— Viens!... murmurait-il tout bas en l'attirant à lui,

Léna par un mouvement vigoureux se dégagea de ses étreintes. Elle fit deux pas au fond de la chambre, et, d'un geste d'une ampleur tragique, elle entr'ouvrit les tentures d'une alcôve.

— Voici le lit du comte de Monterossi, dit-elle d'une voix stridente.

— Eh bien ? fit Severino comme frappé de stupeur.

La comtesse, ayant reconquis ses forces, transformée, reprit :

— Voici le lit de Monterossi qui fut mon mari. C'est à ce chevet, qu'avant de mourir, il vous serra la main.

— Eh bien ?

— Eh bien ! je vous attends !... répliqua-t-elle grande et superbe comme une statue de marbre.

On eût dit que cette femme venait d'évoquer un

spectre : Severino, la tête dans ses mains, s'écarta à reculons et disparut. . . . .

. . . .

Demeurée seule, Lénà s'agenouilla au pied du lit et s'écria :

— Ombre de mon mari, toi qui m'as inspirée à l'heure de la défaillance, merci!...

XV

LE CORPS DE LA DIVISION 74

Le corps du comte de Monterossi avait été inhumé dans une tombe provisoire. — La comtesse avait d'abord eu la pensée de le faire transporter à Naples ; mais, réfléchissant qu'elle séjournait plus en France qu'en Italie, elle fit l'achat d'un terrain au Père-la-Chaise et commanda un tombeau. — Lorsque ce mausolée fut terminé, on dut procéder à l'exhumation.

Ces tristes opérations ont lieu le matin de bonne heure avant que les inhumations aient commencé. Les formalités ne laissent pas que d'être un peu compliquées.

On s'adresse d'abord aux bureaux du conservateur du cimetière. M. le conservateur, — au fait que conserve-t-il? — sait son cimetière sur le bout du doigt, et lorsqu'on vient l'interroger à propos d'un corps, il indique aussitôt le carton qui contient son dossier.

Il y a certainement, en majorité, des corps qui se tiennent tranquilles et ne réclament jamais, mais il en est d'autres qui nécessitent sans cesse des formalités, des écritures, des recherches; ce sont ceux qui demandent à changer de demeures, ou à quitter définitivement le cimetière pour une autre nécropole.

La conversation des employés de ces bureaux est funèbre. On n'y entend que les mots cadavre, fosse, bière. Il y a certains corps pour lesquels ces messieurs ont des égards, d'autres qui les importunent à chaque instant et pour rien, et qu'ils enverraient bien au diable.

Un matin, vers sept heures et demie, la comtesse de Monterossi, toute vêtue de noir, se présenta au bureau du conservateur.

— Pourriez-vous, monsieur, me dire à quelle heure aura lieu l'exhumation?

— Quel corps?

— Le comte de Monterossi.

— Monterossi? voyons, c'est division 74; exhumation à huit heures et demie. Un seul corps, oui, c'est bien cela; numéro 3. Veuillez, prendre votre numéro, madame. Exhumation, dix francs; transport, cinq francs; inhumation, vingt francs; mortier et maçonnerie, trois francs; voilà, madame. C'est trente-huit francs, dont voici quittance.

Et s'adressant à un des gardiens du cimetière :

— Conduisez madame, division 74, tombeau Monterossi.

— Oh ! je vous remercie, monsieur, je connais l'endroit.

Le conservateur ne releva même pas la tête de dessus son registre à morts, et la comtesse sortit.

Le gardien seul fit la grimace. Il avait compté sur une pièce de vingt sous ; aussi eut-il une piètre idée du corps de la division 74.

Ces gardiens ont un uniforme bleu de ciel, qui de loin leur donne une physionomie qui n'a presque rien de terrestre.

La pauvre Léna gravit lentement les hauteurs de la nécropole. Elle s'arrêta un instant devant le tombeau qui allait recevoir les restes de son époux, puis continua sa marche vers la tombe qui le renfermait encore.

Cette tombe était ouverte, et, au fond, gisait la bière.

La comtesse s'agenouilla sur la terre jaunâtre, fraîchement remuée, et pleura.

Elle demeura ainsi longtemps, immobile, dans une muette contemplation, désolée. Son regard devait pénétrer sous les ais du cercueil et embrasser le corps de son infortuné mari. De ses yeux se détachait un courant fluidique descendant au fond de la fosse et qui la tenait captive, magnétisée. Sa tête se penchait de plus en plus; on eût dit que son corps était attiré par celui qui gisait au fond.

A n'importe quelle heure, il y a toujours des curieux qui errent dans les cimetières de Paris. Un homme, paraissant s'intéresser aux inscriptions funéraires, s'approcha lentement de l'endroit où se tenait la comtesse.

Celle-ci, toute à sa douleur, ne le remarqua pas.

Cet homme s'appuya contre le marbre d'une tombe voisine et attendit.

Enfin la comtesse leva les yeux, et son regard rencontra celui de cet homme.

— Vous êtes la comtesse de Monterossi? demanda-t-il.

— Oui, monsieur, répondit Léna, pensant que c'était un employé du cimetière qui la questionnait ainsi.

— On va, dans un instant, enlever ce corps et le transporter dans le tombeau que vous avez fait élever là-bas.

— Oui, monsieur.

— Est-ce que vous ne désireriez pas, avant que le caveau ne se referme pour toujours, revoir une dernière fois les traits de votre époux?

— Mais, monsieur..., fit la comtesse étonnée.

— C'est un droit qui vous appartient. Ainsi, lorsque on va venir, exigez qu'on enlève le couvercle de cette bière.

— Mais, enfin, pourquoi, monsieur? demanda la comtesse en proie à une étrange agitation.

— Exigez-le, vous dis-je. C'est un conseil que je
vous donne.

— Mais, enfin, qui êtes-vous, monsieur?

— Un compatriote de l'ex-associé de votre mari, et
je me nomme Otto.

Et, après ces paroles, Otto s'inclina et disparut derrière les mausolées.

A l'instant même, un gardien, suivi de deux ou trois
hommes, s'approcha de la fosse.

— Voyons, au numéro 3, maintenant.

— Pardon, monsieur, dit la comtesse très-émue,
mais je désirerais qu'on ouvrît le cercueil.

— Mais, pourquoi, madame?

— Je ne sais.

— Pour constater l'identité du corps?

— Oui.

— Il faut alors en référer au conservateur.

— Eh bien, j'attendrai; et dites-lui que je suis prête
à payer l'excédant des frais.

Le gardien laissa les trois hommes près de la fosse
et descendit vers les bureaux.

La prétention de la comtesse jeta quelque trouble
dans le personnel funèbre.

Le corps de la division 74 commençait à les impor-
tuner. Néanmoins, on passa les écritures nécessaires
et le gardien remonta avec le permis d'ouverture de
bière.

Un des hommes descendit dans la fosse, passa des
cordes sous le cercueil, et, lorsqu'il fut remonté, ceux

qui se trouvaient en dehors du trou, hissèrent la caisse, qui fut déposée à terre.

— Ouvrez la bière, ordonna le gardien.

Le maçon qui devait sceller la dalle du caveau s'avança avec ses outils.

La comtesse était haletante.

Le couvercle se détacha, et l'intérieur du cercueil fut mis à découvert.

La comtesse poussa un cri.

Des morceaux de bois enveloppés dans des linges remplissaient la boîte.

Mais il n'y avait pas de corps.

Les ouvriers, stupéfaits, allèrent à la hâte prévenir l'administration de ce qu'on venait de découvrir.

Léna, presque inanimée, était demeurée seule, affaissée sur elle-même, en face de la fosse et du cercueil ouvert.

L'homme qui lui avait déjà parlé se représenta devant elle.

— Oh! dites!... s'écria-t-elle, que signifie tout cela?... Mon mari, mon mari où est-il?

— Ne vous désolez pas, madame; votre mari n'est pas mort.

— Il est vivant?

— Oui, vivant; et je vous dirai un jour ce qu'il est devenu et où vous pourrez le voir.

— Oh! monsieur, parlez!... Je vous en supplie, parlez, éclairez ce mystère qui trouble ma raison!...

15

Car, j'ai peur de mourir folle·de joie, si je dois le revoir!...

— Je ne puis vous en dire davantage; mais je vous
reverrai, madame de Monterossi, c'est Otto, le Finlandais, qui vous en donne sa parole, et Otto ne trompe
pas.

. . . .

. . . .

C'est égal, le conservateur du cimetière commençait à trouver que le corps de la division 74 se conduisait d'une singulière façon.

XVI

LES RÉVÉLATIONS DE LUDOW

Mais revenons à Ludow, que nous avons laissé dans une des basses-fosses des carrières d'Amérique.

Il demeura près de huit jours dans cette cave sans percevoir le moindre bruit, sans qu'une voix parvînt à son oreille. Il n'avait aucune conscience des heures, et ne savait plus, dans l'obscurité profonde qui l'enveloppait, quand il était jour ou nuit au dehors.

Cependant, celui qui l'avait plongé dans ce souterrain n'avait pas l'intention de l'y laisser mourir d'inanition, car, une fois, durant un de ses assoupissements, il fut réveillé par le bruit d'un objet qui tombait près de lui. Il frotta une allumette et vit à terre un gros pain et une cruche pleine d'eau.

Mais cette nourriture si primitive devait, momentanément, produire sur son organisme, soumis depuis longtemps aux surexcitants, un abattement physique et une prostration morale.

Enfin, un jour, il aperçut une clarté dans son cachot. Un homme se tenait sur les marches de la fosse.

— Me reconnais-tu? demanda cet homme.

Ludow, dont les yeux avaient été trop longtemps privés de lumière, ne distingua d'abord qu'imparfaitement l'ensemble de l'individu qui lui adressait cette question.

Mais, tout à coup, il parut en proie à un saisissement étrange. On eût dit le condamné voyant pénétrer dans sa cellule l'exécuteur des hautes œuvres.

— Me reconnais-tu? Réponds.

— Oui, vous êtes Otto.

— Le frère de Karyn..., le vengeur de ma sœur.

— Est-ce que vous voulez me tuer?

— Je veux te punir.

— Il y a bien des jours que je souffre ici le froid, la soif et la faim.

— Si j'étais arrivé deux jours plus tard à Paris, Karyn mourait de froid et de faim aussi.

— Karyn, si elle me voyait ici, aurait pitié et me pardonnerait.

— J'ai souffert, moi, par tous les miens. Ma femme m'a été enlevée, et avec elle s'est envolé le peu de bonheur que le ciel m'eût donné. Je n'ai pas exprimé une plainte; j'ai supporté sans mot dire des angoisses infernales; je ne me suis cependant même pas levé pour aller à sa poursuite. Mais, lorsque ce fut la compagne de mon enfance, ma sœur, qui se trouva frappée, devant ce malheur, je ne résistai pas, et je partis. Les tortures auxquelles vous m'avez tous soumis, je ne vous le dirai pas ; mais, en revanche, si Karyn pardonne, Otta ne pardonne pas.

— Mais que prétendez-vous faire de moi?

— Te laisser croupir dans cette fosse comme un léthargique dans un tombeau.

— Mourir de faim !... s'écria épouvanté Ludow.

— Non, ce serait trop court cette agonie.

— Mais ces ténèbres me rendront fou ! Je pourrai sortir d'ici !...

— Jamais !

— Oh ! mais c'est impossible !... s'écria désespéré Ludow.

— Jamais, te dis-je ; à moins, cependant, qu'un événement ne me frappe et que je meure.

— Et alors?

— Alors, comme moi seul connais cette retraite, comme moi seul te jette un pain de temps en temps, personne ne viendra plus, — et tu mourras, toi aussi.

— Oh ! c'est affreux !...

— Tu vois, dit Otto en descendant près de Ludow, que, fusses-tu trois fois plus robuste que moi, je n'ai rien à craindre et peux venir près de ma victime sans arme.

Ludow ne répondit rien. La tête dans ses mains, il réfléchissait ; et, comme les désespérés, il cherchait

15.

une inspiration extrême pour sinon vaincre, du moins assouplir ce bourreau.

— Étránge! dit-il tout à coup.

— Que veux-tu dire par ce mot?

— Oui, étrange!... Voici un homme qui, pour venger sa sœur, commet une action horrible, un meurtre épouvantable. Et cet homme reste indifférent devant la trahison de sa femme, et ne s'inquiète même pas de celui qui la lui a ravie.

— Tu te trompes, peut-être.

— Ah! c'est que celui que vous martyrisez ici pourrait vous dire bien des choses.

— Sur Severino, sur Elva? J'en sais peut-être plus que toi.

— Sur Elva, peut-être. Mais, sur Severino, j'en doute.

— Que veux-tu dire?

— Que ferez-vous de moi, si je remets des armes terribles contre cet homme; si, par mes révélations, je vous livre le séducteur de votre femme?

— Je ne veux rien promettre; car, qui m'empêche, par les tortures de la faim et de la soif, de te forcer à parler?

— Eh! si je ne parlais pas, et si, préférant la mort à la vie épouvantable à laquelle vous me condamnez, je résistais aux tortures.

— D'ailleurs, que m'importe Severino! La coupable, c'est Elva.

— C'est égal, c'est une bien grande force pour pu-

nir la femme, lorsque d'un mot on peut envoyer le
séducteur au bagne, et peut-être même à l'échafaud.

Otto demeura un moment pensif. Puis, regardant
fixement Ludow, il lui dit :

— Alors, ce Severino est un scélérat !

— Dame !...

— Il est sûr que, pour que tu en sois instruit, il
faut qu'il soit descendu bien bas dans le crime !

— Voyons, je vais vous donner contre cet homme
des armes terribles : que me donnerez-vous en retour ?

— Rien. Mais, lorsque je me serai vengé de tous,
comme, grâce à moi, Karyn ne souffre plus, j'ou-
blierai peut-être le passé.

— Et vous me rendrez à la liberté ?

— Je t'embarquerai dans quelque port de mer, et
te renverrai au fond de la Suède, où tu vivras comme
tu pourras.

— Me le promettez-vous ? La parole d'Otto me
suffit.

— Je te le promets.

— Eh bien, je vais parler.

Otto s'assit sur une des marches, appuya ses coudes
sur ses genoux, et, la tête dans ses mains, il écouta.
— Ludow commença.

— J'ai été bien malheureux à Paris, et j'y ai vécu
plus de jours de misère que d'heures de plaisirs. Ces
carrières, dans une des fosses desquelles j'ai été précipité, m'ont abrité bien des nuits ; et cela est triste,

allez, de coucher ainsi sur la terre, dans l'atmosphère
étouffante des fours, lorsqu'on sait qu'à chaque instant la police peut venir vous ramasser pour vous
conduire au dépôt.

— Oui, je le comprends, il y a moins de souffrances et de dangers dans la voie que suit l'homme honnête.

Le sceptique Ludow eut un léger éclat de raillerie.

— De quoi ris-tu ?

— De votre jolie phrase. Ainsi, vous qui avez sans
doute la prétention d'être honnête homme, avez-vous
toujours marché sur des roses, et avez-vous éprouvé
longtemps la satisfaction du cœur ?

— J'ai pu souffrir, mais je suis à l'abri du remords.

— Le remords, c'est la maladie des consciences à
moitié tarées; mais les vrais coquins s'en préoccupent
peu.

— Aussi les vrais coquins reçoivent-ils le dernier
châtiment des hommes. — Mais, continue, je suis
pressé.

— Pressé de m'entendre ou de vous en aller ? demanda Ludow, qui comprenait qu'il retenait Otto par la
curiosité des révélations promises.

Le Finlandais ne répondit pas.

— Il y avait plus d'un jour que je n'avais ni bu ni
mangé. A ces moments de besoins impérieux, quelque
chose vous attire vers les centres populeux et riches;
on éprouve le farouche désir de se frotter aux boule-

vards, aux êtres repus ; il semble que ce contact doive vous réchauffer un peu ; à la vue de ces rassasiés, on se prend de force et de courage. — Je marchais soucieux et sombre près de la *Maison dorée*, lorsque je me trouvai tout à coup en face de Severino Falkenberg. Cet homme, qui devait me faire arrêter, vint à moi et me donna dix louis. Je compris aussitôt combien j'étais un piètre pauvre diable auprès de celui qui avait besoin de plus misérable que lui. Nous nous revîmes. Il me parla d'un comte de Monterossi, qui devait venir le voir deux jours après avec un million dans sa poche.

Otto écoutait, mais une émotion profonde paraissait s'emparer de lui.

— O pauvre vieux Karl !... murmurait-il tout bas.

— Ce jour-là...

— Quel jour ? demanda Otto, qu'une pensée nouvelle avait distrait.

— Le jour où le comte de Monterossi devait venir voir Severino avec un million dans sa poche.

— Très-bien, après.

— Ce jour-là, Trocadéro et moi, nous attendions en face du numéro 5 de la rue Laffitte que le comte sortit.

— Pourquoi ?

— Pour l'assassiner, répondit froidement Ludow.

— Et vous l'assassinâtes ?

— Oui et non.

— Je ne te comprends pas.

— Beaucoup sont assassinés à moins, puisque je

donnai deux coups de couteau, et que **Trocadéro** frappa une fois de son poignard.

— Eh bien, le comte est mort assassiné par vous deux. Ce Trocadéro, je le connais, et si je le retrouve, je le plongerai aussi dans ce trou.

— Ne vous emportez donc pas, beau frère ; d'abord, le véritable assassin est celui qui profite du crime, et ni Trocadéro, ni moi, n'avons mis la main sur le million du comte de Monterossi. Ensuite, pour qu'il y ait un assassinat, il faut un homme mort ; c'est aussi logique que pour faire un civet.

— Pas de plaisanteries !

— Vous avez tort, Otto, de repousser ainsi la plaisanterie. D'abord, un homme qui, dans ma position, plaisante, n'est pas un scélérat endurci ; ensuite, je vous assure que le côté gai vous fait un peu défaut. Si Elva ne vous a pas bien compris...

— Assez !... et continue !...

— Eh bien, je continue. Le comte de Monterossi fut trouvé dans une des rues qui avoisinent le nouvel Opéra, et où peu de passants circulent. Il était évanoui, mais les papiers qu'il avait sur lui indiquèrent son nom et sa demeure. On l'apporta chez lui, boulevard Haussmann. — Pendant ce temps, Trocadéro et moi, nous étions revenus chez notre ami Severino, à qui nous avions annoncé... le malheur. Au même instant, un des valets du comte vint prévenir Severino de la mort de son associé. Désespéré, il s'empressa de nous quitter pour voler auprès de son ami.

— Et Trocadéro et toi, que fîtes-vous?

— Nous allâmes à la Bibine consoler un professeur qui mourra un jour dans la grâce de Dieu.

— Misérable !...

— Ah ! des gros mots !...

— Après?

— Je savais bien que cela vous intéresserait. Mais c'est la suite qui va vous édifier sur le compte de notre compatriote Severino. C'est réellement une honte pour la Finlande. Après tout, l'oppression moscovite en est peut-être la cause. — Le lendemain soir, Trocadéro et moi, nous nous présentâmes à l'hôtel du boulevard Haussmann. Severino nous reçut dans la chambre mortuaire. Les constatations légales avaient été faites et l'inhumation devait avoir lieu le lendemain. La chambre où reposait le corps se trouvait au premier étage et avait jour sur le boulevard.

— Comment !... fit Otto, est-ce que vous allez trouver le moyen de commettre un nouveau crime en face du cadavre !

— Ne m'interrompez donc pas à chaque instant.

— Un seul mot. Pourquoi veniez-vous ainsi auprès de ce mort?

— Nous ne venions pas pour le mort, mais pour le vivant. On nous avait dit rue Laffitte que Severino se trouvait à l'hôtel de Monterossi.

— Et que désiriez-vous de Severino?

— De l'argent. Trocadero qui, pour le raisonnement, est aussi fort que le Professeur, m'avait dit ceci:

« Il ne faut pas lâcher Severino tant que *notre* corps sera encore sur terre. Une fois enterré, Severino sera content, et la caisse de la rue Laffitte fermée. Relançons donc Severino. » Et nous allions relancer Severino. Il était seul dans la chambre mortuaire, et nous reçut assez froidement. Trocadéro et moi étions bien mis et nous avions déclaré aux valets que nous venions veiller le mort. Notre présence n'avait donc excité aucun étonnement.

— Que venez-vous faire ici? nous demanda Severino lorsqu'on eut refermé la porte derrière nous.

— Vous voir, répondis-je.

— Assister à votre douleur, ajouta Trocadéro.

— Et régler nos reliquats de compte, fis-je.

— Asseyez-vous, et ne parlez de rien ici, répondit-il, car les murs ont des oreilles.

— Les anciens murs, dit Trocadéro, mais dans les constructions modernes ils sont sourds.

Severino n'avait pas le cœur à la plaisanterie, aussi ne fit-il pas même attention à la remarque de Trocadéro.

— J'ai déclaré que je veillerai le corps de mon ami jusqu'au moment de l'enlèvement. Faites comme moi, et ne parlez plus. Si vous avez froid, voici du feu.

— Nous avons soif.

— Voici sur cette table tout ce qu'il faut pour vous plaire; mais ne vous grisez pas.

Ainsi que vous le voyez, Severino était sérieux dans ses propos. Dame! la circonstance l'exigeait, et puis le petit million que le comte avait laissé chez lui devait lui inspirer de graves réflexions.

Trocadéro se versait dans un grand verre quelque chose que renfermaient de petits flacons, et moi je prenais de petits flacons que je vidais dans de grands verres. C'est pour vous dire, vertueux Otto, que, Trocadéro et moi, nous faisions absolument la même chose.

— Ivrognes!... fit le frère de Karyn.

— Encore des gros mots!... — Mais notre veillée dura peu. Tout à coup, dans la direction du lit sur lequel reposait le cadavre...

— Eh bien? fit Otto.

— Ah! mais ce n'est pas ça..., reprit Ludow sur un autre ton et interrompant brusquement son récit à la façon d'un romancier habile.

— Quoi! ce n'est pas ça? Que veux-tu dire?

— Oui, au souvenir de ce qui se passait dans cette chambre, en parlant de ces flacons, de ces grands verres, dame! comme je n'ai bu que de l'eau depuis longtemps, je sens ma langue s'embarrasser, ma bouche se sécher, et je voudrais boire. Donnez-moi de l'eau-de-vie, et je vous dirai la suite.

Otto n'eut pas un mouvement d'impatience. Il comprit la situation. Cet homme avait conscience de sa force; il fallait céder. D'ailleurs, un peu d'alcool, allumant le cerveau de ce misérable, devait en faire jaillir la vérité dans tous ses horribles détails.

Il se leva.

— Je vais te chercher de l'eau-de-vie.

— De l'absinthe aussi.

— Et de l'absinthe.

Otto remonta les marches et sortit.

XVII

UN PERSONNAGE INATTENDU

Quelques instants après le Finlandais se retrouvait en face de Ludow.

Il déposa près de lui deux bouteilles et un verre. Ludow, dont les yeux brillaient déjà d'appétit d'alcool, but avidement à même et lorsqu'il reposa la bouteille, il eut une exclamation de soulagement et de plaisir. Un moment il demeura silencieux, savourant la chaleur malsaine que lui procurait cette ingurgitation précipitée.

—Tu m'as demandé de l'eau-de-vie et de l'absinthe, je t'en ai apporté, et maintenant je t'écoute.

— Ah! il y a aussi de l'absinthe? fit, ému par cette douce surprise, le beau-frère d'Otto.

Et s'emparant du vert flacon, il recommença l'accolade qu'avait déjà reçue le contenant de l'eau-de-vie.

— Oh! qu'elle est bonne!...

— A quoi connais-tu cela?

— C'est qu'elle brûle, tandis que l'eau-de-vie chauffe seulement.

Et ce disant, sans doute pour donner une preuve par la comparaison, il reprit la bouteille d'eau-de-vie. Mais, Otto s'avança vers lui, et reprit ses deux flacons.

— Parle d'abord, après je te laisserai avec tes poisons, et tu te brûleras si tu veux.

— Où en étais-je?

— Vous vous trouviez dans la chambre du comte de Monterossi, Severino, l'indigne fils du vieux Karl, Trocadero et toi.

— Ah! oui, je me le rappelle... nous buvions.

— Comme des misérables!...

— Oh! je vous l'ai déjà dit, je m'oppose aux gros mots. Quand je suis à jeun, cela peut passer, mais après l'absinthe cela pourrait se gâter.

— Et, ce disant, Ludow s'était levé, et se tenait debout en face d'Otto. Celui-ci descendit une marche, d'une main saisit son interlocuteur par la cravate, et de l'autre le souleva par-dessous le corps; puis, le replaçant à l'endroit d'où il s'était levé, il dit froidement:

— Ne recommence pas cette bravade, ou je te brise la tête contre la roche que tu vois au fond de cette cave.

Ludow comprit qu'il avait été mal inspiré par cette

mauvaise conseillère que distille l'alcool, et se le tint pour dit.

— Ainsi, reprit Otto, vous fûtes tout à coup distrait par quelque chose...

— Oui, c'est cela, un mouvement se fit sur le lit.

— Sur lequel reposait le corps du comte de Monterossi.

— Ce n'était pas le corps du comte de Monterossi qui reposait sur ce lit, car c'était le comte lui-même. Il venait de pousser un soupir. Severino pâlit, moi, je me redressai presque effrayé. Quant à Trocadero, il ne s'en aperçut pas.

— Voyez donc, Ludow, me dit Severino, d'où vient ce bruit. Il y a peut-être quelqu'un dans l'alcôve.

Je m'apprêtais à obéir à cet ordre, mais la force me manqua. Vous savez, Otto, nous qui croyons un peu aux fées, aux Elva !... Oh ! pardon, je l'ai dit sans intention... Eh bien, nous ne nous sentons pas forts en face des étranges caprices de la mort. Aussi, pour me donner du courage, je pris le verre de Trocadero et le vidai.

Nous étions tous les trois silencieux, moi seul me remuais — et, je le reconnus un moment après — il y en avait un autre qui s'agitait aussi — c'était l'ex-cadavre.

— Ah ! fit Otto, le comte n'était pas mort !

— Mais, pas du tout !... répondit Ludow, qui prenait lui aussi intérêt à son récit ; mais, pas du tout !... Je m'approche du lit, j'écarte le drap qui recouvrait la tête, qu'est-ce que j'aperçois!... Un monsieur qui me regardait, et dont les yeux se démenaient comme s'il venait de se réveiller et que le jour lui fît mal. Je fais signe à Severino d'approcher. Ce pauvre Severino se tenait à peine sur ses jambes. Et si vous étiez entré en cet instant, mon cher Otto, vous auriez certainement pensé que c'était lui qui venait de vider les flacons, et que Trocadero et moi étions de simples membres d'une société de tempérance.

Le comte remuait les bras, ouvrait ses lèvres, mais ne pouvait parler. Severino le regardait avec épouvante. Ce corps encore vivant l'effrayait. Machinalement, il prit un verre, le remplit d'eau, et le présenta à la bouche du comte. C'était sans doute une soif brûlante dont l'ardeur montait jusqu'à ses lèvres, car il vida le verre avec avidité. Après avoir bu il referma les yeux ; son souffle se faisait faiblement entendre, on eût dit qu'il dormait.

Severino repoussa le rideau sur l'alcôve, et se tournant vers nous :

— Mes amis, cette résurrection nous sauve. Nous étions sous le coup d'un crime ; mais pour le repos de nos consciences, il faut que cet homme vive. — L'administration des pompes funèbres a-t-elle envoyé la bière ?

— Oui, elle est là, je l'ai vue dans l'antichambre, répondis-je.

— Eh bien, sonnez un valet, et, pendant que je resterai agenouillé près du corps, faites apporter la bière ici, et dites que je tiens à ensevelir moi-même mon ami.

J'exécutai les ordres de Severino. Le cercueil fut déposé près du lit et les valets consternés re retirèrent. Trocadero paraissait navré, et commençait à ne rien comprendre à ce qui se passait. — Mais notre maître ne perdait pas la tête. Ah! c'est un gaillard, Severino, et il se montra ce soir-là plus fort que nous. Dame ! ce n'est pas étonnant, il a fait de bonnes études à l'université de Stockholm, et, sans faire tort à Trocadero, nous n'étions que des petits personnages auprès de lui.

Lorsque les portes furent refermées, Severino s'approcha de la table, sur laquelle se trouvaient des livres, des papiers, et écrivit deux ou trois lignes.

— Trocadero, dit-il, en pliant la feuille sur laquelle il venait d'écrire, porte cela au télégraphe. Le bureau le plus proche est aux Champs-Élysées.

Trocadero sortit. — Notre maître se rapprocha du lit et considéra un moment le comte. Il prit sa main et interrogea son pouls. Seulement, ne faisant aucune attention à ma présence, il ne daigna pas me rendre compte de son examen.

Dix minutes après, Trocadero était de retour. — Alors Severino, s'écartant du lit, vint à nous, et, nous regardant bien en face, il dit :

— Qu'est-ce que je vous dois ?

— Dame ! fis-je, deux mille francs à chacun.

Il ouvrit son portefeuille.

— Les voici.

J'empochai mes deux billets. Trocadero, peu familier avec cette sorte de monnaie, les regardait à la lumière, seulement pour avoir l'air malin, car il n'y
connaît rien.

Mais Severino ne remettait pas son portefeuille en
poche. Un homme qui, après avoir payé, ne resserre
pas son portefeuille, a nécessairement l'idée de payer
davantage.

En effet, il nous dit sur un ton à désespérer l'o-
reille la plus fine du plus fin des valets :

— Nous avons encore à travailler ce soir ; si vous
m'aidez avec intelligence, il y a encore dans ce portefeuille deux mille francs à partager entre vous deux,
demain matin. Vous y engagez-vous ?

— Je suis votre esclave ! répondis-je.

— Moi aussi, ajouta Trocadero, quoique je ne sois
pas ambitieux et que j'aie assez de quoi vivre maintenant avec ce que vous venez de nous remettre. Mais
les amis n'abandonnent jamais les amis. Que faut-il
faire ?

— Ensevelir tout de suite le comte.

— Mais il n'est pas mort ! m'écriai-je malgré moi.

— Silence donc ! et exécutez mes ordres. Il y a du
bois là près de la cheminée, dans ce coffre.

— Oui, une dizaine de bûches.

— Enveloppez-les dans du linge et placez-les dans
ce cercueil ; vous comblerez les interstices avec des

serviettes afin que cela ne ballotte pas et que ce ne soit pas trop lourd. Allons, dépêchons.

Il fallait obéir à cet ordre étrange ; d'ailleurs, cela ne nuisait à personne, et ma conscience était tranquille. Trocadero et moi, nous préparâmes donc une jolie bière, de poids ordinaire. Puis nous rabattîmes le couvercle et le vissâmes sans bruit.

Cette opération terminée, Severino mit la bière sur deux chaises, approcha des tables et alluma des bougies autour. Il alla prendre le crucifix qui avait été placé sur le vrai corps et le déposa sur le cercueil.

Ces dispositions étaient à peine terminées, que la porte s'ouvrit, et une femme entra : c'était le résultat de la dépêche portée par Trocadero.

— Et quelle était cette femme ?

— C'est vous qui me le demandez, Otto ! Eh bien, c'était une magnifique personne. Elle était vêtue entièrement de noir.

— La comtesse de Monterossi ? dit Otto.

— La comtesse de Monterossi se trouvait en ce moment sur la Méditerranée, et ne devait arriver à Paris que le surlendemain. Cette femme, mon pauvre Otto, c'était la vôtre.

— Elva !... fit le Finlandais en se redressant comme un corps soumis subitement à une pile électrique.

— Oui, Elva, la superbe Elva, car je la reconnus d'abord à peine, tant elle ressemblait peu à la petite bourgeoise d'Helsingfors que nous avons connue.

— Elva au milieu de ces misérables ! murmurait

Otto. Oh! malheur, malheur, encore un nouveau crime !

— Que marmottez-vous donc entre vos dents ?

— Rien. Continuez.

— Continuez ! vous êtes charmant, vous ! Vous croyez que je vais vous débiter ainsi, comme M. Mélingue, tout un drame, sans me rafraîchir ? Faites-moi passer la bouteille d'eau-de-vie ou celle d'absinthe, n'importe laquelle, ou toutes les deux, si cela vous ennuie de chercher.

— Tiens ! bois, ivrogne ! Et Otto lui jeta une des deux bouteilles, qui, par un heureux hasard pour Ludow, ne se brisa pas.

Le mari de Karyn porta le goulot à ses lèvres. Mais il avait fait si ample provision d'air respirable, qu'on eut dit qu'il décantait une bouteille dans une autre.

Otto, tout bouleversé par l'ampleur dramatique de cette scène, dont sa femme se rendait complice, paraissait atterré et demeurait pensif et muet.

Ce fut un léger éclat de rire qui le réveilla du cauchemar réel qui l'envahissait. — Ludow, tout heureux de l'ivresse qui bruissait dans son sang depuis longtemps éteint, s'était pris de ce rire nerveux qui, chez les ivrognes, est le prodrome de la folie de la joie.

— Voyons, vite, continue ! s'écria-t-il en s'avançant hagard et sombre vers Ludow.

Celui-ci, rendu à la réalité par l'attitude menaçante de celui qui disposait de sa vie, se calma tout à coup, comme si on eût jeté un seau d'eau glacée sur sa fièvre.

— Où en étais-je ?

— Elva vient d'entrer dans la chambre mortuaire.

— Ah ! oui, je me rappelle : Severino nous fait un signe à Trocadero et à moi. Nous nous retirons à l'écart vers les croisées.

Severino prit Elva par la main et la releva; car, celle-ci, à la vue du cercueil, était venue s'agenouiller auprès. Il l'entraîna à l'écart, et, pendant quelques minutes, ils causèrent tout bas. Que lui disait-il ? Je ne sais. Mais Elva ne paraissait pas consentir à ce qu'il lui demandait, car son amant...

— Pas de ces mots, misérable ! fit Otto.

— Dame ! son ami, alors, paraissait suppliant. Il y a des hommes qui gagnent toujours leur cause auprès des femmes : Severino est de ceux-là, sans doute, car, à son tour, Elva parut se soumettre... Alors, se retournant vers nous, Severino lui dit...

. . . .

Mais un' incident inattendu vint tout à coup interrompre Ludow. Un bruit se fit entendre au haut de l'escalier, près de la porte mystérieuse dont Otto connaissait seul le secret.

Un être étrange dégringola au milieu d'eux et saisit Ludow à la gorge.

Otto, étonné, stupéfié, ne comprenait rien à cette agression, et le personnage qui se présentait devant eux lui était complétement inconnu.

— Misérables !... que faites-vous ici ?... s'écriait-il
en malmenant de plus en plus le mari de Karyn.

— Mais, lâchez-moi !... criait celui-ci. Otto, à mon
secours ! Quel est cet insensé ? Que me veut ce fou ?...

Otto était d'autant plus ébahi que celui qui tombait ainsi au milieu d'eux portait le costume ecclésiastique.

Ce prêtre furieux roulait sur le sol en étreignant
dans ses bras le malheureux Ludow.

XVIII

MORT OU IVRE-MORT

Revenu de sa surprise, Otto s'avança vers ces deux hommes, et, prenant cet étrange intrus à bras-le-corps, il le rejeta au fond de la cave.

— D'où sortez-vous et que nous voulez-vous ? lui demanda-t-il.

— Je ne veux rien ; mais je désire rester ici, répondit cet individu, qui revenait vers eux.

— Eh bien, tu y resteras. Mais ne fais aucun bruit, ne bouge pas ou je te brise contre la pierre.

Et, le repoussant de nouveau, il le renvoya dans le fond obscur de l'excavation.

— Ne bronche pas, entends-tu !

L'homme se soumit, et resta par terre.

— Maintenant, toi, approche-toi de moi, et continue ton récit.

17

Ludow, à peine remis de cette agression inattendue, vint près d'Otto, autant pour se mettre à l'abri des atteintes de cet inconnu que pour se faire entendre.

— Allons, dépêche-toi, et parle bas.

Ludow était peu rassuré. Ses regards se portaient inquiets dans la direction où se tenait dans les ténèbres cet homme, dont on distinguait cependant deux yeux brillants comme ceux d'une bête fauve.

— Tu en étais au moment où Severino se retourna vers vous.

— Oui, il dit à Elva en nous indiquant : Ces deux hommes me suffiront, soyez prêts dans une demi-heure.

Elva ne répliqua pas un mot. Elle était pâle comme une morte. Severino porta sur elle un regard profond, impérieux et dominateur.

Elle sortit de l'appartement sans proférer une parole. — Après son départ, nous demeurâmes tous les trois, silencieux, immobiles.

Ludow s'arrêta et fit un signe à Otto. Dans le fond, on distinguait une forme qui rampant sur le sol, paraissait s'avancer.

Le Finlandais, impatienté, se redressa, mais ce simple mouvement fit aussitôt rentrer dans l'ombre cet homme mystérieux au costume inexplicable.

— Mais, que peut faire ce prêtre dans les carrières d'Amérique? demanda Ludow.

— Que m'importe!... Je ne lui demande qu'une chose, c'est qu'il ne m'empêche pas de t'entendre. Continue.

— Severino ouvrit la porte, et ordonna aux gens qui se tenaient dans l'antichambre de se retirer. Ceux-ci ne se le firent pas dire deux fois, car il se faisait tard, et ils avaient sommeil. Lorsqu'il fut rentré dans la chambre, Severino ferma la porte en dedans. Puis, il se dirigea vers le ressuscité, et le considéra un instant. Celui-ci donnait bien quelques signes de vie, mais si peu, si peu, qu'il ne pouvait certainement pas avoir conscience de ce qui se passait autour de lui.

Trocadero était comme pétrifié, et n'avait plus le cœur à boire. Moi, je ne m'étonnais de rien, et étais résolu à tout, pour gagner mes cinquante louis.

Severino ouvrit une porte qui donnait sur le vestiaire du comte. Il y prit des vêtements et me les remettant, il nous dit :

— Allons, mes amis, à l'œuvre.

— Que faut-il faire ?

— Habiller le comte.

Cette opération n'était certainement pas facile, car le moribond s'y prêtait peu. Mais, enfin nous y parvînmes. Le pauvre diable de temps en temps poussait un soupir, mais cela n'émouvait en rien Severino, qui nous aidait activement à cette étrange toilette. Lorsque le comte fut entièrement vêtu, Severino alla à une des croisées et l'ouvrit. Ses regards se portèrent sur le boulevard désert. Puis, se retournant vers nous, il dit :

— Approchez. Tenez, voyez-vous là, au coin de la rue de Courcelles, cette voiture arrêtée ?

— Oui.

— Eh bien, vous allez y transporter le comte.

— Y transporter le comte!... m'écriai-je; mais comment? Que dira le concierge?

—Vous êtes des imbéciles. Qui vous parle de passer devant la loge du concierge? Vous allez descendre et sortir. Vous vous placerez sous cette croisée, et je vous descendrai le comte. Vous le recevrez et le porterez avec soin dans la voiture. Là vous trouverez une femme qui vous dira ce que vous avez à faire. — Mais, avant, aidez-moi à porter le corps ici, par terre, sur un des draps que vous prendrez sous lui.

Nous exécutâmes cet ordre. Lorsque le comte fut étendu à terre sur le drap, Severino plaça un des oreillers sous sa tête; il prit le drap par les quatre coins et les noua solidement ensemble. Puis, roulant en corde l'autre linceul, il l'attacha à ce nœud.

— Maintenant, descendez.

Nous ne nous le fîmes pas dire deux fois; car ce n'était pas la partie la plus facile de la besogne que se réservait Severino.

Cinq minutes après nous étions sur le trottoir. Le boulevard était complétement désert.

Tout à coup, nous aperçûmes au-dessus de notre tête une masse blanchâtre qui descendait vers nous. L'étage n'étant pas élevé, le drap se trouva assez long pour que nous pussions recevoir le corps sans accident. Nous l'enlevâmes du drap, qui remonta aussitôt par le même chemin et rentra tout entier dans a fenêtre, qui se referma. Le tour était fait. Nous prîmes chacun le comte par-dessous l'épaule et le transportâmes vers la voiture. Si quelqu'un eût passé près de nous en ce moment, il eût supposé que c'était tout simplement un homme ivre que nous rapportions chez lui !

Dans la voiture se trouvait Elva. On disposa le corps sur les coussins, je m'assis à côté, Trocadero monta sur le siége, et les chevaux partirent au grand trot.

—Eh bien, vous l'avez mis dans un joli état, votre ami !... dit le cocher à Trocadero.

Ce cocher disait plus vrai qu'il ne pensait, mais Trocadero eut la sagesse de le laisser dans son erreur.

La voiture roula longtemps dans la direction des nouveaux boulevards qui aboutissent à l'Arc de triomphe. Puis, elle s'arrêta devant une maison isolée, mais de belle apparence. On sonna. Le concierge vint nous aider, et nous transportâmes le corps dans un appartement assez confortable et le plaçâmes dans un lit.

— Vous veillerez le malade, nous dit Elva, jusqu'à ce que Severino vienne, et vous donne de nouveaux ordres. Le concierge est allé prévenir un médecin qui va arriver. S'il vous adresse quelques questions, vous direz que vous arrivez de Belgique, et que votre ami a été blessé dans un duel. Pas d'autres explications. Surtout, retenez bien ceci, il faut que cet homme vive !

C'est à moi qu'Elva s'adressait. Mais elle paraissait

17.

tellement émue par la gravité de la situation, qu'elle
ne me reconnut pas, et ne pensa pas un instant que
celui à qui elle parlait était tout uniment son beau-
frère. Ah ! c'est que le malheur m'a bien changé !...

— Nous verrons si elle me reconnaîtra, moi ! murmura Otto d'une voix sombre. — Et après?

— Après, Elva se retira, et nous restâmes seuls
auprès du comte.

— Et ce transport ne l'avait pas tué ?

— Il était si peu vivant au moment du départ, qu'i
eût été difficile de reconnaître ce qu'il pouvait avoi
de vie en ce moment.

— Et que dit le médecin?

— Le médecin vit ses blessures, prescrivit une or
donnance, et nous quitta. Le matin, il revint et trouv
le malade mieux.

— Alors, il n'est pas mort?

— Non, mais il est dans un triste état. Il n'a plu
souvenir de rien. Il ne sait ni qui il est, ni ce qu'i
était. Il est comme fou.

— Qui l'a soigné et veillé depuis ce jour?

— Trocadero et moi. Mais, depuis que je suis plong
dans cette fosse, j'ignore ce qu'il est advenu de tout
cette affaire.

— Le nom et la rue où il se trouve?

— Boulevard du Roi-de-Rome.

— Le numéro ?

— 109.

— C'est très-bien, dit Otto en se levant.

— Mais, est-ce que vous allez me laisser seul avec cet homme? demanda Ludow effrayé.

— Je m'en inquiète peu, expliquez-vous ensemble.

Et Otto, remontant l'escalier de la cave, referma la porte et sortit des carrières.

XIX

L'ABBÉ CANCARI

Otto quitta les carrières d'Amérique, la tête brisée par des émotions diverses. Cet homme, dont la première existence s'était écoulée sous l'honnête toit de l'ouvrier actif et laborieux, dans l'ignorance du vice et le mépris du mal, se demandait quelle fatalité étrange l'avait plongé dans cette spirale désespérante qui l'engrenait de plus en plus. Sa colère contre le mari de sa sœur, cause première de son voyage en France, l'étouffait en ce moment sous une avalanche de drames nouveaux, et se perdait dans le dédale de crimes imprévus. — Il se voyait tout à coup maître de secrets terribles ; et la vie et l'honneur d'Elva, de Severino, étaient dans sa main.

Plus fascinatrice, plus séduisante que jamais, la vengeance se livrait entièrement à lui. — Peu lui mportait alors ce misérable Ludow. Le frère avait sauvé sa sœur, et, en ce moment c'était l'homme qui se préoccupait de lui-même, l'orgueil qui demandait sa revanche, la chair qui revendiquait ses droits.

— Et puis, se disait-il, pourquoi m'inquiéter de ce Ludow, pourquoi m'imposer gratuitement le soin de lui apporter son eau et son pain !

Maintenant, qu'il m'a tout dit, ne puis-je pas le dénoncer et le faire arrêter lorsqu'il le faudra, ainsi que ses complices, Severino, Trocadero et Elva !... Ma foi, qu'il jouisse de ses derniers jours de liberté, ou qu'il se perde et s'embourbe tout à fait dans les sentines bourbeuses de cette ville corrompue !... Demain, j'irai lui ouvrir la porte, ainsi qu'à cet étrange personnage, qui, vu son costume, nous est peut-être tombé du ciel.

En effet, le lendemain Otto retourna aux carrières d'Amérique avec l'intention de mettre son prisonnier en liberté ! Il ouvrit la porte secrète, descendit dans l'excavation, et appela Ludow.

Personne ne répondit. — Il alluma une bougie, et cette clarté lui montra la cave déserte. Ni Ludow ni l'ecclésiastique ne s'y trouvaient. Après avoir réfléchi un instant, il murmura :

— En effet, il me semble que ce visage ne m'était pas inconnu.

Et Otto rentra chez lui. Karyn avait remarqué depuis la veille l'expression sombre de sa physionomie, mais elle n'osait le questionner.

Celui-ci la comprit, et lui prenant les mains et l'attirant à lui, il la baisa au front.

— Bonne et honnête sœur, je te comprends, tu lis sur mon visage des impressions fâcheuses, mais ne t'inquiète pas. Près de toi, à ce foyer où l'affection m'attend chaque soir, mon esprit se rasserène. Où est la Gossette?

— Me voici, mon ami Otto, fit une voix fraîche et contente.

La Gossette n'était plus la petite pauvresse que nous avons entrevue aux premières pages de ce récit. C'était presque une belle jeune fille, gente et proprette.

— As-tu bien travaillé, ma fille? demanda Otto en l'embrassant.

— Oui, tiens, regarde; n'est-ce pas bien fait?

Et elle lui montrait une page d'écriture. Puis, pendant que celui-ci examinait son travail, elle lui dit tout bas à l'oreille :

— Nous irons le voir, n'est-ce pas?

— Qui? demanda en riant Karyn qui avait for bien entendu.

— *Lui*, répondit-elle franchement.   .   .   .   .   .

.   .   .   .

Nos lecteurs ont peut-être oublié Cancari, le caissier de la maison Falkenberg et Cie. Ne le perdons pas de vue. C'est le fait de l'activité de la vie parisienne de s'occuper beaucoup de ceux que l'on condamne, et, après jugement, de les rayer de la mémoire publique. C'est un tort, et presque une ingra-

tude. Il y a beaucoup de scélérats qu'il serait inté-
ressant de suivre dans leur prison ou dans leur bagne.

Faisons donc pour Cancari ce qu'on néglige pour
bien des coupables et des sacripants qui, après avoir
alimenté, pendant huit jours, les conversations de la
France entière, sont tombés tout à coup dans l'oubli.

Cancari avait obtenu de subir sa peine à Mazas. C'est
dans une cellule de cette prison modèle que nous allons le retrouver.

Moyennant une faible rétribution mensuelle, il fut
dispensé d'aller aux ateliers confectionner des abat-
jour et des supports. Il se plut à arranger sa cellule
dans les limites accordées par la réglementation des
prisons.

Deux fois par jour un vasistas de sa cellule s'ouvrait, et un convoi de gamelles, glissant sur des rails,
passait à petite vitesse. A la station Cancari, désignée
par le numéro 106, une portion de haricots s'arrêtait.
Mais le caissier ne daignait pas y toucher, et au retour
du train les haricots remontaient en wagon.

Mais, cependant, qu'on soit bien persuadé que l'intention du 106 n'était pas de s'abandonner aux tortures de la faim. Un des commissionnaires de la maison lui apportait, matin et soir, un repas dont se seraient contentés bien des braves gens jouissant de tous
les avantages de la liberté. Cancari avait donc la douce
consolation de pouvoir se livrer à des ripailles de tagliarini et à des débauches de macaroni.

En sa qualité d'Italien, notre prisonnier comprit

aussitôt qu'il était sage, afin d'adoucir les rigueurs de
sa peine, de se jeter dans les bras de la religion. Aussi
l'aumônier fut-il accueilli par lui avec des larmes
dans la voix, des regards pleins d'humilité, et de
sollicitations de consolations morales. Il se confessa
quelquefois, et demanda à se confesser encore. Il
acceptait avec joie les bons livres que lui prêtait
l'excellent prêtre, en apprenait quelques passages
par cœur afin de pouvoir les citer textuellement pendant les entrevues que lui accordait l'ecclésiastique.
Ces citations, habilement placées dans leurs causeries
intimes, remplissaient le cœur de l'homme de Dieu de
satisfactions ineffables.

Aussi, par cet intermédiaire, le prisonnier obtint
du directeur d'introduire un violon dans sa cellule,
car, dès son bas âge, comme tout bon Italien, Cancan
raclait assez agréablement de cet instrument disgra-
cieux.

En définitive, notre infidèle caissier prenait fort
bien en patience la vie que lui imposait le jugement
des douze bons jurés. Une douce philosophie animait
son esprit, et il se complaisait parfois dans sa priva-
tion de liberté, en pensant à l'excellente existence qui
l'attendait au dehors.

— Dans quatre ans, se disait-il, je serai libre, et je
pourrai jouir d'une trentaine de mille francs de revenu.

Quatre années de tempérance, de repos, et même
de chasteté, rétabliront tout à fait ma santé affaiblie

par l'abus des petits pains d'un sou et des verres d'eau que je consommais chez Falkenberg. Je sortirai d'ici fort comme un turc, et plus fin qu'un cardinal romain ; l'aumônier me donnera quelques bons certificats, des lettres de recommandation, et je rentrerai dans le monde, où, en faisant ostensiblement quelque bien, je m'attirerai la considération des âmes bien pensantes.

Et Cancari se frottait les mains en pensant à cet heureux avenir. Il éprouvait cependant un regret douloureux de laisser perdre ainsi l'intérêt de quatre années à cet argent qui gisait au fond des carrières l'Amérique. Mais pour se consoler il se disait :

— Au fait, placé ailleurs, je serais inquiet ; lorsqu'on ne peut surveiller activement et librement ses intérêts, on risque bien de perdre. Tandis que la terre est une caisse fidèle, et je doute qu'il croisse des roseaux au fond de cette cave dont moi seul ai le secret.

Donc, tout aussi confiant que le barbier du roi Midas, Cancari dormait dans la quiétude du juste.

Grâce à l'aumônier, il eut l'occasion de se créer une distraction dans cette morne et sombre prison que la folie et le désespoir visitent tous les jours.

Aux grandes fêtes religieuses, on chante la messe à Mazas. Les musiciens et les artistes de la chapelle sont recrutés parmi les détenus. Cancari fut nommé premier violon.

Il y avait quelquefois, le soir, des répétitions, sous

18

la surveillance des gardiens et en présence des aumôniers. Il y a trois aumôniers à Mazas.

Cancari conduisait très-bien son petit orchestre, et
il reçut un soir les félicitations du directeur.

De plus, comme c'était un homme doux et aimant
Dieu, on lui accorda la faveur de servir les messes
basses du dimanche. Il s'en acquittait très-bien. Péné-
tré et recueilli, il avait parfois sur sa physionomie des
expressions d'extase. C'était en ces moments qu'il rêvait de ces cinq cent mille francs qu'il espérait revoir
bientôt, car il comptait sur sa bonne conduite pour
obtenir une diminution de peine.

L'introduction des journaux est interdite dans la
prison. Aussi Cancari ne lisait-il de temps en temps
que de vieilles feuilles, qui avaient servi d'enveloppes
aux divers objets qu'il se faisait apporter du dehors.
Et cette lecture le troublait de plus en plus. Presque
toujours ses yeux tombaient sur des faits-divers, rela-
tant des arrestations dans les carrières d'Amérique.
La présence de ces vagabonds dans ces sous-sols l'inquiétait sérieusement.

Il résolut donc, par l'entremise de son ex-associé
Galtier, de s'assurer si la retraite qu'eux seuls connaissaient était toujours bien close. Mais il fallait agir
avec précaution et finesse dans cette circonstance, afin
que Galtier ignorât l'existence de ce trésor caché.

Faire venir Galtier au parloir, il n'y fallait pas son-
ger ; car il savait très-bien que le visiteur ne peut
s'approcher du détenu, ce qui, par conséquent, le

orce à élever la voix ; et, par des combinaisons d'a-
oustique, celte voix parvient très-nettement à l'o-
eille d'un gardien invisible. Il fallait donc aviser à
n autre moyen.

Au nombre des musiciens se trouvait une flûte, qui
llait sortir par expiration de peine.

Cancari lui remit une lettre pour Galtier ; et voici
e qu'il disait à son ex-associé :

« Mon cher Galtier,

« J'ai un service à vous demander. Vous connaissez
 partie creusée de notre plâtrière où nous cachâmes
 bien les sacs de plâtre à l'époque de notre faillite. Je
oudrais savoir si elle existe encore; si la porte se-
rète n'a pas été ouverte, et si cet endroit est encore
n lieu sûr. J'ai quelque part des fonds ; mais je n'ai
as confiance en la retraite qui les recèle. Si la cave
es carrières d'Amérique existe encore, je vous charge-
ai de retirer cet argent du lieu que je vous indiquerai
 d'aller l'enterrer dans notre ancienne plâtrière.

« Répondez-moi par la poste, mais de manière que
 puisse comprendre et qu'au greffe on n'y voie rien.
e compte sur votre empressement et vous en tiendrai
ompte.

« A vous.

« CANCARI. »

Deux jours après, le flûtiste sortait, et, une fois
ehors, il jeta la lettre à la poste.

Cancari, qui savait son ex-associé aussi coquin que lui-même, comptait sur une réponse ; car, se disait-il, Galtier sera assez simple pour croire que je le chargerais de déplacer ainsi de l'argent caché ; et, dans l'espoir de garder le tout ou bonne partie de la somme pour lui, il ne négligera pas de faire preuve de zèle et de me renseigner.

Vers la fin de la semaine, Cancari reçut la réponse suivante :

« Mon cher Cancari,

« Je suis allé à l'adresse indiquée, mais je crois qu'il y a un locataire. J'ai frappé à la porte ; on n'a pas ouvert, mais j'ai entendu une voix. Ce logement ne peut donc convenir ; mais je vais m'occuper activement d'en trouver un plus sain et moins exposé aux intempéries des saisons.

« Tout à vous.

« GALTIER. »

Cette lettre, on le comprend, plongea Cancari dans de grandes perplexités. Comment ! se disait-il, cette cave serait habitée !... Mais on va me voler mon pauvre argent !... Oh ! c'est à me rendre fou !...

Cette nuit-là, le n° 106 ne ferma pas les yeux ; et le résultat de cette insomnie fut cette phrase, qu'il prononça le matin, au moment où la bascule réglementaire enlevait son lit contre la muraille.

— Dans huit jours il faut que je sois sorti d'ici !

Cancari n'avait aucune coquetterie dans sa cellule. Il portait des habits râpés. Mais ses idées changèrent tout à coup, et il résolut de s'habiller tout de neuf.

Il fit donc venir le commissionnaire et lui donna de l'argent pour acheter du drap.

— Quel drap voulez-vous, monsieur 106 ?

— Du drap noir ; c'est ce qu'il y a de plus comme il faut.

— Il y a le n° 200 de la cinquième division qui est tailleur ; il vous confectionnera cela très-bien.

— J'en sais autant que lui.

— Ah ! monsieur le 106 est tailleur ?

— Non, mais je suis d'un pays où l'on sait tout faire sans avoir rien appris. En Italie, on naît musicien, cuiseur de polenta, moine, brigand, — et tailleur, quand il le faut. Cela me distraira. Ensuite, vous m'achèterez aussi les fournitures, des boutons, de la doublure, etc.

Le soir même, Cancari avait son drap. Dans la nuit, il coupa.

Mais cette confection de vêtements ne lui faisait point négliger ses devoirs et soins religieux. Il assistait le prêtre à la messe, le recevait souvent dans sa cellule, et se confessait plus que jamais. — Seulement, un esprit plus observateur que celui du brave aumônier eût remarqué l'attention étudiée avec laquelle le 106 l'examinait sans cesse.

Cancari avançait dans son travail, mais nous, qui

18.

le regardons couper et coudre, nous ne comprenons rien à la forme du vêtement qu'il se *bâtissait*.

C'était sans doute une redingote, mais elle était bien longue ; et nous craignons bien que les mois de captivité que le 106 avait déjà subis lui aient fait oublier la forme adoptée pour nos vêtements modernes.

La nuit, il dormait peu ; et si le gardien veilleur eût plongé son regard dans l'ombre de la cellule, il eût pu peut-être distinguer une forme étrange qui se mouvait dans la nuit. Mais les gardiens avaient bien d'autres détenus à surveiller, et le 106 était d'un caractère trop doux et avait des rapports trop intimes avec les choses de la sacristie, pour qu'on eût à l'observer. Au contraire, le surveillant, qui faisait parfois sa ronde dans la galerie, avait le soin, lorsqu'il passait près du n° 106, d'amortir le bruit de ses pas, afin de ne pas troubler le sommeil d'un aussi digne condamné.

Le dimanche, on dit une messe, dans la prison de Mazas, pour tous les détenus, qui y assistent sans sortir de leur cellule. La chapelle est placée au centre d'un cercle vers lequel rayonnent six galeries, élevées à chaque rayon de trois étages, en tout dix-huit corridors profonds, des deux côtés desquels s'ouvrent les cellules. A l'heure de la messe, on ouvre un vasistas projetant vers l'autel, et le prisonnier peut voir le prêtre et suivre les phases du saint sacrifice.

A cette messe assistent le directeur et sa famille, le greffier, les employés du greffe et de l'administration, et quelques fidèles se rattachant, par des liens de parenté ou de relations, à ces divers personnages.

Derrière cette assistance se tient debout le gardien chef, ses clefs à la main, et près de la porte. Une évasion, en ces circonstances, peut donc être considérée comme impossible.

Cancari n'y avait jamais pensé. Cependant, durant la nuit qui précédait un dimanche, pour occuper sans doute les loisirs de son esprit, qu'une insomnie persistante tenait éveillé, il ramenait à sa mémoire le nombre des guichets, la direction des couloirs que l'on devait suivre et franchir pour atteindre le boulevard Mazas. Il était passé par là plusieurs fois avant sa condamnation, lorsqu'on venait le chercher pour le conduire à l'instruction, au palais de justice. Il s'était plu, dans ses moments d'inactivité, à dessiner dans sa cellule un plan raisonné de la maison qu'il habitait. Car le 106 avait tous les talents, et, quelqu'un qui eût ignoré son association avec le maçon-architecte Galtier, se fût demandé où cet homme avait pu apprendre les règles de la perspective et de la géométrie descriptive.

Et, comme l'aumônier s'en étonnait un jour, il lui répondit avec un doux sourire de catholique convaincu :

— C'est le privilége de tous les enfants nés à l'ombre de la Ville éternelle.

Le matin, Cancari avait revu son plan avec soin et le tenait encore en main, lorsqu'on vint le prévenir qu'il eût à se rendre à la sacristie pour servir la messe. Il avait, sans doute, l'intention de revêtir ce jour-là son vêtement neuf, car il avait soigné sa toilette. Il était rasé de frais, et ses cheveux étaient taillés d'une façon qui lui allait certainement à merveille, mais lui donnait pourtant une physionomie qui ne lui était pas habituelle.

Il mit plus de temps que les autres fois à s'habiller, et, lorsqu'il fut prêt, il sonna. Les cellules de Mazas ont un système de sonnerie tout à fait semblable à celui des établissements de bains. Lorsque le détenu fait résonner le timbre, au-dessus de sa porte s'agite un balancier qui indique la cellule de celui qui appelle.

Il se rendit à la sacristie à côté du gardien, qui causait familièrement avec lui.

Le service divin commença. Ce n'était pas l'aumônier auquel Cancari se confessait qui officiait ce jour-là ; mais il était néanmoins présent et se tenait dans l'auditoire à côté du directeur.

La messe terminée, Cancari rentra dans la sacristie sur les pas du prêtre. Et, pendant que celui-ci se recueillait un instant, le numéro 106 se transformait d'une manière étrange. Son vêtement retombait, et se présentait sous la forme d'une soutane. Un rabat empesé se plaçait sous son menton. Le chapeau du prêtre officiant était auprès, sur une chaise. Il le prit sans empressement, calme, de sang-froid, et sortit de la sacristie.

Ce n'était plus le 106, c'était l'aumônier lui-même qui se mit à la suite des fidèles. Il passa près du gardien, au moment où celui-ci s'inclinait devant M. le directeur. Deux minutes après, il était sur le boulevard.

Une voiture passait, il lui fit signe, et il sauta dedans.

— Voici un prêtre bien ingambe, pensa le cocher.

— Boulevard Sérurier, ordonna-t-il.

— Boulevard Sérurier!... répéta l'homme sur le ton de celui qui cherche à s'orienter dans sa topographie mentale.

— Mais, partez donc! Le boulevard Sérurier, c'est près de la porte de Pantin, aux carrières d'Amérique.

Et le fiacre se mit en route.

XX

LES RÊVES DE CANCARI S'ÉVANOUISSENT

Lorsque Otto eut quitté Ludow, l'homme à la soutane, qui n'était autre que Cancari, le lecteur le sait maintenant, sortit de l'ombre où il s'était prudemment tenu.

Ludow, redoutant une agression nouvelle, s'était redressé, tenant pour se défendre une bouteille de chaque main.

— Voyons, que me voulez-vous ? demanda-t-il résolu.

— Que faites-vous ici ?

— Dame ! jusqu'ici je n'ai guère fait qu'y mourir de faim.

— Alors, vous y êtes enfermé ?

— Probablement.

— Depuis combien de jours ?

— Est-ce que je sais !.., C'est comme si vous me demandiez quelle heure il est maintenant, et si, dehors, il fait jour ou nuit en ce moment.

— Prêtez-moi cette bougie.

Et Cancari s'emparant de la lumière, interrogea le sol, calcula les distances, et s'arrêtant à un endroit, s'accroupit, et se mit à remuer fiévreusement la terre.

— Ah ! çà, est-ce qu'il est enragé !... se demanda Ludow.

Cancari creusait avec frénésie, et bientôt un trou béant s'ouvrait devant lui. Tout à coup, il se redressa terrible et poussa un cri.

— Eh ! que diable avez-vous ?...

— Misérable, vous m'avez volé !...

— Volé ! moi ?.. Alors, je suis un bizarre voleur qui n'a pas encore pensé à s'échapper.

— Comment ! vous ne m'avez pas pris ici... ?

— Quoi ?

— Cinq cent mille francs qui se trouvaient là, dans cette caisse, maintenant vide !...

N'eût été l'existence de cette caisse, que Cancari dans sa rage lança contre la muraille, Ludow l'eût cru complétement fou.

L'Italien demeura un moment silencieux, morne et pensif. Puis, relevant sur Ludow son visage décomposé par le désespoir, il lui dit d'une voix sourde :

— Qui vous a enfermé ici ?

— Mais, lui, cet homme qui était là tout à l'heure, ou un nommé Christian Rams, je ne sais au juste.

— Alors, cet homme qui sort d'ici connaissait

avant vous cette basse-fosse, et le secret de la porte
qui y conduit?

— Probablement.

— Alors, c'est cet homme qui a enlevé les cinq
cent mille francs?

— C'est bien probable !

— Et comment le nommez-vous ?

— Otto.

— Otto !... Attendez donc... et vous?

— Moi, je me nomme Ludow.

— Ludow !... Mais, en effet, je me le rappelle, c'est
cet homme qui est venu à mon bureau me demander
votre adresse. Vous, vous êtes le misérable qui avez
détourné des fonds de la caisse à Helsingfors?

Ludow ne répondit pas ; il paraissait réfléchir.

— Au fait, vous, dit-il, qui êtes vous?

— Je n'ai pas besoin de vous répondre.

— C'est que j'ai bien peur de comprendre le fin mot
de tout ceci. Si vous avez reçu Otto dans votre bureau,
c'est que vous étiez employé chez Falkenberg et Cⁱᵉ.
Or, on a enlevé cinq cent mille francs et plus à la
maison Falkenberg, et ce vol a été fait par le caissier.

A son tour, Cancari ne répondit pas. En homme
rusé, il avait compris que colère et rage n'ont jamais
fait revenir cinq cent mille francs enlevés. Et, puisqu'il se trouvait sur la trace du ravisseur, et en face
de deux hommes connus de lui, il pensa qu'il était
sage de profiter de ces premières données.

— Il me semble, ajouta Ludow, que vous devriez

être en prison maintenant. Mais je devine tout, vous venez de vous évader, mon brave ; et ce vêtement n'est qu'un déguisement.

Cancari, sans mot dire, et sans doute pour donner raison à la supposition de Ludow, se défit de sa soutane et la jeta au fond de la cave. Et il apparut sous le simple costume laïque qu'il portait à Mazas. — Puis, se rapprochant de Ludow, il lui dit :

— Voyons, il faut nous entendre, et si vous m'aidez dans cette circonstance, je vous récompenserai dignement. Vous allez me conduire chez Otto.

— Ce serait avec plaisir, mais, pour cela, il faudrait pouvoir sortir d'ici.

— Que cela ne vous inquiète, je connais le secret de la porte, et je vais vous l'ouvrir.

Ludow eut une exclamation de joie en entendant Cancari s'exprimer ainsi.

— Ah ! que n'êtes-vous venu plus tôt !... s'écria-t-il.

— Pourquoi donc ça ?

— Mais... vous m'auriez dispensé de me confesser à cet homme, qui maintenant connaît tous mes péchés, et peut me dénoncer quand il voudra, et Trocadero aussi, et même Severino.

— Comment ! Severino ?...

— Mais, certainement, votre ancien patron.

— Oh ! oh ! ceci se complique... fit Cancari fort aise de connaître la vulnérabilité de Severino. — Voyons, il n'y a pas à en douter, cet Otto est possesseur des cinq cent mille francs, c'est indubitable. Il s'agit de les lui faire restituer.

— Ce sera difficile, croyez-le.

— Je m'en charge. Mais, pour cela, nous devons combiner nos moyens. Sortons d'ici d'abord.

— Oh! tout de suite; allons!...

Cancari monta le premier quelques marches qui le séparaient de l'entrée, il toucha la porte à une des fissures presque invisibles, et celle-ci s'ouvrit.

Un moment après nos deux individus se trouvaient au grand air.

— Il ne faut pas aujourd'hui abuser de la promenade, dit Cancari. Demain, lorsque je me serai un peu refait le visage et que mon costume sera modifié, je n'aurai plus rien à craindre. Vous avez bien un logement dans Paris?

— Oui, près du Panthéon.

— Eh bien, rendons-nous-y; et là nous bâtirons notre plan d'attaque contre Otto.

XXI

OTTO ET LÉNA

Depuis la scène que nous avons reproduite plus haut, et dans laquelle Léna avait su repousser Severino, et éteindre d'un mot la passion qui allait l'envahir elle-même, celui-ci ne s'était pas représenté devant elle. Dans un esprit moins pur que celui de la jeune veuve, cette disparition subite eût peut-être éveillé quelque soupçon. En effet, cette évocation du mari défunt, saisissante au moment même, ne devait pas cependant éloigner tout à fait celui qui avait exprimé des sentiments si exaltés d'affection et d'amour.

Néanmoins la pauvre Léna se sentait bien troublée, depuis l'étrange découverte faite au cimetière.

Sur la déclaration formelle que lui avait faite Otto,

elle ne chercha point à découvrir la vérité par l'aide de la justice, et elle attendit.

Un matin on lui annonça la visite d'un monsieur qui se nommait Otto. A ce nom, elle eut un mouvement de joie et d'émotion, et se précipita presque au-devant du visiteur.

C'était bien le même homme qui lui avait parlé au Père-la-Chaise. Et lorsque le domestique eut refermé la porte, elle s'écria :

— Ah ! monsieur, si vous saviez combien j'étais impatiente de vous revoir ! Vous allez m'éclairer tout ce mystère, n'est-ce pas ? Et, vous ne me tromperez pas, car, je le sens, je le lis sur votre physionomie, vous êtes franc et honnête. Mon mari, mon pauvre mari, dites-moi ce qu'il est devenu, où il est, et comment je pourrai le revoir !... Oh ! dites, dites vite, monsieur, je vous en supplie !...

Et la belle Léna, les yeux noyés de larmes, s'était affaissée auprès d'Otto et lui serrait les mains, suppliante et heureuse.

— Calmez-vous, madame, dit le jeune homme, ne vous troublez pas, je suis votre ami, et vous devez avoir confiance en moi. Votre mari, je vous le jure ici sur ce que j'ai de plus cher au monde, sur la tête de ma sœur, je vous le rendrai.

— Il n'est pas mort, bien sûr ?

— Non, madame, il n'est pas mort.

— Mais il fut frappé !... Et ses blessures ?

— Sont guéries, mais, je le crains, sa raison en a beaucoup souffert.

—O mon Dieu! que me dites-vous là!... Oh! mais, j'en suis sûre, ma présence lui rendra le souvenir, éclairera l'obscurité de son cerveau... Menez-moi vite, près de lui, je vous prie.

— Je voudrais avant, madame, vous dire quelques détails de l'accident qui l'a frappé. Seulement, vous me permettrez de vous taire les noms, noms que vous apprendrez d'ailleurs à l'heure du châtiment, lorsque cette heure aura sonné.

—Mais, qui donc châtiera?...

— Moi, madame.

Le ton froid avec lequel Otto prononça cette parole produisit un effet étrange sur la comtesse; aussi comprit-elle que l'homme qu'elle avait en face d'elle était doublement fort; par ce qu'il savait d'abord, et ensuite par son honnêteté. Cette impression la rassura, et moralement elle se rapprocha de lui avec confiance, acceptant l'abri et le secours qu'il venait lui offrir.

— Mais, dans quel but ont-ils commis le crime?

—Pour s'approprier le million qu'il avait imprudemment réalisé!

— Mais pourquoi ces fausses funérailles?

— Pour se sauver de l'échafaud.

— Mais y a-t-il longtemps que vous ne l'avez vu?

— Votre mari, je ne l'ai jamais vu, et ne le connais pas.

— Et vous savez cependant où il est?

19.

— Oui, nous le trouverons boulevard du Roi-de-Rome dans une maison qui porte le numéro 109.

— Oh! partons à l'instant, je suis prête.

— Venez.

— Je n'ai pas le temps de faire atteler, nous prendrons la première voiture qui passera.

Un quart d'heure après, un fiacre s'arrêtait devant la maison, où, d'après la déclaration de Ludow, on avait transporté le comte de Monterossi.

— Ne descendez pas, dit Otto à Léna, je vais parler au concierge.

Otto se dirigea vers la loge.

— Je voudrais voir la personne qu'on a transportée ici, il y a quelque temps; vous savez, ce monsieur qui a été blessé dans un duel en Belgique?

— Oui, je sais qui vous voulez dire, mais il ne demeure plus ici, ce monsieur.

— Ah! fit Otto désappointé.

— Oui, il y a deux jours on l'a transporté à la campagne. Il sera bien mieux qu'ici. D'ailleurs, nous n'en sommes pas fâchés, car, il lui arrivait de nous échapper, et c'était le diable après pour le ramener. Je ne sais où on l'a conduit, mais sa place est dans une maison de santé, car il est complétement fou, ce monsieur. C'était peut-être un de vos amis?

— Oui, répondit machinalement Otto, oui, c'est un de mes amis. Et vous ignorez son adresse?

— Oh! ces messieurs ne nous ont rien dit, et je n'ai même pas pensé à m'en informer. A quoi cela

pouvait-il servir, puisque personne ne venait jamais
le voir ?

Léna impatiente était descendue de voiture et s'a-
vançait vers Otto.

Celui-ci revint précipitamment vers elle.

— Il n'est plus là, lui dit-il, on l'a enlevé !...

— Oh ! malheur, malheur !... fit la comtesse.

— Ne vous désespérez pas, et comptez sur moi.

— Mais, comment le retrouver?...

— J'en réponds !... fit Otto sur ce ton d'énergie qui
rassure toujours les femmes.

— Bien sûr? demanda-t-elle d'une voix qui disait
qu'elle avait confiance.

— Bien sûr, j'ai quatre têtes qui m'en répondent
— et, de ces quatre têtes, si, avant huit jours, je
n'ai pas de résultat, j'en ferai tomber deux.

— O grand Dieu !... pas de nouveaux crimes !... fit
Léna effrayée.

— Je ne commets pas de crime, moi, madame. Et,
si je fais tomber ces deux têtes — ce sera par la main
du bourreau.

— Oh ! s'écria Léna épouvantée en se rejetant dans
la voiture. . . . .

. . . .

Lorsque le fiacre se remit en marche, un homme
qui se tenait assis à l'écart sur un des bancs du boulevard, se leva, et suivit la voiture. Comme en ce moment il ne passait pas de cochers, il dut accélérer le
pas, et même courir.

Otto, qui avait appris par expérience que, dans la vie, et surtout la vie parisienne, il faut de temps en temps regarder derrière soi, souleva le tablier capitonné du fond qui voilait le carreau. Sans être vu, il considéra cet homme qui courait derrière eux.

Il le reconnut, — c'était le Professeur.

Il fit arrêter aussitôt, prit congé de la comtesse et descendit au détour d'une rue.

La voiture se remit en marche vers l'hôtel de Monterossi, boulevard Haussmann.

Une minute après, le Professeur toujours courant à l'angle de la rue, se heurta contre Otto.

Celui-ci le saisit par le bras.

— A nous deux maintenant, lui dit-il.

XXII

LES AMOURS DU PROFESSEUR

Le Professeur s'arrêta tout interdit — et cela d'autant plus qu'il était essoufflé.

— Que me voulez-vous ?

— Je m'aperçois que vous courez derrière une voiture et je veux vous en demander la cause.

— Je ne cours après aucune voiture.

— Regardez-moi donc un peu en face. Est-ce que vous ne me reconnaissez pas? Moi, je vous ai bien remis tout de suite, lorsque je vous ai vu sortir de votre cachette près de la maison du boulevard du Roi-de-Rome. Nous nous sommes trouvés ensemble dans les carrières d'Amérique, et je vous ai revu depuis à la *Bibine* ; vous savez ce café de chiffonniers, près le Jardin des Plantes ? On vous nomme le Professeur. Vous êtes camarade avec un nommé Trocadero, et le

Suédois Ludow. Et ces deux scélérats vous ont sans
doute donné quelque argent pour épier ma présence à la maison d'où nous venons, et me suivre
pour connaître mon adresse. Ai-je bien deviné juste,
et croyez-vous que le juge d'instruction qui doit vous
interroger dans l'avenir puisse être mieux informé
que moi?

— Oui, oui, je vous reconnais, fit le Professeur;
mais que me voulez-vous? D'abord je ne comprends
rien à tout ce que vous me dites.

Otto le regarda un moment avec cette fixité maîtri-
sante qui était un des caractères de sa physionomie.
Il cherchait à tirer parti de cette rencontre et combi-
nait un plan qui devait servir ses projets.

— Voyons, écoutez-moi avec attention, et pesez bien
mes paroles. Vous travaillez pour des êtres qui, vous
le savez, doivent tôt ou tard avoir maille à partir avec
le parquet; et, vous qui avez étudié, vous avez assez
de jugement pour prévoir ce que ce contact peut vous
rapporter auprès de ces messieurs du palais de justice.
Vous savez aussi, que, si du côté des vôtres est le mauvais droit, le bon est du mien. Eh bien, que ne faites-
vous une chose intelligente!... et puisque un heureux
hasard me place directement en face de vous, pourquoi
ne me dites-vous pas franchement... vous savez mon
nom?

— Oui, monsieur Otto.

— Monsieur Otto, vous êtes un brave homme, vous
ne travaillez que pour réparer un mal et aider cette

igne comtesse de Monterossi; eh bien, je me mets
vec vous, et, si je suis décidé à donner un coup de
main à quelqu'un, j'aime mieux que ce soit pour un
onnête garçon que pour un misérable. —Pourquoi
e me dites-vous pas cela?

Il est probable que ce Professeur n'avait pas le fond
mauvais, car il paraissait réfléchir aux paroles du Finlandais.

— Écoutez encore; tout le monde de ceux que j'ai
imés et connus m'ont fait du mal. Mais je crois avoir
endu quelque bien à des inconnus à qui je ne devais
ien ou sinon peu de chose. Ainsi, rappelez-vous,
ans ces carrières, ces deux enfants.

— Le Gosse et la Gossette?

— Justement. Eh bien, la jeune fille est chez moi;
sa sœur en prend soin; ce n'est plus une misérable
pauvresse, abrutie par le malheur; c'est maintenant
presque une belle fille, apprenant tous les jours, et
pouvant gagner honorablement sa vie. Le Gosse, c'était
un petit ivrogne, ne vivant que de vol, croupissant
dans la débauche sans en avoir conscience. Eh bien,
j'ai exploité à son profit le seul sentiment qui l'a-
nimât: l'affection qui l'attachait à la Gossette. Je
suis allé le réveiller sur les carreaux sordides de
la *Bibine*. Je lui ai montré la Gossette, et à la Gossette
j'ai montré le jeune gars, et je leur ai dit à l'un et à
l'autre: « Si vous vous conduisez bien, je vous réuni-
rai. » Aujourd'hui, le Gosse est un ouvrier rangé, un
jeune homme intelligent. Voilà donc deux âmes que

j'ai acquises à l'honnêteté, à la société civilisée. Je ne
vous dis pas cela pour me faire valoir, Professeur,
mais réfléchissez à ceci, c'est que moi qui sors du peuple, qui étais ouvrier charpentier dans mon pays, j'ai
fait peut-être plus que vous, qui avez un titre ; car vous
êtes le Vicomte aussi bien que le Professeur, et vous
avez reçu éducation et savoir, ainsi que vous le racon-
tiez un certain soir à Trocadero, là-bas dans les carrières.

Le Professeur se sentait presque ému devant cette
explication de sa vie que lui faisait Otto. Mais, qu'on
ne croie pas que nous soyons assez naïfs pour présenter ainsi un converti si instantané. Le Professeur se
disait ceci, et pas autre chose :

— D'abord, cet homme a raison : on ne peut que
profiter à sa fréquentation. Ensuite, il n'est pas comme
Ludow, qui me promet toujours monts et merveilles,
et ne me lâche que rarement une pièce de cent sous.
Otto, lui, dans les carrières, pour lui avoir enseigné
la *Bibine*, m'a donné dix francs. Aujourd'hui, il a sans
doute besoin de moi, puisqu'il vient de me faire ce
petit discours que je ne lui demandais pas; donc, il
est de mon intérêt de briser avec les Ludow, les Trocadero, et cet Italien, qui ne me fait pas l'effet d'être
un extrait de franchise, et de m'entendre avec cet excellent Otto.

— Eh bien, que voulez-vous de moi ? dit résolûment le Professeur, comme un homme qui se décide,
après avoir débattu longtemps un prix, à céder sa conscience.

— De vous, mon pauvre ami !... mais, rien du tout.

— Alors...? fit le Professeur un peu décontenancé.

— Seulement, je ne veux pas que vous vous exposiez pour ces scélérats ; voilà tout. Soyez sûr d'une chose : je ne les crains pas. Vous vouliez, en courant après la voiture, savoir, sans doute, mon adresse. Eh bien, à quoi cela leur servirait-il ? Ludow, Trocadero, Cancari et même Severino, et même une autre que je ne veux pas nommer, savent très-bien qu'il y a une adresse qu'ils doivent redouter avant tout : c'est celle du procureur impérial.

— Ah ! Severino... le banquier, n'est-ce pas ?

— Oui.

Le Professeur, à ce mot, parut se réveiller à un souvenir subit. Et puis, il n'était pas fâché de trouver un sujet qui le rattachât à Otto, car il se sentait tout penaud de se voir inutile aux intrigues ou aux précautions du Finlandais. Aussi, reprit-il avec intention :

— Ah ! Severino se trouve dans vos affaires ! Ce que c'est que d'avoir abandonné le monde et de ne vivre qu'à la *Bibine !* Mais, c'est mon ancien ami.

— Ah !...

— Mais, certainement, il est cause de tous mes malheurs !...

— Comment donc cela ? fit à son tour Otto étonné.

20

— Nous avons aimé la même femme, une magnifique Espagnole, qui se nommait la Hermusora.

— La Hermusora !... s'exclama le Finlandais.

— Est-ce que vous l'avez connue? Ce serait étrange, par exemple !...

— Oui, je l'ai vue... une fois!... dit-il d'une voix sombre et comme plongeant dans le gouffre d'un souvenir épouvantable.

— N'est-ce pas qu'elle était belle?... fit le Professeur, dont le regard, ordinairement éteint, s'éclaira soudain d'un feu étrange.

— Non, elle n'était pas belle en ce moment, croyez-le bien, mon pauvre Professeur. Mais ne restons pas sur ce sujet, car il ramène à mon esprit des impressions qui me font malgré moi frissonner. — Et, depuis, qu'avez-vous fait?

— Depuis que je l'ai perdue... dame! vous le savez, je me console en buvant de l'absinthe.

— Ah! vous aimez l'absinthe?

— Oh! oui, c'est la liqueur verte comme l'espérance, la fée fiévreuse qui m'endort tous les jours.

— Eh bien, dit résolûment Otto, comme répondant à une de ses pensées intimes, venez avec moi boire de l'absinthe.

Le Finlandais avait prononcé la parole fascinatrice aimantée ; — aussi le Professeur s'attacha-t-il à ses pas comme le chien perdu se rapproche du passant lorsque la faim le presse.

Ils se trouvaient dans l'avenue des Champs-Élysées

Ce quartier aristocratique, peu fréquenté le soir, en hiver surtout, n'est pas riche en cafés. D'ailleurs, la clientèle de ces établissements est particulière ; ce ne sont que des domestiques bien mis et des cochers anglais. On n'y cause que chevaux et voitures ; un homme comme il faut, fourvoyé dans un de ces établissements, se croirait dans une société de sportsmen; mais, au ton général, il reconnaîtrait bientôt qu'il se trouve tout simplement dans un monde d'écuyers et de dresseurs.

Otto se dirigea vers un établissement de vins, et, suivi du Professeur, il pénétra dans une petite salle où ne se trouvait en ce moment aucun consommateur.

Il fit venir de l'absinthe. — Le Professeur comprit qu'il serait inopportun de faire parade de son savoir, et prépara son verre sans la moindre démonstration.

— Voyons, ne buvez pas trop vite, et racontez-moi vos amours avec la belle Hermusora. Si vous parvenez à m'intéresser, je vous donnerai de quoi vous renipper, car vous êtes sordidement habillé.

— Il y a dix ans j'étais aussi bien mis que Severino.

— Eh bien, expliquez-moi comment vous êtes tombé dans l'état où vous êtes.

— Vous voulez mon histoire, je vois bien ça. Mais à quoi cela pourra-t-il vous servir ?

— Peut-être à rien, vous avez raison. Mais, n'importe, je ne me dédis point, et si votre récit offre quelque intérêt, je vous donnerai de quoi lutter d'élégance avec votre ex-ami Severino.

Le Professeur se reversa un second verre d'absinthe, — mais, dédaignant l'art de préparation qu'il professait avec tant de succès à la Bibine, — il la but pure.

Cette liqueur à nuances vénéneuses agit aussitôt sur lui. Ce visage ridé s'anima ; ses yeux rouges, éraillés, striés, eurent un éclat électrique ; sa bouche contorsionnée se redessina dédaigneuse ; ses lèvres pâlies reçurent intérieurement un jet de sang qui les rougit.

Otto attendait.

— Oui, je suis né riche. J'ai eu une enfance dorée, et aussi, ce qui n'arrive que trop souvent, une jeunesse abandonnée. Je vous tairai mon nom, non parce que je n'ose vous le dire, mais, depuis que je bois, j'ai oublié tant de choses, qu'il s'est peut-être enfui de ma mémoire. Personne ne me retenait, et j'allais de cette allure fiévreuse, irréfléchie, que la vapeur des vingt ans vous communique. La vie m'ayant toujours paru facile, je ne me heurtais qu'à une difficulté : le manque d'or. Et, grâce à mes relations, à mes amis, à ceux qui m'exploitaient, il était si facile de la surmonter, que réellement cela n'en était pas une. A ma dernière succession, j'étais, comme on dit, criblé de dettes. Je les payai fort négligemment, tant bien que mal, selon qu'elles se présentaient de bonne composition ou menaçantes.

C'est à ce moment que je rencontrai Hermusora.

C'était une Espagnole : son nom l'indique. Et ce
nom lui allait à ravir, car c'était réellement une
beauté. Je m'amusai d'abord d'elle, puis je m'en in-
quiétai, et je devins jaloux : c'est vous dire que j'en
arrivai à être amoureux fou. Et il y a des faux mora-
listes qui s'étonnent que nous aimions ces femmes
qui, la plupart du temps, ne savent rien, et qui
viennent on ne sait d'où. Comme si l'amour, la passion, cette fermentation du cœur, était provoquée seulement par une question d'éducation ou de milieu !
J'aimais donc Hermusora parce qu'elle avait su se faire
aimer; parce qu'elle était femme, qu'elle sentait
comme moi; en un mot, je le confesse, je l'aimais
peut-être en dépit de l'orthographe, de l'instruction
et d'une dot plus ou moins résonnante. — Vous qui
êtes marié, monsieur Otto, dites-moi si vous avez jamais aimé comme cela?

— Ne vous occupez pas de moi, je vous en prie. Je
n'ai pas l'habitude de faire confidence de mes impressions.

— Eh bien, moi, je ne les marchandais pas à Hermusora, je vous l'assure. D'abord, parce que je rai-
sonnais très-logiquement. En effet, les femmes comme
Hermusora sont rassasiées d'exaltations, de sentiments et d'ivresses. C'est à elles que tous les hommes,
sobres chez eux, donnent le spectacle de leurs égare-
ments passionnés. Les femmes mariées n'ont que l'ordinaire de l'amour ; les Hermusora en ont tous les
jours les fêtes.

« Cela vous étonne, n'est-ce, pas d'entendre parler ainsi un homme que vous avez rencontré couché dans les carrières d'Amérique? Eh bien, si vous êtes de bonne foi, vous m'avouerez que vous vous dites intérieurement : Cet homme tombé, sans énergie morale, abandonné de lui-même, n'est pas tout à fait un être méprisable, puisqu'il a su aimer de la sorte. N'est-ce pas que vous le pensez? Ah! vous souriez, merci! c'est comme si vous aviez répondu.

« Je me ruinai pour Hermusora ; et les derniers mille francs que je lui apportai, ce fut Severino Falkenberg qui me les donna. Il la connaissait, il savait où j'en étais de mon patrimoine, et, patient, il attendait, le lâche, le moment où je ne pourrais plus défendre l'alcôve de ma maîtresse. — A ce moment, il se présenta. Lorsque je le sus, je bondis de fureur et de jalousie.

« Oh! je vais aller vite, car je le sens, ce ressouvenir me tue! — Au fait, l'absinthe est là!... »

Et le Professeur but encore.

C'était un contraste d'un effet étrange que formait l'attitude de ces deux hommes. L'un exalté, ivre presque déjà ; l'autre, les bras croisés appuyés sur la table, le regardant, calme, froid, et écoutant.

— J'avais encore quelques bijoux. Je les vendis. Cela me mit à peu près cinquante louis dans la poche. Cinquante louis, c'est mille francs. Avec mille francs on vit honorablement six mois dans une famille; avec cinquante pièces d'or, on les donne un soir à une femme et le lendemain on n'a rien. Ce fut mon fait. Et la chair, cette conseillère abominable, me dit : Tu as de l'or, va jouer... tu te défies de toi-même, eh bien, joue à coup sûr, vole au jeu.

« J'écoutai cette voix. J'allai au cercle, et je gagnai. Mais, tout à coup une main saisit la mienne, mon front rougit, j'étais déshonoré. Vous ne voulez pas de détails, n'est-ce pas? vous ne tenez pas à ce que je vous dise si cela se passait à mon cercle, ou chez une femme de réputation publique? N'importe !... Enfin, on fut inexorable pour moi, et je fus arrêté. Trois ans de prison. Ma famille m'abandonna, et, ma foi, entre nous, maintenant que c'est loin, je ne l'en blâme pas. Il y en a, je le sais, qui n'abandonnent jamais les leurs ; mais, moi, je n'avais jamais eu assez de chance pour exiger l'exception en ma faveur. — Je fis mon temps. Pendant ma détention, j'appris que Hermusora vivait avec Severino. Je lui écrivis à ce sujet ; elle me répondit par des protestations, et cela me rendit fou de bonheur. Cette femme, pendant ces trois ans, m'écrivit bien dix lettres ; ces lettres m'ont rendu presque heureux dans ma prison. Elle aurait pu garder le silence, — ma famille le gardait bien, elle, — elle ne l'a pas fait et je lui en suis reconnaissant.

« Ma peine expirée, on m'ouvrit cet orifice d'égout qui se nomme une porte de prison et qui vous engloutit dans le torrent des fanges parisiennes. Je cherchai Hermusora dans Paris ; mais, vainement, elle ne s'y trouvait plus.

« J'appris qu'elle avait accompagné Severino à Hambourg, d'où celui-ci devait se rendre à Stockholm, et qu'elle attendait son retour dans cette première ville. Je lui adressai quelques lettres; elle me répondit. Mais, je ne trouvais plus dans ces pages l'expression de la passion d'autrefois. N'importe, cela me rejeta dans le brasier de nos extases passées, de nos exaltations.

« J'errais, ballotté, inconnu, pendant un mois dans Paris. Hermusora, qui absorbait tout mon être, toutes mes pensées, était loin de moi!... Et, vous le comprenez, je l'aimais, oh ! je l'aimais à en pleurer tout seul, la nuit, par les rues !

« Et, tenez, je me rappelle une scène que j'ose à peine dire et qui fera rire ceux qui n'ont pas éprouvé cette passion qui tend le cerveau jusqu'à la folie.

« Un soir, j'allais à l'aventure, aspirant après elle, mon cœur ayant besoin de son cœur, surexcité, fou !... un de ces moments où, riche, j'aurais donné toute ma fortune pour détruire la distance qui nous séparait, la voir, lui parler, la serrer dans mes bras, lui donner toute mon âme dans un baiser de feu !...

« J'étais place de la Bourse. En face de moi, je lis : « Télégraphe. » — Aussitôt, une idée étrange, fantasque, traverse mon cerveau. Et, sans m'inquiéter des détails, de la présence des employés, tout à mon ivresse, à ma folie, je monte à la hâte les escaliers des bureaux.

« La distance!... Mais, ne pouvais-je donc pas la

aincre!... Que m'importaient les quelques centaines
e lieues qui nous séparaient!... Mes derniers louis,
our cette dernière joie!

« Je n'écrivis qu'un mot sur le bulletin, et je payai
ouble pour qu'elle me renvoyât le même mot.

« — A madame Hermusora, à Hambourg — Je
'aime!... »

« Et je signai. Puis, je m'assis sur la banquette et
attendis.

« A la lecture de mon télégramme, l'employé ne put
éprimer un mouvement de surprise. Mais, comme
avais le regard sur lui, il dut se maintenir dans son
le d'expéditeur.

« — J'attends la réponse, lui dis-je.

« — Attendez, fit-il. »

Et j'entendis le *tic-tac* de l'appareil qui annonçait
ue ma dépêche partait pour le ministère, pour de là
averser la France et l'Allemagne.

« Une demi-heure s'écoula. Tout à coup le timbre
sonna.

« — De quel endroit? demandai-je.

« — Hambourg, répondit du compartiment voisin
employé qui recevait le télégramme.

« Je m'étais levé, et avide, haletant, j'attendais, et il
e semblait déjà lire et entendre :

« Moi, aussi, je t'aime!... »

« On me communiqua la phrase suivante :

« Pas de réponse. La personne a ri. »

« Oh! je me précipitai, honteux, hors des bureaux!

Ainsi, Hermusora se moquait de moi; elle n'avait pa
compris cette ivresse, cette folie, ce besoin de rece
voir, par la voie de l'éclair, ce mot que tant de fo
elle avait jeté dans mon oreille, dans mon cerveau
dans mon âme, et elle riait!.... Oh! c'était atroce, c'é
tait cruel, et je m'en allai en pleurant, de ces rare
pleurs que les hommes répandent dans l'ombre lors
qu'on ne les voit pas.!

« Je ne me relevai jamais de ce choc. Mon cœur
était atteint, ma tête vacillait, je ne me rendais plu
compte de ce qui se passait autour de moi. J'étais hé
bêté, perdu, lorsque celle-ci se présenta à moi... »

Et le Professeur indiquait le flacon d'absinthe, qu'i
égoutta dans son verre.

— Et, depuis ce jour, vous avez bu? dit Otto.

— Oh! non, car j'ai eu comme un ressouvenir d
bonheur. Un instant j'ai cru que je pourrais l'aimé
autrement, mais, j'avoue ma faiblesse, je ne le pus

« Hermusora avait eu un enfant.

— Ah! fit Otto se rappelant sans doute un déta
qui se rattachait à cette phrase. Et de qui cet enfant
demanda-t-il.

— De Severino. C'était une petite fille qu'elle ava
placée chez une nourrice, à la campagne. J'allais quel
quefois voir cet enfant, et cela me refaisait le cœur
je pensais à elle, je retrouvais dans ces traits à pein
dessinés le souvenir d'un visage aimé, et ce souveni
de l'enfance me rassérénait l'âme. Mais le mal m'er

ahissait. Je me repris à boire, et j'oubliai l'enfant
afin de mieux oublier la mère !

— Et, cette enfant, qu'est-elle devenue ?

— Je ne sais !... C'est comme si vous me demandiez ce qu'est Hermusora, maintenant ! Je ne la revois même plus dans mes hallucinations d'ivresse, et
l'absinthe a cautérisé mon cœur.

Le Professeur redemanda un autre flacon, et but à
même. Ses lèvres blanchissaient, ses joues avaient des
teintes plombées, et ses yeux s'égaraient.

— Alors, cette enfant est perdue ?

— Je ne sais. La Hermusora y tenait cependant,
car, en cas d'accident, elle lui avait fait une marque.

— Sur le corps? demanda avidement Otto, comme
entrevoyant tout à coup une révélation inattendue.

— Oui, je crois... répondit le buveur, dont la raison se troublait.

— Mais, sur quelle partie du corps? Allons, réponds !...

Et la main vigoureuse d'Otto serrait convulsivement
le bras du Professeur.

— Ah ! vous n'allez pas me maltraiter maintenant !

— Voyons, cette marque?

— Ah! je ne sais !

— Mais, que représentait-elle ?... des lettres?

— Oui, des lettres, je crois !...

Et la tête du Professeur tendait à s'affaisser sur la
table. Otto le secouait vigoureusement.

— Et le nom de l'endroit où elle était, cette enfant?

— Le nom de l'endroit?... Je ne sais...

— Loin de Paris?

— Loin de Paris !... non... près de Versailles.

— Voyons, dis-moi ce nom, et je te donnerai encore de l'absinthe !

A ce mot, le Professeur eut un rire hébété.

— Cherche !...

— Ville... oui, cela commençait par Ville... attendez-donc... ah ! j'y suis, Villepreux !...

Otto se leva, et, prenant le Professeur par le bras, il l'entraîna hors de la taverne.

— Mais, laissez-moi donc !...

— Viens, te dis-je, viens !... Je le veux !

Il fit signe à un cocher. Et, lorsque le fiacre fut arrêté, il prit le Professeur et le plaça dans la voiture, à son côté.

Les chevaux prirent le petit trot administratif, et s'arrêtèrent, un quart d'heure après, devant la maison où demeurait Otto.

Celui-ci reprit le Professeur et le hissa dans les escaliers. L'ivrogne se sentant ainsi surmené portait autour de lui des yeux hagards, qui eussent donné à rire à tout autre que le Finlandais. D'ailleurs, son ivresse ne perdait rien de son intensité.

Ils atteignirent le seuil de l'appartement. Karyn vint ouvrir. A la vue de son frère traînant après lui cet homme ivre, elle eut peur.

— Ne crains rien, lui dit Otto, et amène vite la Gossette.

La jeune fille, quoique effrayée, s'approcha d'Otto.

Celui-ci écarta le haut de son corsage, et mit à nu son épaule et la naissance du bras.

— Voyons, reviens à toi et regarde, dit-il au Professeur.

Celui-ci tint un instant son regard fixe vers ce bras, sur lequel apparaissaient les lettres dont Karyn avait parlé à son frère, un soir, le lecteur se le rappelle, au retour du bain.

— Reconnais-tu cela? demanda-t-il anxieusement à l'homme ivre.

Il s'opéra chez le Professeur une transfiguration subite. Sa bouche se contracta par un rire nerveux, métallique, et ses yeux se mouillèrent de larmes.

Malgré l'effroi de la jeune fille, il saisit son bras, l'approcha de ses lèvres et le baisa.

— Eh bien? fit Otto.

— Oui, je les reconnais... c'est bien cela... H veut dire Hermusora, S Severino.

— Mais cet M au-dessous de l'H?

— Hermusora est la mère ; le P, Severino est le père... Oh ! ne me repoussez pas, car tous ces souvenirs m'enchantent... Laissez-moi le tenir encore, ce bras !... Et toi, enfant d'Hermusora, permets-moi de t'aimer en souvenir du sentiment que m'inspira ta mère... et, je te le jure, je ne t'effrayerai pas, car je ne boirai jamais plus, jamais !...

21

Le Professeur, agenouillé près de la Gossette, avait dans le regard une expression de ravissement qui faisait presque oublier sa laideur. On eût dit qu'une petite fleur bleue venait subitement d'éclore sur ce fumier infect.

XXIII

L'ENFANT D'ELVA

La maison Severino Falkenberg et Cie était plus prospère que jamais. On parlait d'un emprunt suédois dont elle allait être concessionnaire, et son crédit passait à l'état de proverbe. Severino faisait grande figure à la Bourse et sur les boulevards. Il était coté très-haut dans les boudoirs célèbres, et les chroniqueurs le citaient dans leurs articles.

Un jour, son ami Christian Rams l'attendait dans son cabinet particulier, c'est-à-dire son fumoir ; Severino vient à lui avec la froideur étudiée du financier heureux, et lui tend la main.

— Je vous ai bien fait attendre, cher ?

— Mais vous seriez bien bon de vous gêner pour un désœuvré de mon espèce.

— Savez-vous ce que je regrette, ami Christian ?

C'est qu'au lieu d'être un heureux oisif, vous ne soyez pas romancier. Il m'arrive l'aventure la plus étrange qu'un banquier puisse rêver.

— Eh bien, dites-la-moi, et, si je rencontre un romancier, je la lui dirai.

— Vous avez entendu dire, n'est-ce pas, qu'un misérable caissier m'avait enlevé une somme dont je ne sais plus le chiffre?

— Oui, je crois me rappeler cela; je l'ai lu dans les journaux; un Italien, je crois?

— Un Italien, en effet. Il fut condamné à cinq ans de prison, ou quatre ans, je ne sais.

— Eh bien?

— Eh bien, c'est ce caissier qui vient de me tenir un quart d'heure dans mon cabinet.

— Il venait vous rapporter votre argent?

— Non, mais il me faisait des conditions; et, ce qu'il y a de plus drôle, c'est qu'il s'est évadé de Mazas cette semaine.

— De Mazas?... Alors, ce n'est pas un maladroit. Et vous l'avez fait arrêter aussitôt?

— Mais, pas le moins du monde; je l'ai écouté, et, ma foi, j'ai presque accepté ses propositions. Ainsi, voici ce qu'il vient me dire : Je vous ai emporté près de six cent mille francs. On m'a condamné, non à vous restituer cette somme, mais à payer cent francs d'amende à l'État et à vivre de bouillon de haricots avariés pendant quatre ans. Eh bien, je viens vous dire ceci : J'avais caché cinq cent mille francs quelque part; on me les a enlevés. Je connais le voleur, mais je ne puis me plaindre, car, avant de m'écouter, on commencerait par me ramener dans une cellule, ce que je ne veux pas. Je vais vous faire connaître celui qui possède vos cinq cent mille francs. Faites-le arrêter ; rentrez dans votre argent, et donnez-moi une récompense de cent mille francs. — Voici le discours que vient de m'adresser mon ancien caissier.

— Il n'y a qu'à Paris qu'on puisse rencontrer de pareilles situations ! Et que lui avez-vous répondu ?

— Ma foi, je lui ai dit que je réfléchirais, et, pour le rassurer, je me suis engagé à ne rien faire auprès de la police contre lui. — Vous savez, à propos, Elva nous attend. Elle me parle sans cesse de vous.

— Mais nous avons le temps. — J'ai quelque chose à vous demander, Severino, mais je n'ose.

— Vous seriez bien bon de faire des façons avec moi.

— Plus je regarde ce portrait...

— Ah ! oui, celui d'Hermusora.

— Plus cette physionomie m'intéresse ; vous devriez me le céder.

— Mais je suis très-heureux de vous en faire cadeau.

— Vous ne le regretterez pas ?

— Pas le moins du monde ; toutes ces femmes ont laissé si peu de trace dans mon esprit.

— Alors, si elle vous était indifférente, — dit Christian en prenant le tableau pour l'examiner à son jour, — je puis bien vous questionner sur certains détails. Car on aime à bien connaître ce qu'on possède.

— Questionnez, mon cher Christian, répondit Severino en allumant un cigare.

— Elle n'était pas Française, cette femme?

— Non, Espagnole; une vraie Castillane.

— Ce médaillon indique qu'elle a eu un enfant?

— Oui.

— Et, fit Christian en souriant, vous y étiez sans doute pour quelque chose?

— Dame! je suis même convaincu que j'en étais le père.

— Et vous ne savez pas ce qu'il est devenu?

— Ma foi, non; vous comprenez, si un jeune homme de notre condition se préoccupait de tous les enfants qu'il plaît à leurs maîtresses de leur donner, la vie ne serait plus possible.

— Vous êtes parfaitement dans le vrai, ajouta Christian; eh bien, je vous remercie infiniment de votre gracieuseté; je ferai prendre ce portrait.

— Je vous l'enverrai dans la journée; ce soir il sera chez vous; ne vous en occupez pas davantage.

Severino avait donné ordre d'atteler; un moment après, les deux amis gravissaient l'avenue des Champs-Élysées, se rendant chez Elva.

Voici un personnage qui, dans notre drame, n'a pas eu occasion d'entrer souvent en scène. C'est un peu généralement le rôle de la femme; elle agit moins par elle-même qu'elle ne fait agir les autres.

Christian Rams lui avait été présenté comme un millionnaire de fraîche date. Ces millionnaires-là sont très-recherchés à Paris dans le monde galant; ils sont plus tendres, probablement; et on les croque plus facilement que les millionnaires endurcis.

Elva habitait un charmant petit hôtel de l'avenue Friedland. Elle avait deux personnels de domestiques, l'un pour le jour, l'autre pour la nuit. La domesticité nocturne, par une fantaisie de la jeune femme, se composait de nègres et de créoles. La belle Finlandaise avait des états de service assez marquants, et dignes d'exciter l'envie chez ses rivales et amies. Ainsi, elle avait provoqué la ruine de plusieurs fortunes, et elle comptait parmi ceux qui l'avaient aimée trois suicidés et deux condamnés au bagne pour faux.

Ce n'en était pas moins une charmante enfant, très-recherchée, amusante à ses heures, et folle et enjouée dans ses fêtes. Ses compatriotes la citaient avec orgueil, et, pour le Tout-Paris, elle fut à la mode bien un mois durant.

Elle aimait certainement beaucoup moins Severino qu'autrefois, mais elle le voyait cependant avec plaisir. Cette fréquentation la relevait un peu moralement. Elle avait le droit de le mépriser.

On introduisit les deux jeunes gens auprès d'elle.

— Il eût été difficile de reconnaître en elle la simple et modeste Finlandaise que nous avons entrevue chez le vieux Karl. Tout avait changé : son costume, ses manières et même son visage, qui nous apparaît plus joli ; une certaine distinction même, d'un aloi douteux peut-être pour les connaisseurs du vrai monde, embellissait toute sa personne.

Nous ne décrirons pas sa toilette, d'un négligé riche et en même temps de bon goût.

— Comme c'est aimable à vous de venir me distraire dans ma solitude ! dit-elle aussitôt avec un sourire d'un charmant accueil à ses visiteurs.

— Et pourquoi cette solitude, belle enfant ? dit Severino en lui baisant la main.

— Mais je suis horriblement fatiguée, et j'ai donné ordre de ne recevoir personne que mes deux chers compatriotes.

— Et qui a pu vous fatiguer de la sorte ? dit Rams en s'asseyant près d'elle... Une fatigue qui ne laisse aucune trace sur votre beau visage, qui vous rend même plus belle, ne devrait pas être un prétexte pour consigner au dehors vos admirateurs.

— A la bonne heure, monsieur Rams ! vous devenez aussi aimable et aussi flatteur qu'un Parisien. Vous savez, cela nous fait toujours plaisir, ces phrases-là, mais nous n'y croyons pas.

— Lorsqu'elles sont dites par des Français ?

— Et par vous aussi, car la société de Severino vous corrompt, je m'en aperçois bien.

— Une corruption ! l'art de vous dire que vous

êtes mignonne comme la plus mignonne des fées dont vous portez le nom !...

Et Christian promenait sur elle un regard dont l'expression de timidité ne cachait point le sentiment que la belle femme lui inspirait.

— Vous dînez avec moi, n'est-ce pas, messieurs ?

— Vous savez bien, Elva, que je suis un homme sérieux et n'ai plus de temps à consacrer à mes plaisirs. Je deviens un financier grave et très-occupé.

— Ce pauvre Severino !... Et qu'avez-vous à faire ?

— Mais, je suis attendu au ministère des finances.

— A cette heure-ci ?

— Que me fait l'heure ? ce n'est point dans les bureaux que l'on m'attend.

— Ah ! c'est dans le cabinet ?...

— Oui, du secrétaire du ministre.

— C'est donc pour cela que vous n'êtes plus gai !... Ah ! mon cher monsieur Rams, ne le fréquentez plus, il vous désapprendrait de me dire de jolies choses, et vous finiriez, vous aussi, à être attendu dans le cabinet du secrétaire du ministre.

— Soyez certaine, belle sirène, que je le ferais alors bien attendre.

— A propos, Elva, permettez au financier sérieux de vous parler sérieusement. Je vous ai portée dans la répartition de l'emprunt pour deux mille actions ; elles feront prime avant quinze jours.

— Oh ! ne me fatiguez pas de ces affaires, auxquelles je ne comprends rien !... Et de combien croyez-vous qu'elles fassent prime ?

— Mais, de cinquante à soixante, sans doute.

— Oh ! je ne veux pas m'en occuper... Ainsi, quand elles seront à soixante ou à soixante-dix, n'importe, vendez, je vous en prie, sans mon ordre. Vous me préviendrez seulement le jour où je pourrai toucher.

— Vous êtes un ange, Elva !

— C'est pour cela que je ne veux pas ternir mes ailes à vos vilaines affaires d'argent... Mais, ne le faites pas attendre, le secrétaire du ministre, puisqu'il y va de vos intérêts, mon cher Severino. Et je me ferais un crime de vous retenir. Ce serait une côtelette qui vous coûterait trop cher.

— Oui, elle nous coûterait trop cher, ajouta-t-il en souriant. Christian, soyez bien aimable avec Elva, et ne lui parlez pas d'affaires de Bourse ; je la connais, cela lui donne la migraine.

Séverino baisa Elva au front, privilége d'un ancien ami, et, après avoir serré la main à Christian, il prit congé.

— Nous voici seuls, dit la jeune femme en riant.

— Eh bien, madame, cela vous contrarierait-il ?

— Mais, un peu pour vous. Vous allez être obligé de me faire la cour tout le temps, et cela vous fera peut-être très-mal dîner..

— C'est à mon estomac à s'en tirer comme il pourra. — Au fait, si je ne vous faisais pas la cour, m'en voudriez-vous beaucoup ?

— Un peu, peut-être, mais je ne vous le dirai pas.

Un jeune valet en habit noir, — l'habit seulement, — service de jour, — annonça que sa maîtresse était servie.

Il est dommage que nous écrivions un roman de vitesse, et que le feuilleton quotidien nous défende la description trop étendue, car la salle à manger d'Elva était un de ces chefs-d'œuvre de goût et de luxe sévère sur le seuil de laquelle le baron Brisse se serait recueilli. Il l'eût comparée à un temple, — mais temple style Notre-Dame de Lorette.

— Je suis une maladroite, monsieur Rams, de vous avoir retenu à dîner, car j'ai grand appétit, et c'est fort laid à une femme de manger beaucoup devant un homme.

— C'est sans doute la fatigue dont vous nous avez parlé tout à l'heure qui vous a ouvert l'appétit.

— Eh! eh! peut-être bien. — Mais ne me regardez donc pas comme cela et mangez... C'est cette fatigue qui vous intrigue? Les hommes sont bien tous les mêmes. Eh bien, je vais vous en dire la cause : c'est que j'ai fait une grande course ce matin. Je suis allée très-loin, hors Paris, dans la campagne.

— Respirer l'air?

— Dame! c'est ce que je respire d'habitude.

— Est-ce que vous allez jouer sur les mots, vous, étrangère, vis-à-vis de moi, étranger comme vous?

— Pourquoi aussi êtes-vous si curieux? Faut-il vous rendre compte de mes actions? Mais, pour un

ami que je connais à peine, c'est de la tyrannie. Eh
bien, je ne voudrais pas vous avoir pour mari !

— Mais est-ce qu'il est question de mariage quelque part? fit Christian sur un ton des plus étonnés.

— Ne soyez pas impertinent ! ou je ne vous parle
plus.

— Vous êtes donc allée bien loin ?

— Oui, bien loin. Tenez, puisque vous êtes un
sauvage, je vais vous traiter en premier venu et mettre de côté toute coquetterie. Je suis allée ce matin...

— Au cimetière ?

— Des cimetières, je n'en connais pas encore ! fit
en riant la belle folle.

— Alors ?

— Je suis allée à Nanterre. Vous savez, les imbéciles ont toujours un mot tout fait à ce sujet ; ainsi,
prenez garde à vous.

— Je suis bouche close.

— Ah ! mangez, cependant. Ne trouvez-vous pas
ces truffes excellentes ?

— Mais je les trouve adorables, ces bonnes et char-
mantes conseillères. Vous êtes donc à Nanterre ?

— Ah ! oui ; eh bien, j'allais tout simplement voir
mon enfant... Voici l'aveu... Comme ça vieillit une
femme, n'est-ce pas, de parler de son enfant !

— Ah ! vous êtes mère ! Et pourquoi ne l'avez-vous
pas ici, ce petit ange, qui doit être une perle d'enfant ?

— Oh ! s'il est joli !... J'en suis réellement tout

heureuse de l'avoir vu ce matin ; j'en ai du bonheur pour deux jours !... Vous ne comprenez pas ces sentiments-là, vous autres, hommes ?

— Mais nous les comprenons d'autant plus, que je me permets de renouveler mon observation de tout à l'heure : Pourquoi ne le faites-vous par nourrir chez vous ? Ici vous seriez heureuse du matin au soir.

— Vous ne savez pas ce que vous dites, monsieur Rams.

— Ah ! c'est différent...

— Une nourrice chez moi !... Et ma réputation !... Y pensez-vous ? C'est pour le coup que mes bonnes amies en raconteraient sur le compte de cette pauvre Elva !

— Mais, reprit Christian, avec le flegme imperturbable que les étrangers seuls possèdent, mais cet enfant n'est pas un phénomène ?

— Comment ! un phénomène ?... de gentillesse, si.

— Je veux dire qu'il est probablement venu de par les lois de la nature, et qu'il a un père.

— Un père ! fit Elva presque sérieuse, mais, certainement...

— Et ce père va-t-il, lui aussi, à Nanterre ?

— Son père, monsieur, dit Elva se redressant, fière de l'effet qu'elle allait produire, son père, c'est mon mari.

— Ah ! vous êtes mariée, charmante belle ?

— Oui, monsieur, je suis mariée.

22

— En effet, Severino me l'a dit. Là-bas, je crois, au pays, n'est-ce pas ?

— A Helsingfors, monsieur.

— Avec un brave homme, sans doute ?

— Monsieur Rams veut-il accepter une rouelle d'ananas à la *madame Anfoux ?*

— Mais, très-volontiers, fit le Suédois, prenant très-bien cette diversion.

Et le repas se continua sans autre incident. Elva fut charmante pour son hôte, car son hôte, sans doute, lui promettait d'être charmant pour elle. Il avait déjà causé bijoux et chevaux avec une facilité à ravir l'âme de la pécheresse la plus désintéressée de Paris.

Lorsqu'on quitta la salle à manger, Elva riait à tout propos et Christian Rams faisait presque des mots. Il est vrai que sur ce chapitre Elva n'était peut-être pas bien difficile, se trouvant d'un monde où les mots resservent plus souvent que les robes et les cravates.

Christian passa la soirée avec Elva. On causa terre natale, ainsi que terre patrimoniale. La Bourse fut aussi sur le tapis ; la jeune femme parut en comprendre tous les jeux ; et Christian la supplia d'être son agent de change.

On prit le thé. — Puis le jeune Suédois se leva, baisa la main de sa jolie compatriote, la regarda un instant avec cette physionomie, ce regard qui est la langue parlée du boudoir ; et, ma foi, éclairé par une gente soubrette, il sortit.

Lorsque le visiteur et la soubrette se trouvèrent dans une autre pièce, ils s'arrêtèrent.

Christian ouvrit son portefeuille, en sortit quelques feuillets émanant de l'hôtel de la rue de la Vrillière, et les remit à la jeune fille rougissante et heureuse — tout à la fois.

La lumière s'éteignit. . . . .

. . . .

Elva se coucha rêveuse. De son convive, ou de son enfant? Voilà la question.

Sa femme de chambre venait de se retirer; une lampe brûlait près du lit, sur une table, jonchée de lettres et de quelques feuilles à la mode.

Elva, accoudée sur son oreiller, regardait dans le vague, et souriait à une joie, à un bonheur, à une extase.

Tout à coup, elle poussa un cri.

Un homme venait de s'asseoir près de sa couche.

La femme de chambre entendit peut-être ce cri, mais elle se garda bien de broncher.

— C'est M. Christian Rams qui revient, se dit-elle; M. Christian Rams est riche à millions ; madame ne me chassera pas.

Mais, le lecteur, moins simple que la cameriste d'Elva, ne pense pas de même, et il se dit, sans doute :

— Cet homme, c'est son mari, c'est Otto.

Elva, les yeux hagards, frémissante, éperdue, s'était presque redressée au fond de sa couche.

— Ne vous troublez pas, madame, dit Otto d'une voix lente et grave, je ne viens point pour vous faire du mal. Vous êtes seule, et j'ai pensé que nous pouvions causer tranquillement.

— Mais, comment avez-vous pu vous introduire ici?

Otto la regarda froidement; un éclair alluma ses yeux, et il dit d'une voix sèche et mordante :

— J'ai dit que j'étais riche; on m'a laissé passer.

— Oh!... fit la jeune femme, ses mains à son visage comme pour écarter l'insulte.

— Remettez-vous, madame ; et, quand vous serez calme, nous causerons.

Otto se leva et fit quelques pas dans la chambre.

Puis, revenant vers le lit, il dit à sa femme :

— Êtes-vous prête à m'entendre?

— Oui.

— Eh bien, écoutez-moi. Je suis depuis longtemps à Paris, et, vous devez le reconnaître, je ne vous ai jamais gênée. J'ai vu votre nom traîner dans les journaux ; et personne ne peut dire qu'il m'ait surpris m'irriter de cette publicité ou en rougir. D'ailleurs, j'étais très-occupé à accomplir une œuvre de vengeance, ou plutôt de châtiment que la dépravation parisienne a bien compliquée depuis. Je suis à Paris avec ma sœur, Karyn, que vous vous rappelez peut-être?

— Oui, oui! murmura Elva, je l'ai aperçue un jour dans l'avenue des Champs-Élysées... Elle avait l'air bien malheureuse... et j'ai eu honte...

— Pour qui ?

— Oh ! de moi !... de moi !... Croyez-le bien, Otto, car je voudrais que vous connussiez mes misères ! Je ne suis pas indigne de votre commisération, soyez-en bien convaincu !... Je vous estime, Otto !... Je sais que j'ai été bien coupable envers vous, et je voudrais, vous en demander pardon à genoux !... Mais, je n'ose, car j'ai peur que vous me repoussiez !...

Et Elva pleurait réellement, et déjà elle abandonnait sa couche, pour venir aux pieds de son mari ; — mais, celui-ci la retint.

— Vous vous méprenez, Elva, sur l'esprit qui m'anime aujourd'hui et sur la cause de ma présence. Pourquoi me demander pardon ? Est-ce que j'ai formulé devant vous une parole accusatrice ? Mais, pour moi, ainsi que pour beaucoup de nos compatriotes, vous êtes morte, Elva. Du jour où je suis descendu dans le précipice de Cliffsberg, vous êtes retournée, pour mon cœur, au pays des fées, dans les régions inconnues, et le deuil dont vous avez enveloppé notre toit ne s'est point encore éclairci. — Je viens seulement vous demander, madame, où vous avez fait transporter ce pauvre malade, que votre amant a voulu faire assassiner, le comte de Monterossi ?

A ces paroles, Elva se redressa. Cette femme, prête à s'humilier, à demander pardon à l'homme qu'elle avait trompé, voyant en lui un accusateur, se mit sur la défense.

22.

— Je ne vous comprends pas.

— Je vais m'expliquer. Vous vous rappelez bien le comte de Monterossi que votre beau-frère Ludow vous a apporté un soir au coin de la rue Miromesnil, où vous l'attendiez dans une voiture?

— Ludow !... Quoi ! c'était Ludow ?...

— Vous le voyez, cette exclamation imprudente me prouve que vous vous la rappelez très-bien, cette circonstance. — Vous transportâtes le corps, — je dis le corps, car à peine avait-il vie !... — dans une maison du boulevard du Roi-de-Rome, au numéro 109. Avant de vous retirer, vous recommandâtes à votre estimable beau-frère et à l'autre sacripant de déclarer au médecin que le comte de Monterossi avait été victime d'un duel malheureux, et qu'il arrivait de Belgique. — Eh bien, je viens vous prier de me dire où le comte a été transporté depuis. J'ai donné ma parole à la comtesse que je lui rendrais son mari, et je suis toujours de ceux pour qui la parole est chose sacrée. Voilà donc, madame, ce que je veux savoir de vous.

— Je ne sais ce que vous voulez dire et je n'ai rien à répondre.

— Ah ! permettez, madame ; vous parlez là sur le ton d'un enfant qui s'obstine dans le silence. Mais, d'abord, vous n'êtes plus une enfant, et ensuite j'ai le moyen de vous faire parler.

— Me faire parler, moi !... Ah ! vous croyez, dit en se redressant la jeune femme, ah ! vous croyez qu'avec

votre titre de mari, vous pourrez me violenter de la
sorte ! Non, non, monsieur ! Je suis en France, je ne
vous connais pas, et je suis ma maîtresse !

— Vous ne me connaissez pas, merci !... Et, ne
me reconnaissez jamais, merci encore ! Seulement je
vous connais terriblement, moi !...

— Ah !... fit presque inquiète Elva, car le ton
froid et fort d'Otto la désarçonnait.

— Oui, je connais le mystère du précipice de Cliffsberg... Je sais le nom de la victime, je sais le nom de
l'assassin !

Elva, à ces paroles, devint pâle comme la mousse-
line qui l'enveloppait.

— La victime, c'est la Hermusora — celle qui l'a
précipitée dans l'abîme, c'est sa rivale, c'est vous !...

— Ce n'est pas vrai !...

— C'est vrai... Et voulez-vous savoir pourquoi c'est
vrai ? C'est vrai, parce que les lettres que vous avez
oubliées dans votre cabine, sur le bateau, en fuyant
la Finlande, le prouvent, et parce que ces lettres
sont en ma possession ; voilà pourquoi c'est vrai, madame !...

— Non, ce n'est pas vrai... Ces lettres, vous ne les
avez pas comprises. Oh ! quels souvenirs affreux vous
apportez à mon esprit déjà troublé ! Cela fait surgir
le vertige à ma pensée, à mon cerveau ! J'en frémis !

Et, comme se parlant à elle-même, Elva continua
sur le ton d'un récitatif scénique :

— Oui, elle m'attira dans ces solitudes, au milieu

de ces roches, au bord de ces gouffres. Pourquoi l'y suivis-je ? Je ne sais. Mais le feu de la jalousie nous dévorait l'une et l'autre. Oh ! ce fut une lutte terrible !... Deux panthères furieuses, affolées, se tordant, s'étreignant, labourant le sol de leurs efforts, brisant autour d'elles les branches de sapins, se déchirant aux aspérités des roches... voilà ce qu'étaient Elva et Hermusora. L'Espagnole m'entraînait vers le précipice... et moi aussi, je crois ! Il y eut une étreinte suprême, une tension surhumaine de nos muscles que la rage et la haine faisaient d'acier... Tout à coup il me sembla tomber dans l'abîme ; je poussai un cri et perdis connaissance... Dans le trouble et la nuit de mes sens, j'entendis au loin un cri perçant. C'est elle, pensais-je, qui s'applaudit de la victoire...

— Eh bien ! fit haletant le mari.

Elva continua lentement :

— Quand je revins à moi, j'étais seule étendue sur le bord du gouffre, déchirée, sanglante, méconnaissable. La Hermusora était vaincue ! Voilà ce qui se passa dans les roches de Cliffsberg.

Il y eut un moment de silence.

— S'il n'y a pas de crime, tant mieux, fit le Finlandais. — Mais le cœur d'Otto s'est demandé souvent s'il n'eût pas préféré l'abîme à la honte.

A ce dernier mot, Elva releva la tête... Dans sa physionomie la résolution, sur sa bouche l'ironie, dans ses yeux des éclairs.

— Vous venez me demander où l'on cache le comte

de Monteròssi? Eh bien! je le sais, mais je ne vous le
dirai pas. Vous me dites que c'est moi qui ai plongé
Hermusora dans le gouffre. Eh bien, oui, c'est moi.
Et après? Croyez-vous que je vous redoute? N'êtes-
vous donc pas mon mari? N'êtes-vous pas celui qui
m'a aimée, et qui m'aimerait encore, si je voulais?
Oui, vous m'aimeriez encore!... répéta-t-elle le bras
tendu vers Otto, dans un geste de défi.

Celui-ci, sous ce coup, frissonna, mais sans mot
dire, comme celui qui, dans un duel, reçoit une balle
dans le corps et continue le combat.

— Eh bien, ce n'est pas vous, Otto, qui feriez
condamner votre femme, et voilà pourquoi je ne vous
le dirai pas!...

Elva le regarda effrontément, et sur sa bouche vint
mourir un éclat de rire convulsif.

— Malheureuse!... fit l'homme se redressant furieux. Mais tu ne sais donc pas que tu jettes de la poudre sur un feu qui brûle encore? Tu ne sais donc pas,
depuis des mois, des années, ce que je contiens là, dans
ma poitrine, dans ma tête, dans mon cœur, de sourdes jalousies, de haines, de colères!... Tu me parles
d'amour!... Mais c'est ce qui doit te condamner et te
tuer, cela!... La mort par le bourreau, c'est bon
pour Severino, pour Ludow et les autres... Mais toi,
pourquoi ne mourrais-tu pas de ma main, ici, sur
ta couche!...

— Ah!... fit effrayée Elva s'agitant dans le lit et
cherchant le cordon de sonnette.

— Oh! personne ne viendra. Christian Rams est riche, il a payé ton monde...

— Christian!...

— Oui; tout à l'heure, lorsque je m'en irai, ce sera Christian qui sortira. Et comme Christian n'existe pas, on n'arrêtera pas Christian.

Égarée, folle, Elva regardait fixement cet homme, écoutait sa voix...

— Oh! c'était lui!... c'était lui!...

— Oui, c'était moi. Eh bien, je suis le maître ici. Qui m'empêche de me venger? Et si je t'assassinais, ne serait-ce pas justice? Eh bien, que se passerait-il? Cela n'étonnerait point Paris. Il y est habitué. Demain matin on trouverait ton corps gisant sur le tapis. Les journaux raconteraient l'accident, et l'on dirait par la ville : On vient encore d'assassiner une fille publique!

— Oh! c'est trop d'injures, trop de honte!... s'écria, désespérée, Elva, en sautant de sa couche et se présentant debout à son mari. Eh bien, je ne te dirai pas où est le comte de Monterossi, et si tu as le courage de faire ce que tu dis, me voilà, frappe!...

Elle était belle ainsi, demi-nue, échevelée.

La bouche d'Otto se plissa sous une expression de mépris.

— Je ne suis pas de ceux qui tuent si facilement par le fer, dit-il. Je suis trop fort pour cela, et les armes ne me manquent pas. Non, je ne te tuerai pas, Elva, mais je saurai te faire parler. J'ai autre chose à te prendre que la vie, et, le faisant, je reste dans mon droit.

— Je ne comprends pas.

— Vous avez un enfant de moi, Elva ?

— Eh bien ?...

— Il est à Nanterre, m'avez-vous dit ce soir ? Avant le lever du soleil il n'y sera plus. Son père l'aura repris.

— Mon enfant !... cria Elva.

— Oui, mon enfant, répéta Otto en ouvrant la porte et disparaissant.

La jeune femme vacilla un instant, tendit les bras dans le vide, et tomba inanimée sur la peau de tigre.

XXIV

LE DIMANCHE CHEZ OTTO

Ce qui reposait Otto de toutes ces luttes et des travaux de l'œuvre vengeresse qu'il s'était imposée, c'était de retrouver le soir sa sœur Karyn, l'attendant toujours souriante, toujours attentionnée. Plus tard, la Gossette lui tendait les bras, et cet accueil, au retour, le délassait de toutes ses angoisses, lui rendait l'énergie morale, parfois affaissée, et donnait la joie au cœur.

L'allure un peu précipitée de ce récit nous a forcé d'écarter quelques personnages secondaires, qui ont cependant un rôle relativement important, sinon par l'action dramatique, du moins au point de vue moral. Ainsi nous allons revoir le Gosse, que nous avions presque perdu de vue.

Cet enfant, misérablement abandonné, jeté dès le bas âge dans le vice et la débauche, s'était, grâce à l'active intervention d'Otto, régénéré par le cœur. L'affection qu'il éprouvait pour la Gossette l'avait relevé. Et lorsque le frère de Karyn, le retirant du bouge où il croupissait, lui avait indiqué la voie du labeur et fait rayonner à ses yeux déjà éteints la perspective de l'honorabilité par le travail, il s'y était aussitôt courageusement engagé.

— Si tu restes dans la fainéantise et le vagabondage, tu ne verras plus la Gossette, car elle n'y est plus. Mais si tu prends le chemin de l'atelier, tu l'y rencontreras.

— Eh bien, indiquez-moi l'atelier, avait répondu résolûment le Gosse.

Et Otto le lui avait indiqué.

Il l'avait fait entrer dans une des principales imprimeries de Paris. Le jeune homme était intelligent, et on le mit bientôt à la composition. Il n'y avait pas un an qu'il s'était livré au travail, et déjà il gagnait une trentaine de francs par semaine.

Les dimanches, il passait la journée chez Otto, auprès de la Gossette. C'était un gentil garçon; la vie régulière, la satisfaction morale que procure le travail, avaient rendu à son visage la fraîcheur de la santé, et à sa physionomie l'expression de franchise et de contentement inhérente au jeune âge. Son affection pour la Gossette s'était modifiée; il se montrait réservé vis-à-vis d'elle, et l'aimait avec respect.

Un matin de printemps, Otto se promenait avec lui dans les grandes allées du Luxembourg.

— Quel âge as-tu, Gosse?

— Dame! je ne peux guère le savoir. Mais, en cherchant bien dans mes souvenirs, il me semble que je ne suis pas loin de ma seizième année.

— Et tu as l'intention, toujours, lorsque vous serez en âge l'un et l'autre, d'épouser ta petite amie?

— Mais certainement. Pourquoi m'adressez-vous cette question?

— C'est que j'ai une révélation à te faire. Ne me demande pas d'explications, car je ne peux pas t'en donner encore; mais je puis t'annoncer une bonne nouvelle.

— Une bonne nouvelle!... Oh! dites-la tout de suite!...

— A ta majorité, j'aurai de l'argent à te remettre.

— A moi?...

— Oui, à toi. Et une assez jolie somme, au moyen de laquelle tu pourras t'établir, et, même, si tu te contentes d'une existence modeste, vivre de tes revenus.

— Plaisantez-vous?... dit en riant le Gosse.

— Tu sais bien que je suis toujours sérieux dans ce que je dis. Oui, tu seras riche. Mais cela ne doit pas te faire négliger le travail.

— Oh! mais non..,

— Alors, lorsque tu seras riche, que feras-tu?

— Comment! ce que je ferai? Mais je donnerai tout

à la Gossette, et je lui dirai : Tiens, voilà pour notre ménage.

— Ainsi tu épouserais la Gossette qui n'aura rien?

— Est-ce que la Gossette ne m'épouserait pas si elle était riche, elle, et que, moi, je n'eusse rien?

— Si, je le crois; mais les femmes sont toujours, pour ces questions, plus dévouées que les hommes. C'est pour cela que je t'ai fait cette question.

— Eh bien, soyez sûr de ceci, c'est que je ne suis pas ingrat. C'est grâce à elle que je suis devenu un honnête ouvrier, c'est elle qui m'a fait aimer le travail, donc, tout ce que je puis posséder, c'est à elle que je le dois.

— C'est bien! fit Otto en lui serrant les mains avec émotion, tu es un brave garçon, et je suis content de toi!... Mais rentrons pour déjeuner, et, surtout, pas un seul mot de tout ceci, ni à la Gossette, ni à Karyn.

Le déjeuner était prêt, et lorsque Otto et son jeune ami rentrèrent, la Gossette apparut toute gentille, proprette comme une poupée. Elle embrassa Otto, et, toute rayonnante de plaisir, elle prit les mains du Gosse et les tint un moment affectueusement dans les siennes.

Mais, au moment où l'on allait se mettre à table, la sonnette se fit entendre.

Karyn alla ouvrir.

— Eh bien, eh bien, est-ce qu'on déjeune sans moi, ici!

— Dame! pourquoi viens-tu si tard!

— Eh ! ne faut-il pas que je me fasse raser, et que je me débarbouille un peu ? car j'apporte un œuf de Pâques à l'enfant, et j'espère bien qu'on m'autorisera à lui baiser le front.

La Gossette ne se fit pas prier, et remercia avec effusion le nouveau venu de son attention.

Ce personnage n'était autre que le Professeur. Mais, le Professeur, propre, gai, satisfait, et tout heureux de s'asseoir à la table de ces braves gens. — Il avait tenu sa promesse, et ne buvait plus d'absinthe. Par la recommandation d'Otto, il était entré dans les ateliers du Gosse, en qualité de conducteur de mécanique.

Tous les dimanches il passait la journée dans l'intérieur d'Otto ; il donnait sa parole qu'il n'avait pas touché de la semaine à une goutte d'alcool, et la Gossette s'approchait de lui et lui présentait son front.

Il embrassait la fille d'Hermusora ; c'était sa récompense.

Ainsi, Otto, au milieu des siens, se serait senti tout à fait heureux, si sa pensée ne s'était pas reportée de temps en temps vers des scènes où son rôle n'était pas encore terminé.

Le soir, Karyn menait les jeunes gens dans quelque théâtre ; on riait quelques heures ; puis, le lendemain, chacun reprenait sa tâche quotidienne.

Et celle d'Otto n'était pas la moins pénible. Ainsi, ce jour-là, au dîner, on remit au frère de Karyn une lettre. Il l'ouvrit ; mais, personne ne put deviner sur sa physionomie l'impression qu'elle lui causait. Après l'avoir parcourue du regard, il la replia, et, impassible, dit en souriant :

— Ce n'est rien, mes enfants ; ne vous en préoccupez point et continuez à rire.

Cette lettre était cependant une menace, et voici ce qu'elle contenait.

« Monsieur,

« Il y a quelques mois, le caissier de la maison Severino Falkenberg et Cie, détourna une somme de cinq à six cent mille francs. Il fut arrêté et condamné.

« On a appris depuis qu'il avait enfoui une partie de cette somme, — cinq cent mille francs, — dans une excavation des carrières d'Amérique. Or, cet argent a été déterré par vous et enlevé. Des témoins oculaires le déclarent. Vous êtes donc prié de restituer demain ces cinq cent mille francs à la caisse de la maison Severino Falkenberg et Cie. Si la journée se passe sans que cette restitution ait eu lieu, des ordres sont donnés pour que vous soyez arrêté le soir même. »

Cette lettre était anonyme. Otto sourit, mais en même temps se dessina sur sa physionomie une expression résolue et forte, qui, certainement, eût donné à réfléchir à l'auteur de la lettre s'il eût pu le considérer en ce moment.

Il s'excusa auprès de ses amis, et passa dans une autre pièce.

23.

Là, il demeura un moment pensif, prit une plume et du papier et écrivit une longue lettre.

Puis, il revint dans la salle à manger.

Le Gosse prit congé de la Gossette et de Karyn et s'apprêtait à descendre avec le Professeur, lorsque Otto se leva.

— Je sors un instant avec vous, dit-il.

Lorsqu'ils se trouvèrent dans la rue, Otto s'adressa au Professeur :

— Prends cette lettre. Si demain à six heures du soir je ne suis pas rentré, tu la jetteras à la poste.

— Est-ce que vous courez quelque danger? demanda le Gosse tout inquiet.

— Non, mon enfant, rassure-toi : mais je suis homme prudent et je prends mes précautions.

XXV

SEVERINO VAINCU

Le lendemain, vers midi, Otto se présentait chez Severino Falkenberg.

— Qui annoncerai-je? lui demanda le domestique.

— Un ami de M. Christian Rams.

Otto fut aussitôt introduit. Severino lui présenta un siége, et le regarda fixement.

— Vous venez de la part de Christian, un de mes bons amis?

— Je viens pour causer d'affaires très-sérieuses, monsieur Falkenberg.

— C'est que je suis très-occupé, ces jours-ci. Cette affaire d'emprunt, dont vous avez sans doute connaissance, me prend tous mes instants.

— Je suis convaincu, monsieur Falkenberg, que

lorsque vous connaîtrez le sujet de ma visite, vous ne me refuserez pas une petite heure d'entretien.

— Eh bien, je vous écoute, monsieur.

— Voici une lettre que j'ai reçue hier soir. Veuillez en prendre connaissance.

Severino prit la lettre et la lut. — Il comprit aussitôt qu'elle émanait de Cancari.

— Eh bien, monsieur ? fit-il en portant un regard scrutateur sur son visiteur.

— Eh bien, monsieur, je me nomme Otto.

— Ah !... le mari de... Et Severino s'arrêta tout court.

— Oui, monsieur, le mari d'Elva, votre ancienne maîtresse, votre amie aujourd'hui.

— Et quel rapport y a-t-il avec votre qualité de mari et l'affaire dont il est question dans cette lettre ?

— Vous n'avez donc pas lu l'adresse ? Cette lettre m'est adressée. Je suis Otto, et c'est moi qui ai enlevé les cinq cent mille francs dans les carrières d'Amérique.

— Et vous me les rapportez? demanda Severino un peu étonné de cette démarche.

— Ces cinq cent mille francs, je les possède encore, mais je ne vous les rapporte pas.

— Alors vous préférez être arrêté ?

— Et je prétends bien n'être pas arrêté.

— Expliquez-vous alors.

— Non-seulement je ne viens pas vous rapporter cette somme, mais ce qui va bien plus vous étonner, c'est que je viens vous prier de me remettre un million.

— Pardon, monsieur, êtes-vous bien sûr de posséder toute votre raison?

— Je n'en fais aucun doute, monsieur Severino; et vous allez le comprendre, quand je vous aurai dit que ce million n'est pas pour moi. Je viens vous le réclamer au nom de la comtesse de Monterossi.

— Et, pourquoi la comtesse de Monterossi me réclamerait-elle ce million?

— Parce qu'elle a supposé que vous aimeriez autant que cette réclamation vînt d'elle-même que de la part du procureur impérial.

Le ton calme et assuré avec lequel Otto s'exprimait fit comprendre à Severino que cette entrevue devait avoir un caractère sérieux; aussi, se leva-t-il pour voir si les portes de l'appartement étaient bien fermées.

— A la bonne heure! monsieur Falkenberg, faites en sorte que nous ne soyons pas dérangés, car nous avons un vilain linge à laver ensemble. Voulez-vous que je précise les faits? Vous avez fait consentir votre associé à vous prêter, contre garantie de pareille somme, un million. Il vous apporta un soir ce million ici, dans cette maison. Vous prîtes rendez-vous avec lui pour le lendemain matin, votre caissier n'ayant pas encore préparé le bordereau des valeurs de garantie. Le comte sortit, et laissa le million entre vos mains. Deux misérables que vous aviez payés, Ludow, mon beau-frère, malheureusement, et un nommé Trocadero, attendaient le passage du comte de Monterossi dans une rue solitaire. Vous savez le reste, et ne tenez pas sans doute à ce que je vous le rappelle.

— Je vous avoue, monsieur, que je ne comprends rien à tout ce que vous dites.

—C'est bizarre!... Cependant, Elva, ma femme, ainsi que vous m'en faisiez souvenir tout à l'heure, n'a point oublié tous ces détails. Ainsi elle se rappelle à merveille le soir où vous la fîtes venir dans la chambre du comte, moitié enseveli, moitié vivant. Vivant pour vous, enseveli pour les gens de la maison. Elle connaît très-bien l'emploi de sa soirée, ou plutôt de sa nuit. Ainsi, dans l'espace d'une heure à peine, vous lui faites louer un appartement boulevard du Roi-de-Rome, 109, puis prendre un fiacre pour attendre le moribond au coin de la rue de Miromesnil, où Ludow et Trocadero le lui apportent. Voyons, pourquoi voulez-vous avoir une mémoire moins bonne que la sienne?

Severino, fiévreux, colère, s'était levé et marchait avec agitation dans l'appartement. Et, tout à coup se plaçant en face d'Otto :

— Mais, monsieur, c'est insensé tout ce que vous me dites là!... Vous avancez des faits auxquels personne n'ajouterait foi ! Où sont vos témoins?...

— Des témoins, monsieur Severino? mais, je n'en ai pas besoin. Mon récit au parquet, et toutes mes allégations corroborées par les personnes qui ne courent

aucun risque, ne suffisent-elles pas? Dans la maison,
109, boulevard du Roi-de-Rome, j'ai déjà plus de
témoins qu'il ne vous en faudrait pour vous mener
là-bas, à la Roquette, monsieur Severino !

— Misérable!...

— Oh! du calme, s'il vous plaît. Figurez-vous que
vous êtes ici dans le cabinet du juge d'instruction, et
soyez assez sage pour vous applaudir de n'être qu'en
ma présence. Réfléchissez un peu, et, en attendant,
je vais faire avancer un autre témoin, un témoin inattendu, croyez-le bien.

— Et lequel?

— Ah! vous aimez mieux questionner que réfléchir! à votre aise!... On a inhumé le comte de Monterossi au Père-la-Chaise?

— Oui, monsieur; il est dans un tombeau de
famille.

— Eh bien, voyez si mon témoin n'est pas appelé
à faire sensation!... C'est le comte de Monterossi lui-
même.

— Le comte de Monterossi!... Et où est-il?

— Je le sais peut-être. Mais continuons encore la
série de nos preuves. Voulez-vous que nous épuisions
l'audition des témoins? Non, n'est-ce pas, vous en
avez assez? Eh bien, passons aux pièces de conviction.
D'abord, le corps du comte de Monterossi, représenté
par quatre ou cinq bûches trouvées dans la bière, le
jour de l'exhumation. Allons, causons plus sérieusement. Vous le voyez, monsieur, je suis fort contre

vous, contre tous. Vous avez eu la maladresse de vous mettre quatre pour commettre un crime; c'est d'une légèreté sans pareille. Les mauvaises actions impunies sont celles qui se commettent dans l'isolement et sous l'œil du diable seul. Ludow, Trocadero, ces gens-là m'appartiennent. Ils m'ont tout raconté. Demain, si je facilite leur fuite à l'étranger, ils écriront au procureur impérial une déposition contre vous, déposition dont les détails vous perdront. Eh bien, moi, moins exigeant que la société, je vais simplement vous dire : Je ne vous demande rien pour avoir assassiné le comte. Mais je fais le contraire de ce que ferait la justice. Elle vous prendrait, vous, mais ne rendrait rien au comte. Moi, je fais rendre au comte, et ne vous prends pas, vous. Vous avez donc avantage à traiter avec moi.

— Mais enfin, s'écria furieux le banquier en détachant un poignard de la panoplie, si je vous tuais!...

— Mauvaise affaire pour vous, monsieur Severino, dit Otto sans s'émouvoir. Ainsi, je sais que ce poignard que vous tenez à la main recèle dans sa pointe un poison foudroyant. Eh bien, si vous voulez monter à l'échafaud, frappez-m'en. Il est maintenant près de deux heures, n'est-ce pas? Si dans quatre heures je ne suis pas rentré chez moi, une lettre très-détaillée, non-seulement de vos crimes, mais encore de ceux de Ludow, Trocadero, sera jetée à la poste. Cette lettre est adressée au parquet, et demain tout mon monde sera arrêté. Maintenant, j'attends votre poignard.

Severino, retombé sur son siége, ne disait mot. Mais en ce moment un éclair passa dans le regard d'Otto, jusqu'à ce moment si calme, et, se redressant tout à coup, il dit, sur un ton de joie féroce :

— Ah! te voilà donc, Severino, abattu, vaincu, gisant à mes pieds!... Je puis donc maintenant t'exprimer toute la haine que j'ai contre toi!... Tu m'as torturé, tu m'as humilié, tu as détruit le peu de bonheur que je m'étais créé; tu es venu, comme le serpent maudit, t'enrouler autour de mon amour, de mes joies, et les étouffer!... Tu t'es introduit sous mon toit pour me déshonorer et m'enlever la jeune femme qui était toute ma vie!... Et cela n'a été qu'un jeu pour toi; tu t'es peu inquiété de ce malheureux, de ce rustre!... Eh bien, ce rustre est devant toi, et peut te cracher au visage, s'il le veut. Oh! ne te relève pas, misérable!... Reste bien là, sous mon bras, sous mon pied, sous la bave de ma colère!...

Otto, blême, frémissant, tenait Severino et le maintenait immobile, terrifié.

— Allons! n'aie pas peur, dit-il le mépris aux lèvres, et remets-toi pour m'écouter encore. Car tu me fais pitié, et le bourreau serait obligé de te porter!...

Il y eut un moment de silence. Otto se calmait. Severino se remettait de cette algarade imprévue. Ce fut le Finlandais qui parla le premier, mais sur le ton calme de la scène précédente :

24

— Ainsi, vous remettrez le million volé à la comtesse de Monterossi?

Severino ne dit mot. Il n'avait plus la force de lutter, mais il ne voulait pas s'avouer vaincu.

— Cela vous sera facile, grâce à cet emprunt suédois dont vous avez la concession, et qu'il me serait si aisé de vous faire retirer dès demain. Sur les cinq cent mille francs que j'ai extraits des carrières d'Amérique, et que je possède encore, les intérêts m'ayant suffi à me venger de vous tous, sur cette somme, dis-je, je remettrai trois cent mille francs à la comtesse. Vous n'aurez donc à verser que sept cent mille francs.

— Mais, si sur les cinq cent mille vous ne versez que trois cent mille, vous gardez donc deux cent mille francs pour vous?

— Je ne garde rien pour moi.

— Mais alors expliquez-vous.

— Les deux cent mille francs de différence seront remis, à sa majorité, entre les mains de votre fille.

— Ma fille!... Mais qui vous a dit que j'avais des enfants?... C'est la première nouvelle....

— Non, monsieur, ce n'est pas la première nouvelle. De votre maîtresse Hermusora vous avez eu une fille.

— Mais qui a pu vous dire pareille chose?

— Vous-même, ici, lorsque je me nommais Christian Rams.

— Comment!... Christian!... O mon Dieu!... Mais

c'est tout un roman, c'est même pis, c'est une affreuse trahison.

— Vous parlez de trahison, monsieur, comme si, réellement, vous en étiez à votre première !...

— Mais entre gens que l'on croit ses amis, on dit les choses en l'air.

— Hermusora a eu une fille de vous ; elle a tatoué son nom et le vôtre sur le bras de son enfant ; vous vous le rappelez bien !... Cette enfant est chez moi ; si vous voulez la voir, vous la reconnaîtrez, car elle ressemble à sa mère, et vous reverrez sur son bras les signes tracés par Hermusora. Vous pouvez donc lui donner deux cent mille francs, quand ce ne serait que pour l'indemniser de la perte de sa mère, car, si cette dernière est morte, c'est bien un peu par votre faute, monsieur Severino !

— Morte, Hermusora ?...

— Oui, morte... J'ai vu son corps sur un rocher, dans l'abîme des précipices de Cliffsberg... et je connais les détails de ce drame.

Vous le voyez, ceux qui vous entourent sont aussi forts que vous en fait de crimes, et leur conscience ne doit pas être plus légère que la vôtre. Monsieur Falkenberg, à quelle heure les sept cent mille francs seront-ils demain chez la comtesse de Monterossi ?

Severino se leva et marcha dans le salon à pas lents, la tête réfléchie et pensive.

— Si vous n'êtes pas prêt pour demain...

— Oh! vous croyez que je pense à cela!... fit-il avec impatience.

— Vous avez tort, car il me faut du temps pour rentrer chez moi, et vous savez, avant six heures, dernière levée; la lettre sera dans la boîte. Et croyez-moi, il sera plus facile à la comtesse de se passer des sept cent mille francs, qu'il ne le serait à vous de vous voir privé de votre tête, ou tout au moins de la liberté à perpétuité. Maintenant, monsieur, je prends mon chapeau et vous salue. Faut-il que je rentre avant six heures? fit-il sur le seuil de l'appartement.

— Mais si je paye...

— Restitue, s'il vous plaît...

— Enfin, si ces sept cent mille francs sont versés demain, qui m'assure que vous n'exigerez plus rien?

— Ma parole, monsieur Severino, est celle d'un honnête homme.

— C'est bon; la somme sera versée demain, et je compte que vous compléterez le million, selon votre promesse.

— Les fonds seront remis ce soir, et votre fille a confiance en moi pour les deux cent mille francs. Si vous voyez M. Cancari, votre ami, vous serez assez bon pour lui dire que l'affaire est arrangée.

— Le misérable!... fit Severino en se levant, il payera pour tous, et je le fais arrêter ce soir.

Otto s'approcha du bureau, prit une feuille de papier, trempa la plume dans l'encre et la présenta à Severino.

— Que voulez-vous encore?

— Écrivez l'adresse de la maison où se trouve le comte de Monterossi.

Severino écrivit.

XXVI

LÉNA ET JULIO

Deux jours après la scène précédente, Otto se présenta à l'hôtel Monterossi. Il n'avait pas revu la comtesse depuis l'échec qu'ils avaient éprouvé à la maison du boulevard du Roi-de-Rome. Aussi Léna était-elle très-inquiète de l'absence de celui qui lui avait juré de retrouver son mari.

— Enfin, monsieur, je vous revois ! s'écria-t-elle en allant au-devant du Finlandais. — Avez-vous de bonnes nouvelles ?

— Je le crois, madame.

— Mais pouvez-vous me donner le mot d'une énigme à laquelle je ne comprends rien ?

— Peut-être.

— On m'a remis, ce matin, tout cet argent !...

— Combien y a-t-il ?

— Sept cent mille francs.

— C'est bien cela. Tenez, en voici encore : je vais compter sous vos yeux. Il y a bien trois cent mille francs, n'est-ce pas ?

— Oui, mais je ne comprends pas davantage.

— C'est bien simple, cependant ; cette somme, ajoutée aux sept cent mille francs qui sont là, fait bien un million. C'est le million que l'on a pris à votre mari, le soir de l'attentat, que je vous ai fait restituer.

— Mais, mon mari !... demanda-t-elle sur un ton d'inquiétude qui prouvait que, pour son cœur, la question d'argent était bien secondaire.

— Votre mari, je vais vous le ramener tout comme votre argent. Ayez confiance en moi.

— Confiance en vous ?... Mais je doute si peu de vous que vous me voyez tout heureuse ! — Que faut-il faire ?

— Que l'on prépare l'appartement de M. le comte. Dans une heure il sera ici.

Et comme Otto se levait :

— Je ne vous accompagne pas ?

— Non, j'agirai mieux tout seul. Dans une heure, madame.

— Oh ! pendant cette heure, je vais prier, monsieur !...

Et la comtesse tomba à genoux sur un prie-Dieu placé en face d'un crucifix.

Otto quitta l'hôtel du boulevard Haussmann et se dirigea vers la maison que lui avait indiquée Severino : c'était à Auteuil. Le concierge, à qui il s'adressa, lui désigna l'appartement.

La personne qui vint lui ouvrir fut fort étonnée de se voir en présence du Finlandais ; et cela se comprend, car cette personne n'était autre que Ludow. Otto entra sans dire un mot, et pénétra dans une chambre où se trouvaient deux hommes. L'un était assis dans un fauteuil, et le regarda avec des yeux mornes et éteints : c'était le comte de Monterossi.

L'autre personne était Trocadero.

— Je viens chercher le comte, dit-il à Ludow. J'ai une voiture en bas ; vous allez m'aider à le descendre.

— Mais... ! fit Ludow indécis.

— Il n'y a rien à répliquer.

— C'est qu'on nous a bien défendu de le laisser sortir : c'est l'ordre du médecin.

— Votre médecin ne s'appelle-t-il pas Cancari ? Eh bien, depuis hier, Cancari a repris sa place à Mazas.

— Ah !... firent les deux hommes un peu troublés.

— Et, si vous bronchez, vous irez tous les deux l'y rejoindre ce soir. Allons, Ludow, à l'œuvre ! vous me connaissez, et vous savez que je parle sérieusement.

Ludow ne répliqua rien. Trocadero paraissait tout étonné de l'effet que les paroles d'Otto produisaient sur son camarade, mais il crut sage, lui aussi, de se soumettre.

Le Finlandais s'avança vers le pauvre insensé.

— Monsieur le comte, nous allons vous transporter chez vous, où vous serez mieux soigné qu'ici.

Le malade n'eut pas l'air d'entendre, et son regard demeurait fixe et mort.

— Madame la comtesse vous attend. Vous n'avez pas oublié votre femme, Léna?... Entendez-vous, monsieur le comte, Léna?

— Léna! murmura-t-il... Léna... oui, Léna... Léna!

Et il répéta plusieurs fois ce nom sur un ton qui allait diminuant peu à peu, de sorte qu'il finit par dire tout bas, bien bas :

— Léna... Léna...

Otto fit un signe aux deux hommes, et l'on enleva ce pauvre insensé du fauteuil. Il se laissa faire comme un enfant. On descendit sans difficulté, et il fut placé dans la voiture.

— Quant à vous, maintenant, dit Otto, allez au diable!...

— C'est notre pourboire ! remarqua Trocadero, qui avait quelquefois le mot pour rire.

Un quart d'heure après, le comte était dans son appartement. Léna, heureuse de le retrouver, désolée de le revoir dans cet état, était près de lui, éperdue de bonheur, navrante de douleur.

— Du courage, madame! lui dit Otto; il se rappelle votre nom ; vous seule devez le sauver.

La jeune femme tenait fixés sur lui ses beaux yeux aimants. Le fluide de son regard pénétrait dans l'obscurité de cette intelligence ; à ce foyer brûlant devait forcément se réchauffer ce cerveau éteint, cet esprit glacé.

— Parlez-lui, nommez-le par son nom et répétez souvent le vôtre. Ces deux noms réunis le réveilleront peut-être.

— Est-ce que tu ne me reconnais pas, Julio ? Tu ne reconnais pas Léna... Léna, la femme de Julio ?... Regarde-la bien, ta Léna... Elle t'aime bien, tu le sais, Julio... comme toi tu aimes bien Léna, n'est-ce pas ?

Et la pauvre femme lui prenait la tête et la couvrait de baisers. Ces caresses, cette voix agirent sur cette nature paralysée, car son regard s'éclaira d'une faible lueur, et un sourire imperceptible se dessina sur ses lèvres.

— Tu ne te souviens pas de Léna ?

— Léna !... murmura-t-il, Léna !... Julio !... oui...

— Ah ! tu me reconnais !... Dis, regarde-moi bien, vois mes yeux... toute l'affection qu'ils expriment... Je vais bien te soigner... Ta Léna ne te quittera plus... elle sera toujours près de Julio... et, comme autrefois, nous nous aimerons bien, n'est-ce pas ?...

— Léna !... répéta le malade en regardant plus fixement la comtesse, dont le visage touchait presque le sien.

— Oui, c'est moi, Léna... Embrasse-moi ! donne-moi un baiser, Julio.

Le comte posa ses lèvres sur la joue de sa femme, et celle-ci sentit la contraction labiale. Il venait de lui rendre son baiser.

Toute heureuse, elle eut des larmes dans les yeux. La main du comte se leva doucement, et il essuya ces pleurs. Puis, il la regarda un instant, et, à son tour, ses yeux se mouillèrent.

La comtesse le tenait dans des étreintes à ranimer l'esprit le plus affaissé, le cœur le plus éteint.

Tout à coup, il se redressa, et porta ses mains à son front; on eût dit qu'un éclair venait de frapper son cerveau.

— Où suis-je? dit-il.

— Mais, ici, chez toi, près de ta femme...

— Ma femme!... Léna, n'est-ce pas?... Oh! oui, je me souviens!... Léna!... Léna!... ah! que je suis heureux de te revoir!...

Et il lui jeta les bras au cou, et se mit à pleurer abondamment.

— Il est sauvé!... dit Otto. Mais ne le fatiguez pas. Son cerveau n'est pas assez fort pour supporter une plus longue épreuve. Tenez, vous le voyez, il retombe. Laissez-le reposer; et, au réveil, vous vous retrouverez sous ses yeux : dans deux jours il sera guéri.

— Oh! que le ciel vous entende! s'écria la comtesse.

Et, cédant à un mouvement du cœur, reconnaissante envers l'homme qui lui rendait le bonheur, elle alla à lui et l'embrassa avec effusion.

Mais qui devinera les secrets de l'organisation humaine ! Ce mouvement spontané du cœur, cette franche manifestation d'un sentiment de gratitude vivement ressenti, eurent un effet inattendu.

Le comte se leva, s'avança précipitamment vers sa femme, en l'attirant à lui.

— Léna ! que fais-tu ?... Quel est cet homme ?... Allez-vous-en, monsieur !... allez-vous-en !...

Otto sortit aussitôt et passa dans une pièce voisine. Lorsque le comte se trouva seul avec sa femme, il l'attira près de lui sur le canapé.

— Ma pauvre petite femme !... J'ai été bien malade... Mais, je te reconnais bien, va !... Dis-moi, m'aimes-tu toujours ?

— Mais, est-ce que j'ai cessé un instant de t'aimer, Julio ?...

— Oh ! je suis bien heureux de te revoir !... Tu dois avoir tant de choses à me dire !... Mais, moi, je ne me rappelle encore rien... Je suis bien, maintenant, et puis, de me revoir chez moi, près de toi, cela me rassure et me donne du courage.

La comtesse, heureuse, folle de joie, l'accablait de caresses et de douces paroles, et, en l'écoutant, Julio souriait.

— Ne te sens-tu pas fatigué, ami ?... Je crains que tu ne parles trop... Je voudrais te voir reposer.

— Oui, mais tu vas rester près de moi, Lena.

— Léna ne te quittera jamais. Tiens, mets ta tête

sur cet oreiller et dors. Tu sais, je te faisais dormir autrefois comme un enfant...

— Et tu me donnais un baiser sur les yeux...

— Et je te le donne encore.

— Bonne Léna !...

Et le comte s'endormit. Et, lorsque le sommeil l'eut emporté dans la région des rêves, Léna tomba à genoux ; et, étouffant des sanglots de bonheur, elle remercia, dans sa foi ardente, Dieu qui l'avait exaucée en sa prière.

XXVII

LE JUGE D'INSTRUCTION

Ludow et Trocadero demeurèrent tout ahuris, en face l'un de l'autre, sur le trottoir de la maison d'Auteuil.

— Et maintenant, qu'allons-nous faire?

— Dame! répondit le Suédois, remontons dans l'appartement et faisons un paquet de tout ce qui nous appartient.

— Le propriétaire est payé?

— Certainement.

— Alors nous pourrions faire un paquet de tout, ce serait bien plus simple.

— Perds donc cette vilaine habitude, Trocadero, de penser constamment à commettre des indélicatesses.

— D'autant plus qu'on se gêne avec nous!... Ainsi, vois Otto, s'il a pris des mitaines pour nous enlever notre toqué! Que va penser de nous Severino?

— Et Cancari?... Au fait, il est pincé!

— Pourvu que nous ne le soyons pas, nous!... Dame! moi, je ne te le cache pas, je ne tiens pas à remonter. Ce diable d'Otto est plus fort que nous. Je crois qu'il vaut mieux filer.

Il est probable que Ludow pensait comme son complice, car il ne répliqua rien et le suivit.

Tout à coup Trocadero s'arrêta.

— Mais qu'est devenu le Professeur?

— Il nous a trahis.

Ils marchèrent ainsi, silencieux l'un et l'autre. Lorsqu'ils se trouvèrent près de la barrière de l'Étoile, Ludow fit un signe, et une voiture qui passait s'arrêta.

C'était la voiture de Severino. Celui-ci en descendit et s'approcha de nos deux personnages.

— Eh bien, que me voulez-vous? demanda-t-il à Ludow.

— Je vous demande pardon si je vous ai fait signe, monsieur, mais je m'y suis cru autorisé par la situation nouvelle qui nous est faite.

— Quelle situation? demanda-t-il d'une voix brève et impatiente.

— On vient de nous enlever le comte.

— Après?

— C'est tout.

— Eh bien, que m'importe!...

— Que nous faut-il faire, maintenant?

— Ce que vous voudrez... Allez au diable, si cela vous plaît!...

Et Severino, revenant à sa voiture, disparut dans la direction de l'avenue de l'Impératrice.

— Que t'a-t-il dit? demanda Trocadero, qui, par déférence, n'avait osé approcher.

— D'aller au diable!...

— Alors, nous ne pouvons manquer d'y arriver, puisque Otto nous l'avait déjà dit. Je crains fort, mon cher Ludow, qu'on ne nous laisse sur le pavé. C'est fort triste. Car je ne m'explique pas comment tout mon argent s'est envolé, moi qui me croyais assez riche pour pouvoir vivre de mes revenus.

— Quand tu en seras à ton dernier sou, et qu'il te faudra revenir aux carrières, j'y ai un charmant cabinet réservé à t'offrir. Personne ne te dérangera. Et puis, comme c'est un endroit où l'on vient quelquefois enterrer cinq cent mille francs, tu pourras te réveiller un matin presque millionnaire.

Nos deux hommes descendaient l'avenue des Champs-Élysées, lorsqu'un coupé s'arrêta près d'eux. Une tête de femme se mit à la portière : c'était Elva, mais Elva pâle, haletante, le visage presque décomposé.

Elle fit signe aux deux hommes.

— Connaissez-vous, demanda-t-elle d'une voix saccadée, l'adresse d'Otto?

— Ma foi non; mais Cancari la sait.

— Où est-il, ce Cancari?

— Dame! depuis hier, nous a-t-on dit, il est rentré à Mazas.

— Oh! mais cependant il me la faut, cette adresse, et sur l'heure!...

— Mais Severino la connaît peut-être?

— Le croyez-vous?

— Seulement, vous ne le trouverez pas chez lui maintenant; nous l'avons vu tout à l'heure passer et aller dans la direction du bois.

Le coupé retourna, et repartit au grand trot du cheval.

— A la bonne heure!... fit Trocadero, au moins elle ne nous a pas envoyés au diable, comme les autres!...

— Mais cela ne vaut guère mieux. . . . . . .

. . . .

. . . .

Otto reçut un matin une lettre émanant du parquet, qui l'invitait à se rendre au palais de justice.

Il s'y présenta à l'heure indiquée, attendit longtemps son tour, et enfin fut introduit auprès d'un juge d'instruction. On le fit asseoir en face du bureau. Un greffier s'arma de sa plume pour écrire ses réponses.

— Vous vous nommez Otto?

— Oui, monsieur.

— Où êtes-vous né?

— A Helsingfors.

— C'est en... Russie, je crois? demanda le juge, moins ferré en géographie qu'en matière de procédure.

— Pas précisément, mais ça en relève. C'est en Finlande.

— Vous êtes accusé par un détenu, condamné, évadé et repris, un nommé Cancari, d'avoir enlevé le produit de ses détournements, qu'il avait enfoui dans les carrières d'Amérique.

— Cinq cent mille francs.

— Oui, cinq cent mille francs. Qu'avez-vous à répondre?

— Rien, monsieur le juge, dit Otto en ouvrant son portefeuille; mais si vous voulez prendre connaissance de cette déclaration.

Le juge prit le papier et lut.

« Je déclare avoir reçu des mains du nommé Otto, Finlandais de naissance, la somme de cinq cent mille francs, trouvée par lui dans les carrières d'Amérique. Cet argent y avait été caché par le nommé Cancari, qui l'avait volé dans ma caisse.

« Severino FALKENBERG et Cie. »

— C'est très-bien, monsieur, fit le juge en lui remettant cette pièce, cette déclaration sera toujours pour vous un titre de probité et d'honorabilité. Vous pouvez vous retirer.

Et comme Otto se levait :

— Ah! pardon, permettez-moi de vous demander encore une explication.

— Je suis à vos ordres, monsieur.

— Qui pouvait vous attirer dans les carrières d'A-
mérique?

— J'étais à la recherche d'un misérable qui y passait quelquefois les nuits. Cet homme avait fait le malheur de ma sœur, et était la cause de mon voyage en
France. De plus, il avait détourné de la maison
Falkenberg, d'Helsingfors, cinq ou six mille roubles.

— Et il s'était réfugié en France?

— Oui, monsieur.

— Y est-il encore?

— Oui, monsieur.

— Veuillez donner son adresse au greffier.

— J'ignore son adresse, mais son nom est Ludow.

— Ludow !... fit le juge; mais j'ai ce nom dans ce
dossier... Oui, en effet, c'est un témoin dont Cancari
invoque le témoignage contre vous. Monsieur le greffier, écrivez un mandat d'amener contre le nommé Ludow. Monsieur Otto, il ne me reste qu'à vous remercier de ces renseignements, et vous pouvez vous retirer.

. . . .

XXVIII

LES LARMES D'ELVA

C'était le soir. Le Gosse et la Gossette étaient réunis chez Otto et prenaient part au repas.

On causait d'avenir, et Karyn se réjouissait au proet d'un prochain voyage en Finlande.

— A propos, dit Otto en riant, mon jeune ami, j'en suis bien fâché, mais j'ai une mauvaise nouvelle à t'annoncer.

— Du moment que vous me dites cela sur ce ton, je ne dois pas m'en effrayer.

— Tu te rappelles ce que je t'ai dit dimanche dernier au Luxembourg ?

— Oui, et vous m'avez recommandé de n'en souffler mot à personne.

— Eh bien, je m'étais trompé.

— Ah !...

— Oui ; ce n'est pas à toi que j'ai des comptes à rendre.

— Dame ! tant pis.

— Mais c'est à la Gossette ; et, d'après ce que tu m'as dit, je crois que c'est à peu près la même chose.

Et, prenant la jeune fille par la main, il lui indiqua un portrait de femme nouvellement placé dans la chambre.

— Voici ta mère, ma fille.

— Ma mère !... s'écria la Gossette.

— Oui, ta mère, qui n'est plus. Et ton père, que tu ne dois pas connaître, m'a remis pour toi une somme de deux cent mille francs.

— Deux cent mille francs ! firent Karyn et le jeune homme.

— Mais c'est une bien grande fortune !... observa ingénument la Gossette.

— Ce sera ta dot, quand tu épouseras ce brave garçon. Ta mère était une femme de cœur, et si elle eût vécu, tu n'aurais pas été abandonnée. Si vous consentez, enfants, à venir en Finlande, je vous montrerai sa tombe. Mais je ne prétends pas vous forcer à quitter la France.

— Mais, loin de vous, de la bonne Karyn, est-ce que nous pourrions être heureux ?...

— C'est que la Finlande paraîtra toujours triste aux enfants nés sous le soleil de France. C'est un pays de neige, et le printemps y est inconnu. Il y fait froid les trois quarts de l'année.

— Auprès de vos cœurs d'or, Otto et Karyn, il ne fera jamais froid. Le Gosse et moi, nous vous suivrons là-bas. Si nous ne sommes pas assez riches, nous travaillerons.

— Nous monterons une imprimerie, dit le Gosse.

— Et nous te donnerons un vrai nom.

— Au fait, c'est vrai, maintenant que je suis un homme. . . . .

Mais un coup de sonnette coupa la parole au jeune Gosse. Karyn courut ouvrir.

Une femme se précipita dans l'appartement.

C'était Elva. — Otto, prévoyant une scène, fit sortir les deux jeunes gens.

— Que voulez-vous, madame ? demanda-t-il froidement.

— Mon enfant !... mon enfant !... Vous me l'avez enlevé, où est-il ?

Et, la jeune femme, exaltée, affolée, jetait des regards partout autour d'elle.

La pauvre Karyn se tenait au fond de l'appartement, tremblante, effrayée.

— De quel enfant parlez-vous, madame !... dit Otto dont l'accent de la voix trahissait une émotion intérieure.

— Mais, du mien !... De celui que vous avez enlevé à Nanterre... Je veux le voir !... Et, ne me repoussez pas, car une femme à laquelle on enlève son enfant, ce n'est plus une femme, c'est une mère... une mère qu'il faut ménager et craindre...

— O madame, je vous en prie!... fit Karyn en s'avançant vers elle.

— Retirez-vous!... Je veux voir mon enfant!...

— Un peu de calme, fit Otto en se présentant à elle ; je vous reconnais et je sais ce qui vous amène. Vous voulez voir... notre enfant?... Eh bien, je suis prêt à vous le montrer... il ne court aucun danger... et, sous le toit de son père il est peut-être mieux soigné que lorsqu'il était éloigné de sa mère. Comment! le sentiment de la maternité se réveille maintenant chez vous, depuis que l'on vous a privée de cette distraction qui consistait, le lendemain de vos fêtes, de vos triomphes de toilette et de luxe, à aller reposer votre esprit auprès de ce berceau? Les autres vont au bois, vous, vous alliez chez la nourrice. Vous dépensiez là quelques sentimentalités, et cela vous donnait le droit de dire, le soir, à vos amants que vous aviez du cœur.

— O monsieur, de grâce, épargnez-moi !...

— Otto !... fit Karyn suppliante.

— Votre enfant, madame, vous pouvez le revoir...

— Oh! dites, dites!... Où puis-je le revoir tout de suite?...

— Tout de suite!... Cet amour maternel n'est donc qu'un accès qu'il faut satisfaire aussitôt?

— Oh ! vous êtes cruel !...

— Je suis cruel !... Je ne crois pas, cependant, vous en avoir jamais dit autant!...Oui, vous pouvez le revoir, votre enfant, non pas pour un instant, mais pour tou-

jours, et voici les conditions. C'est un mari qui vous
parle, madame, et je vous prie de l'écouter. Quelle est la
femme qui se présente ici? Est-ce Elva la courtisane,
ou simplement l'épouse d'Otto? Si, c'est la courtisane, elle peut se retirer, et retourner à ses plaisirs,
si c'est l'autre, il faut qu'elle le prouve par l'accepta-
tion des ordres de son mari. Quelle est celle de ces
deux femmes qui se trouve chez moi?

— C'est Elva, votre femme, Otto, l'amie, la sœur
de Karyn qui me regarde, là, avec pitié, et ne me re-
pousserait pas!

— Très-bien. En ce cas, si ma femme veut revoir
notre enfant, voici ce qu'il lui faut faire : quitter Paris et revenir en Finlande. Mais quitter Paris et tout
ce qu'elle y a acquis, affections malsaines, fortune
inavouable. Vous liquiderez votre position ; vous ven-
drez tout ce que vous possédez, vous payerez vos dettes,
— on en a toujours dans votre monde, — et vous
abandonnerez tout votre avoir. Je ne vous autorise
qu'à garder la dot que vous donna Karl Falkenberg et
que vous avez emportée du ménage. Maintenant, vous
emploierez ainsi votre fortune. Vous en ferez don,
par acte authentique, à Severino Falkenberg, qui
devra l'accepter. Voici la honte à laquelle je le condamne...

— Oh !... s'écria épuisée la jeune femme en s'affais-
sant sur elle-même.

— Quand vous aurez accompli tout cela, revenez
près de moi, notre enfant vous sera rendu. Et, vous

trouverez, pour vous accueillir, sinon le cœur du
mari, du moins la main d'un ami... et j'aurai oublié!...

Elva l'écoutait, tête baissée, mais ne disait mot,
l'orgueil, ce défaut inhérent à la femme, eût retenu
ses élans, si son cœur les eût inspirés.

A ce moment, Karyn se précipita vers elle, et se
jeta à ses genoux.

— Elva, ma sœur, crois-le, nous t'avons toujours
aimée ici!... Nous n'exigeons pas de pardon de toi,
nous n'avons qu'un bon accueil à t'offrir. Pourquoi
ne reviendrais-tu pas avec nous ! Nos bras et nos
cœurs te sont ouverts!... Ne serais-tu pas heureuse,
comme moi, de revoir notre honnête Finlande, d'y
retrouver les habitudes et même les joies de notre enfance !... Tu dois le reconnaître, maintenant, peu
d'hommes valent mon frère... Il a le droit de parler
haut, parce que son cœur n'a jamais fléchi, et qu'il
ne s'est jamais plaint. Près de nous, Elva, tu aurais
encore des jours heureux !... Otto m'aime bien,
mais je sais qu'il t'aimerait encore plus qu'il ne
m'aime, moi. Et, loin d'en être jalouse, je m'en trou-
verais heureuse. Elva, tu seras l'enfant que l'on
croyait perdu, et qui rentre au foyer les bras ouverts
aux caresses de tous... Reste avec nous, Elva!...
Otto, je le connais, t'aimera comme on aime le bonheur, qu'un rêve mauvais a fait croire perdu, et qu'au
réveil on embrasse en pleurant comme une félicité
rendue !...

Elva, immobile, écoutait. Otto, appuyé à la cheminée, se tenait debout, muet, impassible.

Il y eut un moment de silence.

Tout à coup un cri se fit entendre ; c'était Elva qui tombait en pleurant dans les bras de Karyn.

Puis, se dégageant tout à coup, elle se précipita aux pieds d'Otto et lui dit humblement :

— Pardon, Otto, pardon, ne me repoussez pas !... Je ferai ce que vous m'avez ordonné, mais je voudrais que vous me disiez que vous ne me méprisez plus, et que vous m'aimerez encore comme autrefois.

La glace était rompue ; le cœur d'Otto éclata. Exalté, transfiguré, il soulevait Elva dans ses bras, et couvrait de baisers ses beaux yeux voilés de larmes.

— Oh ! je t'aimerai bien plus qu'autrefois, Elva !... Car, je t'aimerai d'un cœur qui connaît la souffrance !... J'ai retrouvé le bonheur perdu, le soleil rayonne à mon foyer, et c'est fête en mon âme !... O toi qui reviens à mon cœur, toi, belle pardonnée, splendide fée de ma jeunesse, mon Elva, sois bénie !...

FIN

TABLE DES MATIÈRES

PARIS. — IMP. SIMON RAÇON ET COMP., RUE D'ERFURTH, 1.

FERDINAND SARTORIUS, LIBRAIRE-ÉDITEUR

27, rue de Seine, 27

EXTRAIT DU CATALOGUE

ROMANS DE PAUL DE KOCK IN-18 A 3 FR. LE VOL.

AVEC UNE GRAVURE SUR ACIER EN TÊTE

L'Ane à M. Martin. 6ᵉ édition	1 vol.
La Fille aux trois jupons. 10ᵉ édition.	1 vol.
Les Enfants du boulevard.	1 vol.
Le Petit-fils de Cartouche.	1 vol.
Les Femmes, le Jeu et le Vin. 7ᵉ édition	1 vol.
Le Sentier aux prunes.	1 vol.
Les Demoiselles de magasin.	2 vol.
Une Grappe de groseilles.	1 vol.
La Dame aux trois corsets.	1 vol.
La Prairie aux coquelicots.	2 vol.
Flon, flon, flon, lariradondaine.	1 vol.
La Baronne Blaguiskof.	1 vol.
Les Petits ruisseaux.	1 vol.
Le Professeur Fiche-Claque (*Sous presse*).	1 vol.

ROMANS DE HENRY DE KOCK IN-18 A 3 FR. LE VOL.

AVEC UNE GRAVURE SUR ACIER EN TÊTE

Les Baisers maudits. 5ᵉ édition.	1 vol.
Le Démon de l'alcôve. 6ᵉ édition.	1 vol.
Je me tuerai demain.	1 vol.
Ninie Guignon.	1 vol.
La Fée aux Amourettes.	1 vol.
La Chûte d'un petit.	1 vol.
Ma Petite cousine.	1 vol.
La Vie au hasard.	1 vol.
Ni Fille, ni Femme, ni Veuve (*Sous presse*).	1 vol.

DIVERS A 3 FR. LE VOLUME IN-18

Le Théâtre de Figaro, par Monselet.	1 vol.
Les Mères coupables, par Devicque.	1 vol.
Caroline Varner, par E. Soldi.	1 vol.
Le Fils de Jean-Jacques, par Devicque.	1 vol.

Un Début dans l'amour, par HERVET.. . . . . 1 vol.
Avant-hier et aujourd'hui, par HAUMONT. . . . . 1 vol.
Le Plaisir et l'Amour, par MONSELET.. . . . . . . '. . . 1 vol.
Les Caprices du boudoir, par RENAUD. . . . . 1 vol.
Les Compagnons de la mort, par RIBEYROLLES(révolte de Masaniello). 1 vol.
L'Agent matrimonial, par SARROTTE. . . . . 1 vol.
Les Romans parisiens, par HOUSSAYE. . . . . 1 vol.
Une Intrigue dans le grand monde, par le Vte de BEAUMONT-VASSY. 1 vol.

Il a été tiré 30 exemplaires sur vélin, au prix de 6 fr., du joli volume
LE PLAISIR ET L'AMOUR, *par* CHARLES MONSELET

DIVERS A 2 FR. LE VOLUME IN-18

Le Testament de Pierre Talbert, par LÉON MARCY (JULES ROUQUETTE). 1 vol.
Le Dessus du panier, par RÉVOIL. . . . . 1 vol.
Jeanne de Brégonnes, par OLLIVIER. . . . . 1 vol.
Souvenirs de Suisse, par CHATENAY.. . . . . 1 vol.
Le Masque de velours, par DE SORR. . . . . 1 vol.
La Vie de garnison, par de REIFFENBERG. . . . . 1 vol.
Petit théâtre de salon, par DELAUNAY. . . . . 1 vol.
Les Amours d'une baronne, par MONTADY.. . . . . . ● . . . 1 vol
Les Femmes d'argent, par SARROTTE. . . . . 1 vol.
Charlotte de Corday, par MONTEYREMAR. . . . . 1 vol.
Études et voyages, par LAGARRIGUE.. . . . . 1 vol.

COLLECTION IN-32 A 1 FR. LE VOL.
AVEC UNE GRAVURE EN TÊTE

Ce que c'est qu'une actrice, par FRÉDÉRIC DE REIFFENBERG. . . . 1 vol.
Un Noyé, par GOURDON DE GENOUILLAC.. . . . . 1 vol.
Les Deux destinées, par A. LABUTTE. . . . . 1 vol.
Mademoiselle Trois-Étoiles, par BLANQUET. . . . . 1 vol.
Je t'aime, par HENRY DE KOCK. . . . . 1 vol.
L'Amour qui tue, par RÉVOIL. . . . . 1 vol.
Les Cheveux de Mélanette, par DE SORR.. . . . . 1 vol.
Un Cœur de créole, par CH. DIGUET. . . . . 1 vol.
Le Roman d'un Jocrisse, par HENRY DE KOCK. . . . . 1 vol.
Le Dernier baiser, par JULES CLARETIE. . . . . 1 vol.
Un Homme léger, par DE KERANIOU.. . . . . 1 vol.
Quatre heures trois quarts, par DE LAUNAY. . . . . 1 vol.
Contes pour tous, par HENRY DE KOCK.. . . . . 1 vol.
Les Mauvaises langues, par SIRVEN. . . . . 1 vol.

VOLUMES DIVERS A 1 FRANC

Les Méridionaux, par LAGARRIGUE.. . . . . 1 vol.
Aventures imaginaires, par H. CASTILLE. . . . . 1 vol.
Blanche d'Orbe, par H. CASTILLE. . . . . 2 vol.

Abolition de la succession collatérale, par J. Juteau. . . . . . . vol.
Lectures publiques et expositions permanentes, par P. Mazerolle. . 1 vol.
Les Esclaves tsiganes, par Poissonnier. . . . . 1 vol.
Napoléon III en Italie, par Richard. . . . . 1 vol.
Les Régiments de fer, par Reiffenberg. . . . . 1 vol.
Études sur les variations de l'escompte, par Auguste Terrière. . . 1 vol.
Jésus dans l'histoire, par E. Havet. . . . . 1 vol.

DIVERS A PRIX DIVERS

Histoire de la Révolution française, par H. Castille. 4 v. in-8. 20 »
La Revue de l'Exposition universelle de 1855, par E. Georges.
   1 vol. in-18 de 1400 pages. . . . . 10 »
L'Empire du Brésil, par V. L. Baril, comte de la Hure. 1 v. in-8 . 10 »
Histoire de la transformation des grandes villes de l'empire,
   par Auguste Descauriet. 1 vol. in-8. . . . . 7 50
Souvenirs et récits de voyages, par L. B. de Mercey. 1 vol. in-8. . 7 50
Les Turcs et la Turquie contemporaine, par B. Nicolaidy. 2 v. in-18. 7 »
Histoire de l'art en France. 1 vol. in-18. . . . . 5 »
A travers l'Amérique du Sud, par F. Dabadie. 1 vol in-18 jésus. . 5 50
Récits et types américains, par F. Dabadie. 1 vol. in-18 jésus. . . 5 50
La Nouvelle-Calédonie et ses habitants, par le Dr de Rochas. 1 vol.
   in-18. . . . . 5 »
Manuel des principales valeurs espagnoles, par D. Fontaine. 1 vol.
   in-18. . . . . 5 »
Français et Arabes en Algérie, par Ferd. Hugonnet. 1 v. in-18. . 2 50
Les Suicidés illustres, par F. Dabadie. 1 vol. in-18 jésus. . . . 2 50
Le Parfait douanier. 2 50
Histoire et conquêtes de l'Espagne, par le baron Édouard de Sep-
   tenville. 1 vol. in-18 jésus. 2 50
Les Anomalies de la langue française, par Léger Noel. 1 v. in-8. 2 50
Poésies complètes de Placido, par D. Fontaine. 1 beau vol. in-8. 5 »
La Loi sur la chasse, par M. Ch. Viel. 1 vol. in-18. . . . . . » 75
Piron (Œuvres), supplément. In-18. . . . . 5 50
Les Salons de Paris sous Louis-Philippe Ier, par le Vte de Beau-
   mont-Vassy. 1 vol. avec 12 grav. sur acier. . . . . 5 »

PORTRAITS

POLITIQUES ET HISTORIQUES

PAR H. CASTILLE

Prix de chaque volume : 50 centimes

— PREMIÈRE SÉRIE : CINQUANTE VOLUMES —

DERNIERS PARUS

PAUL DE KOCK. . . La Grande Ville. . . . . 1 vol.
— Une Drôle de Maison. . . . . 1 vol.
ERNEST CAPENDU. L'Affaire Duval. . . . . 1 vol.
— Les Petites Femmes du Couvent. . . . . 1 vol.
ANGELO DE SORR. Le Drame des Carrières d'Amérique. . . . . 1 vol.
ADRIEN MARX. . Un Peu de tout. . . . . 1 vol.
DE BEAUMONT-VASSY. Les Salons de Paris, orné de 10 grav. sur acier. 5 fr.

Chaque volume de la collection illustrée à 3 francs est accompagné d'un bon de prime donnant droit soit à une belle gravure, soit à des lithographies d'art signées de nos meilleurs maîtres.

LE SALON

COLLECTION DE GRAVURES ET LITHOGRAPHIES D'ART

d'après

MM. DELACROIX, MULLER, TROYON, DIAZ, BONVIN, ROQUEPLAN

F. DE MERCEY, MEISSONNIER, ROSA BONHEUR, ETC.

Prix : 1 fr. 25 cent. la feuille

Les 45 feuilles du *Salon* forment un magnifique *Album* dont l'éditeur tient à la disposition des amateurs des exemplaires en demi-chagrin sur onglets moyennant:

Prix des feuilles. . . . . 55 fr.
Reliure. 20 »

Prix de l'Album. . . . . 75 fr.

Nous appelons surtout l'attention des amateurs sur la magnifique planche

LA RIXE

GRAVÉE PAR PAUL CHENAY

D'APRÈS LE TABLEAU ORIGINAL DE MEISSONNIER

Qui a obtenu la grande médaille d'honneur à l'Exposition de 1855 et a valu à son auteur la Croix d'officier de la Légion d'honneur.

Épreuves dites d'Artiste, dont il n'a été tiré que
50 exemplaires sur chine. . . . . 80 fr.
Idem avant la lettre, tirées à 50 exemplaires sur chine. 40 fr.
Idem avec lettre, également sur chine. . . . . . . 20 fr.

PARIS. — IMP. SIMON RAÇON ET COMP., RUE D'ERFURTH, 1.